톰 소여의 모험

톰 소여의 모험

초판 인쇄일 | 2007년 8월 8일
초판 발행일 | 2007년 8월 8일

지은이 | 마크트웨인
옮긴이 | 이승환 · 장유경
그린이 | 클로드 라푸넹트
펴낸이 | 안대준
펴낸곳 | 풀잎
등록 | 제21-0090호

주소 | 서울시 중구 묵정동 27-6호
전화 | 02_2274_5445/6
Fax | 02_2268_3773

THE ADVENTURES OF TOM SAWYER
by Mark Twain, illustrated by Claude Lapointe

Illustrations ⓒ Editions Gallimard Jeunesse 1995
Korean translation copyrights @ Pulleef Publishing, 2007
This Korean edition was published by arrangement with Gallimard Jeunesse through Sibylle Books Literary Agency, Seoul.

※ 잘못된 책은 바꾸어 드립니다.

ISBN 978-89-7503-111-3

톰 소여의 모험

마크트웨인 글

클로드 라푸넹트 그림

도서출판
예림

C O N T E N T S

C O N T E N T S

주해_ 본문의 사진과 판화 그리고 소설의 배경이 되는 시대와 문화, 자연 등의 해석은 프랑스 파리3대학 교수 및 미시시
피 대학 남부연구센터의 교환 교수 역임한 미셸 파브르(Michel Fabre) 교수가 진행했다.

그림_ 클로드 라푸넹트(Claude Lapointe)는 마크 트웨인의 작품에 심취되어 있는 그림작가다. 생동감 있는 선과 풍부하
고 다채로운 색감을 사용하여 흥미진진한 어린 영웅의 모험을 그려나갔다.

머리말

이 책에 쓴 모험담은 대부분 저와 제 친구들에게 일어난 실화입니다. 그중 한두 가지는 제가 직접 겪은 일이지요. 헉 핀(Huck Finn)은 실존 인물을 묘사한 것이고, 톰 소여는 친구 셋의 모습을 섞어 탄생시킨 인물입니다. 흔히 혼합했다고 하죠.

이 이야기가 벌어졌던 때, 그러니까 제가 어렸을 때만 해도 젊은이와 노예들은 이상한 미신들을 믿고 있었습니다.

이 책은 청소년들이 즐겁게 읽을 수 있는 이야기지만, 나이 많은 성인들도 어린 시절을 회상하며 그때의 마음으로 즐거움을 느낄 수 있는 이야기가 되었으면 좋겠습니다. 읽는 이마다 소년소녀 시절의 감정과 모험, 비밀스런 계획들을 다시 되찾게 되기를 바랍니다.

1876년, 하트퍼드에서.

마크 트웨인의 본명은 세뮤얼 렝고르 클레멘스로 1835년 미주리에서 태어났다. 필명인 마크 트웨인의 뜻은 '깊이가 두 길(약 4미터)'이라는 뱃사람 용어로, 선장들의 안전 운행을 위해 수로 안내인들이 "마크 트웨인[패덤]!"이라 외친 데에서 비롯되었다. 한때 증기선의 항해사였던 그는 금광을 찾아다니기도 했고 활판 인쇄공과 기자를 지내기도 했다. 또한, 유머 감각이 뛰어나고 옛 미국 남부의 민속학에 깊은 관심을 가지고 있었다. 그는 1876년 《톰 소여의 모험》과 1884년 《허클베리 핀의 모험》을 발표했는데 이는 1840년대 그의 어린 시절에서 영감을 받은 것이다. 두 소설은 모험가의 피가 끓는 두 소년이 당시 미국 사회의 모순에도 불구하고 정체성, 자유에 대한 갈증을 찾는 모험을 그린 책이다.

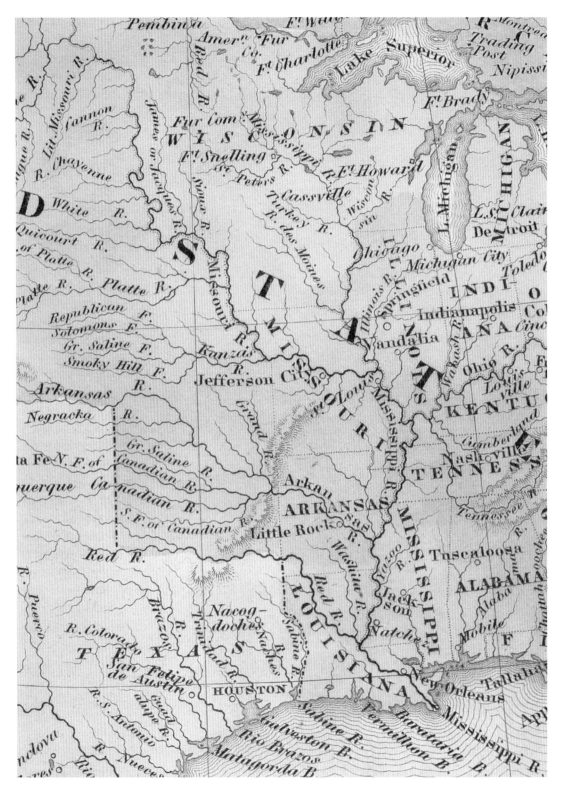

8

이윽고 뿌연 먼지가
가시자, 대세가 한쪽으로
기울어져 있었다.
톰이 상대의 몸을
타고 앉아 주먹으로 마구
내리치고 있었다.

I

대책 없는 말썽꾸러기

"톰!"

대답이 없다.

"톰! 이 녀석 또 어디 간 거야? 톰!"

역시 대답이 없다.

노부인은 안경 너머로 방을 둘러보다가 아예 안경을 이마 위로 올리고는 주위를 살폈다.

부인은 안경을 자주 쓰지 않았다. 안경은 부인에겐 값비싼 장식품 같은 것이었다. 멋으로 쓸 뿐이지 사실 보는 데는 아무 도움이 되지 않

미시시피라는 이름은 아메리카 인디언의 '위대한 강'이라는 말에서 유래된 것이다. 마크 트웨인 역시 소설에서 이 강을 "가장 꾸불꾸불하고 세계에서 가장 굽은 길"로 묘사하고 있다. 미시시피 강의 길이는 3779~4100킬로미터로 유동적이다. 그 이유는 새롭게 생겨나는 굴곡들로 강의 길이가 수시로 바뀌기 때문이다. 미국에서 가장 큰 강으로 미네소타 주의 북부에서 남부를 가로지르고, 서쪽으로 루이지애나 및 큰 강들까지 이어지면서 그 모양이 델타의 모양을 이룬다. 강을 따라가면 위스콘신 주부터 뉴올리언스까지 항해할 수 있는데, 이들은 역사적 사건들이 있었던 대표적인 장소이기도 하다.

았다. 차라리 프라이팬 유리 덮개를 통해 보는 것이 나을 정도였으니까. 그래도 안경을 쓰면 더욱 도도하게 보였고, 그 모습을 좋아했다.

노부인은 한참을 난처한 얼굴로 두리번거리다가 허리를 굽혀 침대 밑을 빗자루로 세게 휘저으며 온 집 안이 울릴 만큼 큰 소리로 말했다.

"이 녀석, 붙잡히기만 해 봐라, 내가 그냥……."

부인은 끝까지 말을 잇지 못했다. 숨이 찼던 것이다.

"이런 장난꾸러기는 생전 처음 보네."

부인은 열어 놓은 문으로 다가갔다. 문간에 서서 정원을 내다보았지만, 보이는 건 토마토 줄기와 잡초뿐이었다. 톰은 그림자도 보이지 않았다. 이번엔 멀리까지 들리도록 목소리를 더 높였다.

"얘야, 토~옴!"

그때, 근처에서 무슨 소리가 나는 것 같아 부인이 뒤를 돌아보았다. 톰이 막 다락을 빠져나와 까치발로 내빼려 하고 있었다. 부인은 악동의 늘어진 웃옷자락을 겨우 붙잡을 수 있었다.

"옳거니, 내가 그 다락 속을 미처 생각하지 못했구나. 거기는 또 뭘 하러 들어갔어?"

"아무것도 안 했어요, 이모."

"아무것도 안 했다고? 네 손을 좀 봐. 네 입은 또 어떻고! 대체 왜 그 꼴이 된 거니?"

"난 몰라요, 이모."

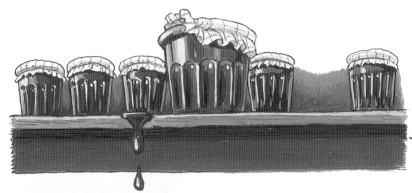

66 그동안 내가 입이 닳도록 잼에 손대지 말라고 말했잖니? 이 녀석 혼 좀 나 봐. **99**

"그래? 그럼 내가 말해 주지. 네게 묻은 건 잼이다. 그동안 내가 입이 닳도록 잼에 손대지 말라고 말했잖니? 이 녀석 혼 좀 나 봐라."

회초리가 공중으로 위협적인 원을 그리며 치켜 올려졌다. 순간 톰이 다급하게 소리쳤다.

"어, 이모! 저기 봐요, 뒤를 보세요!"

부인은 자기도 모르게 치마를 꽉 쥔 채 뒤로 획 돌아섰다. 이때를 놓칠세라 톰은 재빨리 문을 빠져나가 높은 나무 울타리를 훌쩍 뛰어넘어 사라져 버렸다.

폴리 이모는 한동안 어리둥절한 채 서 있다가 피식 웃고 말았다.

"이 골칫덩이 같으니, 그렇게 속고도 또 속는구나! 내 참, 늘 톰이 어떤 수를 쓸지 긴장하고 있어야 한다니까. 장난이라면 아무도 저 녀석을 따라갈 수 없을 거야. 매번 다른 수법을 쓰니 다음엔 어떻게 나올지 도무지 짐작도 안 가고…… 이 녀석은 어느 선까지 장난을 쳐야 내가 화를 안 내는지 알고 있는 것 같단 말이야. 결국은 이렇게 나를 웃게 만들곤 하니…….

아! 하나님께서 이런 나를 용서해 주셔야 할 텐데. 나는 톰을 위한 내 사명을 다하지 않는 거야. 아무렴, 성경 말씀대로 사랑할수록 매를 들어야 하는데. 죽은 동생의 아들이라 불쌍해서 도저히 회초리질을 할 수가 없어. 이 녀석은 오늘 오후에도 분명 학교를 땡땡이 칠 거야. 정말 그런다면 벌로 토요일에 일을 시켜야겠다.

톰은 역시 수업을 빼먹고 신나

❝ 부인은 자기도 모르게 치마를 꽉 쥔 채 뒤로 획 돌아섰다. ❞

게 놀며 돌아다녔다. 그러고는 방과후 시간에 딱 맞추어 집으로 돌아와 흑인 소년 짐이 장작 패는 일을 도왔다. 아니, 톰은 장작을 패는 짐에게 오늘 일어난 일을 모두 얘기해 주었다. 톰의 동생, 정확히 말해 폴리 이모의 아들인 이종사촌, 시드는 벌써 자기에게 맡겨진 일을 끝내 놓고 있었다. 얌전한 소년 시드는 모험이나 장난 따위는 하지 않았다.

저녁을 먹으면서 톰이 설탕을 훔치기 위해 기회를 엿보는 사이 폴리 이모는 톰이 학교에 가지 않은 걸 모르는 척 하면서 자백을 받아 내려 요리조리 질문을 하고 있었다. 순진한 폴리 이모는 속이 환히 들여다보이는 질문을 마치 교묘하고 대단한 계략이라도 되는 듯 생각하곤 했다.

미시시피 강가에서 배의 화물을 내리는 흑인 하역 인부들은 집세를 낼 수 없을 만큼 가난해 야영지에서 불행한 삶을 꾸려 갔다. 그들은 자신의 운명을 필수품을 공급하는 백인 행상들과 나누었다.

"톰…… 말해 보렴, 오늘 학교에서 더웠니?"

"예."

"아주 더웠어?"

"예, 그럼요."

"더워서 헤엄치러 가고 싶지 않았니?"

이 질문에 톰은 움찔했고 이모의 저의를 의심하며 안색을 살폈다. 하지만 이모의 표정에선 별다른 위험이 느껴지지 않아 안심하며 대답했다.

"아뇨, 그 정도는 아니었어요."

폴리 이모는 슬쩍 톰의 셔츠를 만져 보고는 말했다.

"더웠는데 땀이 별로 안 났나 보구나?"

예상대로 톰의 셔츠는 땀에 젖지 않고 말라 있었던 것이다. 부인이 증거를 찾았다고 내심 자랑스러워하는 사이 톰은 이모의 속셈을 알아차렸다. 그래서 새로운 공격을 막기 위해 재빨리 선수를 쳤다.

"우리 모두 펌프로 물을 머리에만 끼얹었거든요. 이것 보세요. 아직도 머리가 젖어 있잖아요."

그런 핑계가 있었다니, 폴리 이모는 예상이 빗나가자 약이 올랐다. 그러나 또 다른 묘안이 떠올랐다.

"그래? 머리에만 물을 끼얹었다면, 내가 새로 달아 준 칼라는 떼지 않았겠네. 어디 웃옷 단추를 풀어 보아라."

톰은 걱정스러운 기색 없이 단추를 풀고 자신 있게 웃옷을 열었다. 셔츠의 칼라는 제자리에 빳빳하게 꿰매어 있었다.

"됐다. 난 또 네가 학교에 안 가고 헤엄치러 간 줄 알았지 뭐니. 너도 이젠 착실한 애가 된 모양이구나. 적어도 오늘만은 말이다."

폴리 이모는 작전이 실패로 돌아갔지만 톰이 오늘만은 말을 잘 들었다고 생각했기 때문에 흐뭇했다. 그때 시드가 말했다.

"엄마, 그 칼라 흰 실로 꿰매지 않았어요? 지금은 검은 실인데요."

"맞아, 내가 흰 실로 꿰맸지. 톰!"

물론 톰은 시드의 말이 채 끝나기도 전에 재빨리 자리에서 달아나며 소리쳤다.

"시드, 너 각오해!"

안전한 곳으로 도망친 톰은 웃옷 안섶을 들췄다. 거기에는 긴 바늘이 두 개 꽂혀 있었다. 하나는 흰 실, 또 하나는 검은 실이 꿰어져 있었다.

"밉살맞은 시드 녀석이 고자질만 하지 않았어도 이모는 몰랐을 텐데, 에잇! 이모는 흰 실로 꿰매기도 하고 검은 실로 꿰매기도 하니 알

루이지애나 주에서는 미시시피 강을 흔히 '스페인 수염'이라 불렀다. 그리고 스페인 사람들은 '프랑스식 가발'이라고 불렀다.

13

1840년대, 당시 톰 소여가 살던 시대에는 흑인 노예들이 전 미국 땅에 퍼져 있었다. 이것이 바로 미국 남북전쟁(1861~1865)의 주원인이 되었다. 1863년 남부의 노예제도자들과 북부의 미합중국 사이의 전쟁은 결국 북의 승리로 끝났다. 이윽고 흑인들은 노예에서 해방되고 시민권을 부여 받았다. 하지만 전쟁이 끝난 후, 흑인들의 상황은 더욱 비참해져 갔다. 바로 1867년 남부 예비군들로 조성된 큐클럭스클랜과 다른 백인 테러리스트 그룹들이 새로운 제도와 권리에 맞서 폭력을 행사하기 시작했기 때문이다.

66 톰은 도시 아이들의 차림새를 한 소년이 비위에 거슬렸다. **99**

수가 있어야지. 왜 한 가지 색으로 꿰매지 않는 거야. 아무튼 시드 녀석은 혼 좀 내줘야 해."

톰은 모범 소년은 아니었다. 톰 자신도 어떻게 해야 칭찬 받는 소년이 되는지 잘 알고 있었지만 그런 모범 소년이 되기는 싫었다.

채 이 분도 지나지 않아 톰은 휘파람을 불면서 유유히 거리로 나갔다. 조금 전의 일보다 더 큰 흥밋거리가 있기 때문이었다. 그건 바로 얼마 전 흑인 친구가 가르쳐 준 새로운 휘파람 불기였다. 톰은 이 휘파람 소리가 마음에 들어 열심히 연습했다. 그 소리는 마치 새 지저귀는 소리 같기도 하고, 떨리는 울음소리 같기도 했다. 톰은 새로운 휘파람을 많이 연습한 끝에 능숙하게 원하는 소리를 낼 수 있게 되었다. 그러자마자 길거리를 돌아다니며 솜씨 있게 휘파람을 불어 댔다, 마치 우주비행사가 새로운 행성을 발견한 것 같은 기분이 들었다.

여름철이라 아직 해가 길었다. 톰은 갑자기 휘파람 불기를 멈추었다. 낯선 녀석이 눈앞에 나타났기 때문이었다. 키는 자기보다 조금 더 컸지만 같은 또래로 보였다. 세인트피터즈버그 마을의 가난하고 조용한 거리에 그 소년은 멋진 옷을 입고 서 있었다. 일요일도 아닌데 저런 옷을 입고 있다니…… 그것은 분명 놀랄 만한 일이었다. 최신 유행의 모자를 쓰고, 가지런히 달린 단추가 돋보이는 푸른색의 짧은 새 저고리와 바지를 입고 있었다. 구두까지 신고, 게다가 화사한 색깔의 넥타이까지 매고 있었다. 톰은 도시 아이의 차림새를 한 소년이 비위에 거슬렸다. 하지만 녀석의 차림새를 비웃어 주려고 콧소리를 내면 낼수록 자신의 초라하고 너절한 차림새에 기가 죽었다.

둘 다 입을 열지 않았다. 한 명이 앞으로 움직이면 다른 한 명도 앞으로 움직이면서 두 사람은 서로의 얼굴에서 시선을 떼지 않았다. 마침내 먼저 톰이 입을 열었다.

"내가 네 놈을 손 좀 봐야 할 것 같은데, 어때?"

"얼씨구, 한번 해 보시지."

"문제없지."

"잘 안 될걸."

잠시 불편한 침묵이 흐른 뒤에 톰이 다시 입을 열었다.

"너, 이름이 뭐냐?"

"너 따위가 알아서 뭘 하려고?"

"좋아, 그렇다면 할 수 없지."

"헤, 어디 한번 해 보시지."

마크 트웨인이 어린 시절을 보낸 마을 한니발은 곧 톰 소여의 모험에서 나오는 세인트피터즈버그의 모델이 되었다. 마을은 미시시피 강의 오른편에 있고, 세인트루이스에서 북쪽으로 백여 킬로미터 떨어져 있으며, 남북 한중간에 위치해 있다. 한니발은 미주리 주에 포함되며 노예제도 회원국으로 1820년부터 이 제도를 도입했지만 미국남북전쟁(1861~1865)에 참여하지 않았다. 북쪽과 남쪽은 면직 사업으로 나누어져 있었다. 또한 1840년에 서부로 가기 원하는 개척자들이 불안한 인디언들의 습격을 피하기 위해 꼭 거쳐야 하는 곳이었다.

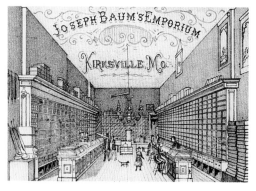

국경에 위치한 작은 마을들은 백인 이민자들의 집단 거주지라고 불렸다. 이곳은 1800년과 1830년 사이에 쫓겨난 인디언 부족들이 살던 곳이었다. 철길 덕에 동부와 이어졌고, 마을에는 옷과 신발가게, 당구장, 그리고 역에는 호텔, 레스토랑이 번창했다.

"한 마디만 더하면 내가 그냥……."

"자, 한 마디, 두 마디, 세 마디 했다. 어쩔래?"

"쳇, 넌 뭐 잘난 줄 아냐? 야, 그 모자 꼴이 뭐냐?"

"내 모자가 네 마음에 들지 않아 미안하구나. 그럼 네가 떨어뜨려 봐. 그러면 아주 따끔한 맛을 보게 될 테니까."

"허풍쟁이!"

"너야말로 허풍쟁이야. 덤비지도 못하는 녀석이……."

"뭐야? 그럼 너 정말 해 볼래!"

"건방진 소리 한번만 더 해 봐. 가만 안 둘 테니!"

또 다시 침묵이 흘렀다. 그리고는 다시 서로를 노려보면서 옆으로 빙빙 돌기 시작했다. 다시 톰이 입을 열었다.

"여기서 꺼져 버려!"

"누구 맘대로? 난 안 가!"

두 소년은 다시 우뚝 섰다. 증오에 찬 눈으로 서로를 노려보면서 한 발을 힘껏 딛고 눈싸움을 계속했다. 그러나 어느 쪽도 상대방을 압도하지는 못했다. 둘 다 머리에 핏발을 세우며 헐떡이는 숨을 가다듬고 있었다.

톰이 말했다.

"이 겁쟁이야. 우리 큰형한테 이를 거야. 너 같은 건 우리 형한테 걸리면 새끼손가락에도 나가떨어질걸."

"네 형 같은 거 하나도 겁나지 않아. 난 네 형보다 훨씬 더 큰 형이 있으니까. 네 형 같은 건

울타리 너머로 집어던질 수 있어."

　사실 두 소년에게 그런 형은 없었다.

　"거짓말 마!"

　"네가 거짓말하니까, 나까지 하는 줄 아냐?"

　톰은 엄지발가락으로 땅에다 선을 그으면서 말했다.

　"이 선을 넘기만 해 봐. 그랬다간 평생 후회하도록 두들겨 패 줄 테니까."

　그러자 낯선 소년은 그 선을 휙 뛰어넘으면서 말했다.

　"자아, 두들겨 팬다면서? 어서 해 봐."

　"보채지 마, 자식! 너 이제 조심하는 게 좋을 거야."

　"때려 준다면서? 넘어 왔으니 때려 봐? 자."

　"동전 두 개 주면 때려 주지."

　낯선 소년은 여봐란 듯이 반짝이는 동전 두 개를 호주머니에서 꺼내 들더니 비웃듯이 톰에게 내밀었다. 톰은 동전을 탁 쳐서 땅에 떨어뜨렸다. 그 순간 두 소년은 맞붙어서 먼지 날리는 땅 위를 뒹굴었다. 둘은 마치 고양이처럼 서로 할퀴고 머리카락과 옷을 쥐어뜯으며 먼지 속에 파묻혔다. 이윽고 뽀얀 먼지가 가시자, 대세가 한쪽으로 기울어져 있었다. 톰이 상대의 몸 위에 타고 앉아 주먹으로 마구 내리치고 있었다.

이 작은 그림들은 남쪽 지방의 이상적인 모습을 보여 준다. 상단에는 세인트루이스, 바로 아래에는 뉴올리언스다.

"졌다고 말해!"

톰의 말에 다른 소년은 벗어나려고 몸부림을 치면서 울음을 터뜨렸다. 너무나 분해서였다.

"졌다라고 말해!"

주먹세례가 배로 날아갔다. 이윽고 깔린 소년이 헉헉거리며 기어들어가는 목소리로 "졌다!"라고 말했다. 그러자 톰은 먼저 일어나 상대가 일어나기를 기다렸다가 말했다.

"이젠 알았지? 다음부터 사람을 놀릴 때는 상대가 누구인지를 확인하고 놀려."

톰은 콧방귀를 뀌며 의기양양하게 돌아섰다. 그런데 등을 돌리자마자 돌멩이 하나가 날아와 톰의 어깨 한가운데를 맞히는 게 아닌가. 낯선 소년은 재빨리 노루처럼 도망치기 시작했다. 톰은 이 비겁한 적을 쫓아 달렸고 녀석이 사는 집까지 추격했다.

톰은 문가에 진지를 구축하고 적에게 어서 나오라고 소리쳤다. 그러나 적은 창문 틈으로 내다보며 혀를 날름거리며 도전장을 피했다. 잠시 후 톰은 녀석의 어머니가 나와 썩 꺼지라고 호통을 치는 바람에 물러나야 했다. 비겁한 적을 혼내 주지 못한 채……

톰은 그날 밤늦게 집으로 돌아왔다. 창문으로 살며시 들어가는데 그만 복병에게 들키고 말았다. 폴리 이모였다. 이모는 흙투성이가 된 톰의 모습을 보고 토요일에는 하루 종일 일을 시켜야겠다는 굳게 결심했다.

II

뛰어난 흥정가

토요일 아침이 밝았다. 환한 여름 태양 아래 대자연이 신선하고 싱싱하게 살아났다. 사람들 얼굴도 빛났고 마음에는 노래가 솟아나 입을 통해 흘러나왔다. 발걸음도 가벼웠다. 아카시아 꽃이 만발하여 향내가 그윽한 기분 좋은 토요일이었다.

저 멀리, 마을 위쪽에 카디프 언덕이 보였다. 온통 초록으로 뒤덮여 꿈의 나라나 안식처처럼 보였다.

톰이 묽은 회반죽이 든 양동이와 긴 손잡이가 달린 솔을 든 채 한길에 나타났다. 톰은 나무판자 울타리를

한번 훑어 보는 순간, 유쾌했던 기분이 싹 가셔 버렸다. 높이 9피트의 널판장이 무려 30미터나 이어져 있었다.

갑자기 세상만사가 귀찮아지고 움직이기 싫어졌다. 톰은 한숨을 내쉬면서 솔을 양동이에 푹 담갔다. 그러고는 제일 꼭대기 널빤지에다 대고 쓰윽 문질렀다. 그렇게 같은 작업을 되풀이했다.

위 사진은 젊은 마크 트웨인이 그의 친구들과 뛰어놀던 한니발의 카디프 언덕이다. 아래 사진의 울타리가 바로 톰 소여가 칠해야 했던 울타리의 모델이다. 오늘날에는 매년, 아이들을 위해 울타리 칠하기 대회가 열린다.

희끗희끗 엉터리로 칠해진 널판장 앞에서 톰은 힐끗 옆을 보았다. 아직 칠하지 않은 널판장이 아득하게 펼쳐져 있었다. 그만 맥이 탁 풀린 톰은 바로 옆에 있는 나무 그늘에 털썩 주저앉았다.

그때 흑인 짐이 양동이를 들고 춤추듯이 뛰면서 노래를

흥얼거리며 문 밖으로 나왔다. 공동 우물에서 물을 길어 오는 일을 제일 싫어하는 톰이지만, 오늘만은 그렇지 않았다. 우물가에서 놀고 있을 장난꾸러기들이 생각났던 것이다. 그곳은 늘 아이들로 붐볐다. 사내아이들과 여자아이들이 서로 물을 끼얹기도 하고, 장난감을 교환하기도 했으며 말싸움을 하는가 하면 서로 맞붙어 싸우기도 했다.

톰이 짐을 불렀다.

"짐, 네가 이 널판장을 칠해 주면 물은 내가 길어 올게."

그러자 짐은 머리를 가로저으며 대답했다.

"안 돼요, 도련님. 마님께서 말씀하셨어요. 도중에 한눈 팔거나 어울려 놀지 말고 곧장 다녀오라고요. 그리고 톰이 분명 너한테 널판장을 칠하라고 할 테지만 못 들은 척하고 제 할 일이나 하라고 이르셨어요. 마님이 곧 울타리 칠하는 것을 보러 오신다고 하셨어요."

남쪽의 신비롭고 풍요로운 귀족적인 삶은 선망의 대상이었다. 이 그림은 미시시피 강의 많은 뗏목과 외륜선들을 보여 준다 강가에는 노예들의 집과 아름다운 농장 주인의 집인, '위대한 집(the great house)'이 보인다.

"괜찮아. 이모 말 곧이 듣지 마. 늘 하는 소리잖아. 짐, 양동이 이리 내. 일 분도 걸리지 않을 테니까. 이모가 어떻게 알겠어?"

"도, 도련님 아, 안돼요. 마님이 내 목을 비틀어 버릴 거예요."

"이모가? 이모는 그렇게 심하게 혼낼 줄 몰라. 골무 낀 손가락으로 알밤 한 대쯤 먹이는 게 고작이지. 전혀 무섭지 않아. 짐, 너 구슬 갖고 싶지? 하얀 구슬 줄까?"

짐의 마음이 흔들리기 시작했다.

"자, 하얀 구슬이야. 아주 큰 하얀 구슬."

"톰 도련님, 싫은 게 아니라 저는 마님이 무서운걸요."

"만일 네가 대신 칠해 준다면 내 발가락 상처를 보여 줄게."

이 꼬임에는 짐도 당해 낼 수가 없었다. 양동이를 놓고 하얀 구슬을 하나 받아 든 채 쪼그리고 앉아 톰의 발가락에 감긴 붕대가 풀려 나가는 것을 숨을 죽이며 지켜보고 있었다.

위쪽에 보이는 나무는 아카시아 혹은 백색 아카시아라고 불린다. 작은 관목으로 잔가지가 뾰족하고 꽃은 다발로 묶어 놓은 듯이 핀다.

그러나 다음 순간, 짐은 양동이를 움켜쥐고 엉덩이를 긁적거리며 허둥지둥 달려 나갔고, 톰은 톰대로 정신없이 널판장을 칠하기 시작했다. 한 손에 슬리퍼를 든 폴리 이모가 도둑고양이처럼 지켜보고 있는 게 아닌가. 이모는 아주 만족스러운 승리의 눈빛으로 유유히 물러갔다.

그러나 톰의 끈기는 오래 계속되지 않았다. 오늘 오후에 하려고 마음먹었던 놀이들을 생각하니 더욱 우울해졌다.

'얼마 안 있으면 아이들이 갖가지 즐거운 원정 계획을 갖고 몰려와 토요일에도 이런 일을 하고 있는 날 보고 비웃어 대겠지?'

톰의 가슴은 불처럼 화끈 달아올랐다.

톰은 자기 재산을 모두 꺼내 살폈다. 자질구레한 장난감이 몇 개, 구슬, 그리고 여러 가지 잡동사니…… 이것들을 나눠 준다면 아이들에게 일을 대신 시킬 수 있을지 모르겠지만 그래도 30분

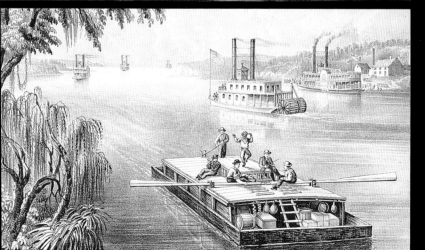

증기선의 전성기

기선은 남북전쟁 전인 1840년에서 1850년에 그 전성기를 맞는다. 그리고 훗날 철도의 개발과 함께 뒤안길로 사라진다.

1849년, 대략 천 대의 기선이 미시시피 강을 항해했다. 당시 기선들은 주방과 아름다운 객실, 호화로운 라운지를 갖춘 떠다니는 호텔로 변했다. 승선자 중 객실을 갖고 있는 사람들과 그렇지 못한 이민자, 방랑자, 모험가들의 차이는 대조적이었다.

좌측 상단에 보이는 메이플라워호의 이름은 처음 영국의 청교도들이 아메리카 신대륙으로 건너간 곳의 지명을 딴 것이다. 이 배는 당시로선 엄청난 규모에 편안함을 자랑했고 빠른 속도야말로 무엇보다 중요한 장점이었다. 증기선들의 경쟁은 신문마다 큰 화젯거리가 되곤 했다. 시합은 달빛이 환한 한밤중에도 열리곤 했다(우측 상단과 중간).

이긴 기선의 승원은 보너스를 받았고 유명세를 탔다. 또한 당시에는 경마 시합에 거는 돈 내기가 유행했다.

마크 트웨인은 기선 미주리호를 직접 몰았다. 1853년과 1859년 사이에 이 일을 배워 자격증을 취득했는데, 이것은 바로 어린 시절의 꿈이었다. 당시 타의 추종을 불허하는 일급 항해사로 알려진 호레이스 빅스비에게 배웠다.

이상을 넘기기는 힘들 것 같았다. 톰은 빈약한 재산을 호주머니에 다시 쑤셔 넣었다. 그리고 비참한 생각에 잠겼는데 갑자기 멋진 생각이 떠올랐다.

톰은 곧 솔을 집어 들고 유유히 일을 시작했다. 그때 마침 길 저편에서 벤 로저스가 나타났다. 톰이 누구보다 놀림감이 될 것을 걱정하던 친구, 벤이었다. 벤은 껑충껑충 뛰면서 다가왔다. 그것은 뭔가 재미있는 일을 꾸미느라 마음이 들떠 있다는 증거였다. 벤은 이따금 사과를 한 입씩 베어 먹으면서 목청을 길게 빼어 "부웅부웅"

거리다가 묵직한 소리로 "타타탕 타타탕" 소리를 냈다.

벤은 증기선 흉내를 내고 있었다. 벤은 지금 큰 미주리 항에 속도를 줄이면서 막 들어오고 있는 중이었다. 다시 말하면 벤은 배이면서 선장과 선원이기도 했다. 선장이 되어 명령을 내리고 나서 선원이 되어 그 명령에 따랐다.

"멈춰, 딩! 딩! 딩!"

그리고 천천히 배를 부둣가에 세우기 시작했다. 모든 동작은 실제 배를 모는 듯했다.

"후진, 딩! 딩! 뚜뚜!"

그러면서 오른손으로 큰 원을 그렸는데 그 이유는 바로 조종관의
지름이 25피트나 되기 때문이다.

"자, 좌현으로 후진, 딩! 딩! 뚜뚜!"

반대로 왼손이 큰 원을 그렸다.

"우현으로 멈춰, 딩! 딩! 좌현으로 멈춰, 우현 앞으로! 밧줄을 던져.
좀 서두르란 말이야. 부두에 정박! 기계 작동을 멈춰! 딩! 딩! 딩!"

벤이 요란스럽게 다가와도 톰은 증기선에는 전혀 관심이 없다는
듯이 계속 칠을 했다. 벤은 의아한 듯 잠시 그 모습을 바라보다가 입을
열었다.

"하하! 넌 꽁꽁 묶여 있구나!"

대답이 없었다. 톰은 화가와 같은 얼굴을 하고 지금 막 칠한 곳을
감상하는 척했다. 그리고 다시 솔을 들어 조용히

기선의 항해사는 항로 표지, 불
빛, 제방 없이도 운항할 수 있어
야 했다. 물의 흐름이 늘 바뀔 뿐
만 아니라 지도 역시 신뢰할 수가
없었기 때문이다. 이러한 운항의
어려움과 사고의 위험은 그들에
게 늘 막중한 책임감을 요구했다.

덧칠을 하고는 고개를 갸웃거렸다.
벤은 톰 옆으로 가서 톰과 나란히 섰
다. 톰은 벤이 쥐고 있는 사과가 먹
고 싶어 입 안에 군침이 돌았다. 그
러나 벤이 바로 옆에 선 것까지도 모
른 체했다.

마크 트웨인은 미시시피에서 한
달에 오백 달러의 임금을 받았다.
이는 일반 선장들의 임금을 훨씬
능가하는 것이었다. 하지만 그의
항해는 그만한 가치가 있었다. 항
구에 도착하면 승선자들은 모두
마크 트웨인에게 박수갈채를 보
냈고, 그의 영웅적인 모습을 널리
알렸다고 한다.

벤이 다시 말했다.

"야, 친구야! 너 일해?"

톰이 휙 돌아보며 말했다.

"아, 벤이구나. 못 봤다."

"톰, 난 수영하러 가는 길이야, 너 안 갈래? 아니다. 보아하니 넌 일
을 하는 편이 좋겠다. 암, 일을 해야지!"

톰은 상대방의 얼굴을 잠시 바라보더니 말했다.

"일이라고? 너 무슨 소리를 하고 있니?"

"야, 그럼 이게 일이 아니고 뭐냐?"

톰은 시치미를 떼고 말했다.

"어쩌면 그럴지도 모르지. 하지만 그렇지 않을지도 몰라. 좌우간 내가 알고 있는 것은 이것이 톰 소여의 마음에 꼭 든다는 사실이야."

"뭐라고! 설마 네가 지금 이걸 좋아서 하고 있단 말이야?"

톰은 여전히 널판장을 칠하면서 말했다.

"좋아하면, 안 돼? 널판장 칠할 수 있는 멋진 기회가 날마다 있다고 생각하니?"

이쯤 되고 보니 사정이 완전히 달라져 버렸다. 벤은 사과 먹는 것도 잊고 쳐다보았다. 톰은 보라는 듯이 솔을 오른편으로, 왼편으로 움직이는가 하면, 한 걸음 뒤로 물러서서 칠한 곳을 살펴본 후 여기저기 덧칠을 하고는 다시 칠한 곳을 감상했다.

❝아이들이 뒤를 이어 줄줄이 나타났다. 모두들 처음에는 톰을 놀려 주려고 왔지만 끝내는 널판장을 칠하는 신세가 되었다.❞

톰의 동작을 일일이 따라가며 쳐다보니 벤은 점점 빠져들고 말았다.
정말 재미있을 것 같았던 것이다. 벤은 참다못해 말했다.

"톰, 나도 좀 칠해 보자."

톰은 선뜻 승낙하고 싶었으나 꾹 참았다.

"아, 안 돼. 좀 곤란해. 너 폴리 이모가 이 널판장 칠을 얼마나 중요
하게 생각하는지 아니? 여긴, 길가잖아. 저 안쪽 같으면 또 몰라
도……. 정말이야, 여기만은 여간 까다로운 게 아니라고. 이 널판장을
제대로 칠할 수 있는 애는 아마 1천명에 하나, 아니 2천명에 하나 있을
까 말까 하니까."

"그런 소리 마. 나도 너만큼은 칠할 수 있어. 톰, 시켜 주라.
이 사과 반쪽을 줄게."

"그렇다면…… 아니야, 벤 역시 안 되겠다. 이모가 무서워."

"아니, 이 사과 다 줄게."

그제야 톰은 못 이기는 체하며 솔을 건네 주었다. 그러고는 증기선
함장이 햇볕 아래 땀을 뻘뻘 흘리며 일을 하고 있는 동안, 자기 계략에
만족하며 바로 옆 나무 아래 통에 걸터앉아 다리를 흔들면서 사과를 맛
있게 먹었다. 그러면서 어리석은 애들을 좀 더 끌어들일 궁리를 했다.

아이들은 줄줄이 뒤를 이어 나타났다. 모두들 처음에는 톰을 놀려
주려고 왔지만 끝내는 널판장을 칠하는 신세가 되었다. 벤이 칠하기에
지칠 무렵쯤, 톰은 다음 차례를 빌리 피셔에게 종이 연 하나를 받고 넘
겨 주었다. 그리고 빌리가 기진맥진하자, 조니 밀러가 죽은 쥐 한
마리와 그 꼬리에 묶을 노끈 하나로 그 뒤를 넘겨받았다. 이
런 식으로 톰의 일을 대신하겠다는 희망자가 몇 시
간이나 꼬리에 꼬리를 물고 나타났다.

아침까지 가련한 빈털터리였던 톰은 한나절이
채 지나기 전에 글자 그대로 보물 더미에 파묻히

인형의 옷을 제작하기 위해 장난
감 제작자들은 이민 여성들을 찾
아갔다. 그들은 주로 서쪽으로 가
기 위해 미시시피 강가에서 머물
러 있었다.

바람개비의 샘 아저씨. 이렇게 이
름이 불린 것은 1810년 때부터였
다. 이때 미국의 장갑차에 U[ni-
ted] S[tates of] AM [erica]
라고 적혀 있던 것을 사람들이
U[ncle] SAM이라고 해석했던
것이다. 그의 복장은 영국의 정
치인인 세바 스미스를 희화한 것
이다.

게 되었다. 가지고 있던 물건들 이외에 구슬 12개, 요지경을 만드는 파란 유리 조각 하나, 호루라기, 아무것도 열지 못하는 열쇠, 백묵 조각 하나, 양주병 유리 마개, 양철 병정, 올챙이 2마리, 총알 6발, 애꾸눈 새끼고양이 인형, 놋쇠로 만든 문고리, 개 목걸이, 칼자루, 굴껍질 4개, 헐어빠진 블라인드 1개를 가진 부자가 되어 있었다.

그것뿐만이 아니었다. 친구들과 떠들며 유쾌하고 즐겁게 게으름을 피웠는데도, 널판장은 세 번씩이나 말끔히 칠해졌다. 만일 이쯤에서 회반죽이 떨어지지 않았다면 톰은 온 마을 아이들을 파산시켰을지도 모른다.

톰은 자기의 사업적인 재능을 깨닫지는 못했지만 최소한 인생은 살아볼 만하다고 생각했다. 톰이 발견한 법칙은 바로 누구에게든 어떤 것을 갖고 싶게 하려면 그것을 갖기 어렵게 만들면 된다는 것이었다.

또한 일과 취미의 차이도 간파했다. 아무리 좋아하던 것도 돈을 받고 해야 하는 의무적인 일이 된다면 하기 싫어지는 법이니까.

66 톰은 다음 차례를 빌리 피셔에게 종이 연 하나를 받고 넘겨 주었다. 그리고 빌리가 기진맥진하자, 조니 밀러가 죽은 쥐 한 마리와 그 꼬리에 묶을 노끈 하나로 그 뒤를 넘겨받았다. 99

III

슬픔 속에서 만난 사랑

톰은 집으로 달려가 폴리 이모에게로 갔다. 널
따란 이모의 방은 침실, 부엌 혹은 서재로도 쓰였
다. 평온한 여름 낮, 이모는 열린 창문 옆에서 꽃
향기와 벌들의 날개 소리에 뜨개질을 하며 졸고
있었다. 유일한 말벗인 고양이도 무릎 위에서 자
고 있었다. 이모는 톰이 당당하게 들어오는 것을
보고 화들짝 놀랐다. 톰이 오래전에 일을 팽개치
고 도망쳤을 거라고 생각하고 있었기 때문이다.

개척자들 집 안의 가구는 충분하
진 않았지만 수공예 작품들이었
다. 식탁, 돌림띠가 있는 식기장
은 무엇보다 튼튼했다. 나무통 안
에는 여행을 위한 소금에 절인 돼
지고기를 저장하고 있었을 것이
다. 현재 이 나무통은 물을 저장
하는데 사용되고 있다. 이렇듯,
1840년 미주리 주에서는 모두 중
산계급화 되어 갔다.

"이모, 저 이제 놀러가도 될까요?"

"뭐, 벌써? 얼마나 칠했니?"

"다 칠했어요, 이모."

"거짓말하지 마, 톰! 너 내가 거짓말을 제일 싫어하는 줄 알잖니?"

"거짓말이 아니에요. 정말 칠했다니까요."

폴리 이모는 곧이듣지 않았다. 직접 확인하러 나가면서 속으로 칠
해야 하는 울타리의 25퍼센트만 칠해져 있어도 충분하다고 생각했다.
그러나 믿기지 않는 일이 벌어져 있었다. 울타리는 전부 칠해져 있을
뿐만 아니라 어디 하나 빈 곳 없이 꼼꼼히 덧칠까지 돼 있었다. 이모는
놀란 마음을 가다듬으며 톰에게 자유 시간을 허락했다.

"세상에 믿기지가 않는구나! 톰, 넌 마음만 먹으면 언제든지 해 낼
수 있어."

그러다가 너무 칭찬했다는 느낌이 들었는지 갑자기 찬물을 끼얹었다.

"하지만 좀처럼 그런 마음을 가지지 않아서 탈이지. 그럼 가서 놀다 오너라. 그러나 일주일씩 놀다 오라는 것은 아니다. 일찍 돌아오지 않으면 혼날 줄 알아라!"

폴리 이모는 톰이 너무 기특해서 광으로 데리고 가 큼직한 사과를 하나 골라 주며 한바탕 설교를 늘어놓았다. 일한 후의 대가가 얼마나 값지고 맛있는지 알려 주기 위해서……. 그러나 그 사이 톰은 과자를 하나 더 슬쩍했다.

톰이 집을 나오는데 마침 동생 시드가 2층 다락방으로 통하는 계단을 올라가고 있었다. 톰이 이 기회를 놓칠 리 없었다. 시드에게 흙덩이가 비 오듯 쏟아졌다. 폴리 이모가 사태를 눈치 채고 허둥지둥 달려갔을 때는 이미 흙덩이들이 임무를 완수한 뒤였다. 톰은 정원을 둘러친 낮은 울타리를 뛰어넘어 감쪽같이 사라졌다. 시드에게 검은 실 사건을 포함한 여러 일들에 대한 복수를 하고 나자 속이 후련했다.

톰은 외양간 옆 진흙길을 지나 서둘러 마을 광장으로 향했다. 이곳은 잡힐 염려가 없는 안전 지대였다. 광장에는 약속대로 전쟁놀이를 하기 위해 아이들이 모여 있었다. 아이들은 두 패로 나뉘었는데, 한쪽 편은 톰이 장군을 맡았고 상대편은 톰의 가장 친한 친구인 조 하퍼가 대장이었다. 두 위대한 사령관은 직접 전투에 참석하지 않고 좀 높은 곳에 진을 친 후 부관을 통해 명령을 내리거나 작전을 지휘했다. 길고 치열한 전투 끝에 톰의 군대가 대승을 거두었다. 군대는 전사자의 수를 세고 포로를 교환한 후, 다음 싸움의 날짜를 정했다. 그리고 줄을 지어 각자 집으로 돌아갔다.

혼자 집으로 돌아오던 톰은 제프 대처의 집 앞을 지나다가 마당에서 낯선 소녀를 보았다. 푸른 눈에 금발을 양 갈래로 땋은 예쁜 소녀

존 브릭스는 마크 트웨인의 소년 시절 친구이자 게임을 할 때 늘 같이 어울리던 친구이기도 했다. 바로 그가 톰 소여 무리에서 조 하퍼의 영감을 가져다 준 사람이다. 그는 마크 트웨인보다 나이가 1년 2개월이 많았다. 14세부터 담배 공장에서 일했고, 훗날 금을 찾는 일을 하고 사업가가 되었다. 두 친구는 한니발에서 1902년 다시 재회한다.

는 고운 수가 놓인 여름 치마를
입고 있었다. 지금 막 승리의 영
광을 안고 돌아오던 영웅은 그
만 사랑에 마음을 빼앗기고 말
았다. 그 순간 톰의 마음에 에이
미는 흔적조차 남지 않았다. 톰
은 지금까지 에이미를 좋아한다
고 생각했다. 그런데 그 감정은
분별력이 모자라는 일시적인 것

에 불과했었나 보다. 사실 톰이 에이미의 마음을 사기까지는 몇 달이
나 걸렸고, 노력 끝에 불과 8일 전에 좋아한다는 고백을 받아 냈다. 지
난 한 주 동안 톰은 세상에서 가장 행복하고 자랑스러운 소년이었다.
그런데 한순간에 에이미가 가슴속에서 빠져나갔고 더 이상 아무런 감
정을 느끼지 못하게 되었다.

톰은 새로운 천사에게 힐끔힐끔 동경의 시선을 보내다 소녀 쪽에서
아는 눈치를 보이자 갑자기 모르는 척 시치미를 뗐다. 그리고 갑자기
힘든 체조 동작을 흉내 내기 시작했다. 그러면서 힐끔 곁눈으로 보니
소녀가 집으로 들어가려 하고 있었다. 톰은 울타리 옆으로 달려가
좀 더 있었으면 하는 애틋한 심정으로 바라보았다. 그러나 소녀는
계단에서 잠시 멈춰 섰다가 다시 문으로 걸어갔다. 소녀가 발판에
발을 대는 순간 톰은 깊은 한숨을 내쉬었다. 하지만 다시 얼굴이
상기되었다. 소녀가 집 안으로 들어가기 전에 오랑캐꽃 한 송이를
울타리 너머로 던져 주었기 때문이다.

톰은 달려가 꽃을 집으려다 말고 한두 걸음 앞에서 멈춰 섰다. 그리
고 밀짚을 하나 주워 머리를 뒤로 젖히고 콧등에 세웠다. 그러고는 밀
짚이 쓰러지지 않도록 이리저리 비틀거리면서 오랑캐꽃 쪽으로 다가

아나 로라 호킨스는 마크 트웨인
의 젊은 시절 사랑스런 여자 친구
였다. 그녀는 베키 데처라는 인물
로 그려진다. 한니발에 있는 그녀
의 집은(위에) 1840년 예전 모습
그대로 복원되었으며 '베키 대처
의 집'이라고 불린다. 이 이름은
그녀의 묘에도 새겨져 있다. 아래
는 그녀가 프레저 의사와 결혼할
당시 초상 사진이다.

갔다. 드디어 맨발이 꽃에 닿았다. 톰은 꽃을 발가락으로 조심스럽게 집어 올리더니 보물이라도 얻은 듯이 깡충깡충 뛰면서 길모퉁이를 돌아 모습을 감추었다. 톰은 숨어서 꽃송이를 셔츠 단추에 달았다. 그리고 소녀가 혹시 창문 뒤에서 지켜볼 수 있다는 생각에 다시 돌아와 해가 질 때까지 어슬렁거렸지만 소녀는 두 번 다시 모습을 보이지 않았다.

저녁 식사를 하는 동안 이상하게 싱글벙글하는 톰을 보고 폴리 이모는 의아해 했다. 낮에 시드에게 흙덩이를 던진 일로 매우 혼이 났으나 조금도 마음을 쓰는 것 같지 않았다. 톰은 이모가 보는 코앞에서 설탕을 몰래 가져가려다 손가락을 얻어맞았다.

"이모, 이모는 시드 녀석이 가져갈 때는 아무 말도 안하잖아요."

"시드는 너처럼 바닥을 내지는 않는단다. 내가 널 말리지 않는다면 아마 우리 집 설탕은 오래 전에 다 떨어졌을 게다."

이모는 주방으로 향했다. 시드는 신이 나서 금방 설탕 단지 쪽으로 손을 내밀었다. 물론 톰을 약 올리려는 행동이었다. 톰은 화가 치밀었다. 그런데 시드의 손가락이 미끄러지면서 그만 설탕 단지를 떨어뜨려 깨뜨리고 말았다. 톰은 고소했지만 이르고 싶은 마음을 꾹 참고는 이모가 돌아와 누가 이렇게 했느냐고 묻기 전까지는 절대 입을 열지 않으리라 다짐했다. 이모가 귀여워하는 모범 소년 시드가 자신의 눈앞에서 호되게 당할 모습을 상상만 해도 기뻐 어쩔 줄을 몰랐다.

이모가 돌아왔을 때 톰은 마음을 진정시키고 자리에 겨우 앉아있었다. 산산조각이 난 설탕 단지를 내려다본 이모의 안경 너머 눈에 번개가 쳤다. 톰은 마음속으로 '드디어 올 것이 왔구나.' 하고 생각하고 있었다. 그런데 어이없게 마룻바닥에 곤두

박질 쳐진 것은 자신이었다. 또 다시 이모의 매서운 손이 올라가는 순간 톰이 소리 질렀다.

"시드가 깨뜨렸는데 왜 나를 때려요?"

이모가 당황하여 때리려던 손을 거두었다. 톰은 이모가 부드럽게 사과하며 달래 주리라 생각했지만, 이모의 입에서는 기대와 다른 말이 나왔다.

"너도 시드 못지않게 장난을 쳤을 게 뻔하니까 말이야."

사실 폴리 부인의 마음도 아팠다. 무언가 따뜻한 말을 건네고 싶었지만 그렇게 한다면 규율이 엄격하게 지켜지지 않을 것 같았다. 그래서 묵묵히 자신이 하던 일을 계속 했다. 톰은 억울한 마음에 한쪽 구석에서 툴툴거렸다. 이모가 마음속으로는 자기를 사랑한다는 것을 알고 있지만, 이모가 먼저 말을 걸기 전까지 그러고 있을 작정이었다. 머릿속

벌목꾼들에 의해 미국 북쪽에 있는 소나무 숲, 참나무 숲, 그리고 다른 여러 종류의 나무숲들이 개척되었다. 그들은 나무를 옮기기 위해 나무 기둥들을 한데 모아 떠다니는 '기차'와 같이 길게 묶었고 나무들은 미시시피 강이 흐르기 시작하는 위스콘신부터 운반되기 시작했다. 이들의 삶은 고됐다. 사람들은 나무기둥으로 오두막집과 판잣집을 만들어 캠핑을 했다.

에서는 이모 품에 안겨 미안하다는 말을 건네는 상상을 하고 있었지만, 실제로는 반대로 벽을 향해 몸을 획 돌리고 있었다. 톰의 마음이 못내 아쉬웠으니 이모의 마음이야 얼마나 아프겠는가!

'만약 내가 강에서 익사하여 머리가 다 젖은 채 심장이 멈춘 차디찬 모습을 이모가 본다면, 이모는 틀림없이 나를 끌어안고 눈물을 펑펑 흘리며 톰을 살려달라고, 다시는 혼내지 않겠다고 하겠지? 하지만 나는 창백하게, 움직이지도 않을 것이고 결국⋯⋯.'

이러한 상상은 너무나 비참하고 침울해 목이 다 메었다. 눈을 깜빡

일 때마다 눈에서는 닭똥 같은 눈물이 뚝뚝 흘러내렸다. 톰은 자신의 슬픔을 지겹도록 되풀이했고, 그러는 동안 누구의 방해도 어떤 위로도 받고 싶지 않았다. 그러던 중 사촌 메리가 시골에서 일주일을 보내고 집으로 돌아왔다. 톰은 더욱 어두운 슬픔에 잠겨 뒷문으로 집을 빠져 나왔다. 그러자 다른 문으로 메리와 함께 기쁨과 활기가 들어간 듯 집에는 웃음이 넘쳤다.

톰은 멀리 떨어져 자기 기분과 어울리는 쓸쓸한 장소를 찾아 돌아다녔다. 뗏목이 매여 있는 어두운 강가에 앉아 음산한 강물을 내려다보고 있는데 불현듯 오후부터 간직하고 있었던 꽃이 생각났다. 톰은 그 꽃을 구겨버리고 너덜너덜하게 만들었다. 그래도 고통스런 마음에 쓸쓸함만 더해질 뿐이었다.

'그 소녀는 내가 불쌍했던 걸까? 만약 이 일을 그 애도 안다면 나를 동정하고 내 어깨에 손을 올려 위로해 주었을까? 아니면 냉정하고 무관심하게 시선을 돌려버렸을까?'

톰은 여러 가지로 끝없이 생각하다 지쳐서 깊은 한숨을 내쉰 뒤 자리에서 일어났다. 밤 9시 반에서 10시 사이에 톰은 아무도 없는 길에 들어섰다. 그곳은 바로 이름 모를 아름다운 소녀의 집이었다. 집 안을 기웃거리며 귀를 쫑긋 세워 보았지만 아무 소리도 들을 수가 없었다. 2층에서는 홀로 켜진 촛불만이 창문 커튼 뒤에서 슬픈 빛을 발하고 있었다.

저 커튼 뒤에 소녀가 있을까? 톰은 담장을 넘어 정원의 관목들 사이로 길을 냈다. 그리고 창문 밑에서 발걸음을 멈추고는 감상에 젖어 새어 나오는 빛을 바라보다가 땅 바닥에 팔짱을 끼고 누웠다. 망가진 꽃을 손에 쥔 채 톰은 누워서 임종의 순간을 상상했다.

'사랑하는 사람도 없이 식어가는 창백한 이마의 땀을 닦아

> **❝** 그제야 톰은 오후부터 간직하고 있었던 꽃이 생각났다. **❞**

줄 어느 누구 없이 이렇게 죽는다면……, 그리고 사랑하는 사람이 싱
그러운 아침 햇살을 맞으러 나왔다가 죽어 있는 내 모습을 보게 된다
면, 그녀는 이미 생명이 떠난 몸에 눈물을 흘릴까? 아직 앞길이 창창
한 젊은 나이에 갑작스레 죽었다고 한숨을 쉴까?'

이때 갑자기 창문이 열리더니 하인의 비명 소리와 함께 얼음물 벼
락이 누워 있던 순교자를 덮쳤다. 톰은 스프링을 달은 것처럼 튕겨 일
어났다. 동시에 무엇인가 휭 하고 날아오는 소리가 들리더니 컵 깨지
는 소리도 들렸다. 톰은 재빨리 담장을 넘어 어둠 속으로 사라졌다.

집으로 돌아온 톰은 옷을 벗고 잠자리에 들 준비를 했다. 촛불 사이
로 보이는 톰의 몸은 잔뜩 젖어 있었다. 시드가 잠에서 깼다. 오늘 하
루 동안 무슨 일이 있었는지 아무것도 모르는 시드는 사나운 톰의 눈
을 보고 잠자코 있는 것이 신상에 이롭겠다고 생각했다. 톰은 기도도
하지 않은 채 잠이 들었고, 시드는 이를 놓치지 않고 적어 놓았다.

IV

주일학교에서 생긴 일

태양이 천천히 떠오르며 평온한 마을을 눈부시게 비추었다. 아침 식사를 마친 후, 폴리 이모는 성경 말씀 끝으로 모세가 계시를 받는 성경 구절을 읽어 주었다. 누가 보면 그녀가 시내 산에서 내려온 줄 알았을 것이다.

톰은 머리를 쥐어짜며 성경 구절을 암송하기 시작했다. 시드는 벌써 자기의 몫을 다 외워 놓았다. 톰은 시내 산에서 전하는 설교 구절들을 외웠는데, 이유는 그 부분이 가장 짧기 때문이었다.

모세가 시내 산을 내려와 유대 민족에게 하나님의 십계명을 건넨다. 주일학교 아이들은 이 성경 구절을 외워야했다.

톰의 집중력은 삼십 분을 넘기지 못했다. 이미 톰은 성경 구절들을 떠나 갖가지 놀이 방법들을 궁리하고 있었다. 사촌 누나인 메리는 톰이 외운 것을 확인하려고 성경 구절들을 외우게 했다.

"마음이…… 어……."

"가난한 자는."

"맞아, 가난한 자는. 마음이 가난한 자는……."

"복이 있나니."

"맞아, 마음이 가난한 자는 복이 있나니, 천국이…… 천국이……."

"저희 것이요."

"저희 것이요. 마음이 가난한 자는 복이 있나니, 천국이 저희 것이요, 애통하는 자는 복이 있나니, 저희가…… 저희가……."

"위로를"

"저희가 위로를, 위로를…… 메리 누나 그 다음이 뭐야?"

"받을 것이요!"

"아, 받을 것이요. 애, 애통하는 자는 복이 있나니…… 음…… 저희가 위로를…… 받을 것이요…… 에, 그 다음은 뭐야? 왜 그냥 다 한꺼번에 알려 주지 않고 자꾸 약만 올리는 거야."

"톰, 그만해. 내가 언제 약을 올렸다고 그래. 내가 왜 너를 약 올리겠니? 실망할 것 없어. 톰, 넌 해 낼 수 있을 거야. 다 외우면 누나가 좋은 거 줄게. 다시 해 봐."

"알았어 그런데 좋은 게 뭔데? 뭔지 먼저 말해 줘."

"걱정 마, 톰. 누나가 좋은 거라면 진짜 좋은 거니까."

"좋아! 누나 말대로 해 보지. 다시 한 번 도전해 볼게."

선물 미끼에 걸려든 톰은 서둘러 외우기 시작했다. 톰이 성경 구절을 다 외우고 나자, 메리는 자그마한 칼을 주었다. 톰은 기뻐서 어쩔 줄을 몰랐다. 솔직히 말하자면 그 칼은 아무것도 자르지 못할 정

손자루가 철로 된 뼈대로 더 튼튼해졌다. 1800년대에 큰 주머니칼은 미국에서 큰 인기를 끌었다.

도였지만 주머니칼인 것만은 확실했다. 그것도 진짜 유명한 상표였다. 톰은 서랍장에 가느다란 홈을 파다 말고 주일학교에 갈 준비를 해야 했다.

메리는 톰에게 세숫대야와 비누를 가져다주었다. 톰은 밖으로 나가 세숫대야를 의자 위에 올려놓았다. 비누를 물에 푼 뒤 양손을 걷어 붙이고 물을 조심스럽게 바닥에 버렸다. 그러고는 부엌으로 들어가 문 뒤에 걸려 있던 행주를 가지고 자기 얼굴을 힘차게 문질렀다. 그때 메리가 나타나 톰의 손에서 행주를 떼어 냈다.

"너 창피하지도 않니, 톰? 물이 널 해치기라도 한다든?"

당황한 톰은 무슨 말을 해야 할지 몰랐다. 세숫대야에는 다시 물이 가득 부어졌다. 톰은 할 수 없이 숨을 깊게 들이마시고는 눈을 꼭 감고 얼굴을 물속에 푹 담갔다. 그러고는 눈을 감은 채 더듬더듬 수건을 찾아 부엌으로 돌아왔다. 비눗물이 얼굴에서 뚝뚝 흘러내리고 있었다. 그렇게 얼굴을 닦고 난 톰의 얼굴은 마스크를 한 듯 턱밑과 손목 위가 새까맸다.

보다 못한 메리가 톰의 세수를 도왔고, 톰의 살은 비로소 통일된 색

선전 광고용 이미지 카드의 이면은 신발 장사의 선전 광고물이다. 겉 페이지에는 아이들이 잠자고 있는 아이를 간지럼으로 깨우려고 하는 모습을 그렸는데, 여기서 그 아이의 구두에 초점이 맞추어져 있다. 이러한 카드들은 가게나 상점에서 흔히 찾을 수 있었는데 학교에 가면 인기 있는 품목으로 높은 점수를 쳐 주었다.

39

Built in 1839
Hannibal

미국에서는 신도들이 예배에 참여하는 것도 사회 적응에 매우 큰 영향을 미친다고 생각해서 모든 종교가 허용되었다. 기독교가 가장 컸지만 많은 이단들이 있었고, 각자 자기의 예배당이 있었다. 1839년, 한니발에 처음으로 종교 건축물이 만들어졌다. 그것은 장로교였다. 그 교회는 목사와 평신도에 의해 운영되었다. 이후, 감리교(아래)의 신도들은 교리보다 사랑의 실천에 중점을 두고 종을 달게 되었다.

을 가지게 되었다. 곱슬곱슬한 머리카락은 이마를 중심으로 대칭을 이루고 있었다. 톰은 머릿결에 윤기가 나게 기름을 바르고 곱슬머리를 납작하게 만들었다.

메리는 옷장에서 2년 동안 계속 주일만을 위한 옷을 한 벌 꺼냈다. 이것이 톰의 유일한 '다른 옷'이었다. 톰이 옷을 다 입자, 메리가 마지막 점검에 나섰다. 메리는 웃옷의 단추를 턱밑까지 끼워 주고 솔질한 다음 모자를 씌워 주었다. 톰은 완전히 다른 모습이 되었지만 거북스러웠다. 톰은 옷이 어색했다. 또 너무 깨끗한 점이 마음에 들지 않았다. 메리가 구두를 신으라고 하자 톰은 맘에 들지 않는 것만 시킨다며 짜증을 냈다.

하지만 메리도 이에 지지 않았다.

"자, 자, 톰, 착하지?"

톰은 불평을 하면서 구두를 신을 수밖에 없었다. 준비가 다 되자, 세 아이는 주일학교를 향해 떠났다. 메리와 시드는 주일학교에 가는 것을 좋아했지만 톰은 정말 싫었다.

9시부터 10시 반까지 성경 공부를 하고 이어 예배가 이어졌다. 예배당에는 삼백 명 정도가 앉을 수 있는 의자가 있었다. 교회는 작고 단순했으며 나무로 된 종루가 있었다. 문 앞에서 톰은 친구 빌리를 만났다.

"너 노랑 달란트를 가지고 있구나?

"응."

"너 그거 나한테 양보 안 할래?"

"넌 뭘 줄 건데."

"감초하고 낚싯바늘."

"보여 줘."

톰은 교환할 물건을 꺼냈고, 거래

가 성사되었다. 이어서 톰은 두 개의 구슬을 세 개의 빨강 달란트와 바꾸었고, 잡다한 물품들로 두 개의 파랑 달란트를 얻었다. 톰은 다른 친구들도 세워 놓고 그들이 가진 갖가지 색의 달란트를 사들였다.

잠시 후 톰은 한 무리의 시끄러운 소년, 소녀들과 함께 교회 안으로 들어갔다. 하지만 자리에 앉자마자 옆자리의 아이와 싸움을 시작했다. 근엄하고 나이 지긋한 선생님이 싸움을 말렸지만, 선생님이 돌아서자마자 톰은 앞자리 아이의 머리를 잡아당기고는 책을 보는 척 시치미를 뗐다. 다음에는 "아야!"라는 비명을 듣고 싶어 다른 친구를 바늘로 찔러 선생님께 꾸중을 들었다.

톰만 말썽쟁이는 아니었다. 반 아이들이 모두 똑같았다. 소란스럽고 주의가 산만했으며 끔찍이 말을 듣지 않았다. 성경 암송 시간에는 어느 누구도 성경 구절을 만족스럽게 외우지 못해 교사가 늘 첫머리를 가르쳐 주어야만 했다. 그나마 파랑 달란트 두 개를 얻기 위해 두 구절만 간신히 외웠다. 열 개의 파랑 달란트는 하나의 빨강 달란트와

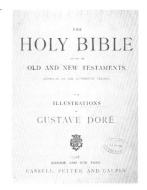

아이들의 삶은 두 개의 교육기관에 의해 통솔되었는데, 바로 학교와 주일학교였다. 주일학교는 주간마다 열리는 교회 학교로, 이는 당시 해학가의 조롱거리가 되고는 했다. 마크 트웨인도 이에 참여했다.

위는 프랑스 예술가 구스타브 도레(1832−1883)에 의해 그림이 그려진 성경책이다. 그는 영국 성경의 삽화를 맡으면서 미국에서 유명해졌다.

❝ 준비가 다 되자, 세 아이는 주일학교를 향해 떠났다. 메리와 시드는 주일학교에 가는 것을 좋아했지만 톰은 정말 싫었다. ❞

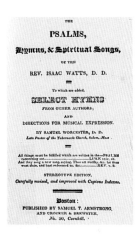

개신교의 예배 순서 중 가장 많은 시간을 할애하는 부분은 바로 설교이다. 성도들은 찬송가와 복음 성가를 불렀는데, 성가집에는 있는 여러 복음성가는 말씀과 음악적인 고무를 준다.

호적등본이 없던 당시, 사람들은 새로운 아기가 태어나면 가족 성서에 기재했다. 이것이 대부분의 집에서 갖고 있는 유일한 책이었다.

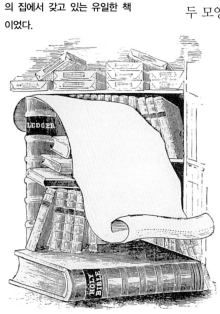

바꿀 수 있었고, 열 개의 빨강 달란트는 하나의 노랑 달란트와 바꿀 수 있었고, 마지막으로 열 개의 노랑 달란트가 모이면 그때 당시 2.5 프랑 하는 성경책을 얻을 수 있었다.

과연 몇 명이나 이천 구절을 외워 성경책을 타겠는가? 그럼에도 메리는 이 년 동안 노력해 이미 성경책 두 권을 받았다. 어느 소년이 네 개인가 다섯 개의 성경책을 얻은 후로 바보가 되었다는 말이 있을 정도였다. 달란트를 주는 것조차 흔한 일이 아니라 한 번 받으면 그 자랑이 보름은 계속 되었다. 톰도 그 영광과 유명세를 타고 싶었다.

교장인 월터즈 선생님은 찬송가 책갈피 사이에 둘째손가락을 끼우고 설교대 앞에 서서 조용히 하라고 당부했다. 교장 선생님은 35세의 남자로 덩치가 컸으며 불그스름한 염소 수염과 같은 빛깔의 머리를 짤막하게 기르고 있었다. 빳빳한 칼라 끝이 귀 언저리까지 닿아서 마치 목에 울타리를 두른것 같았기에 옆을 보려면 언제나 몸 전체를 돌리지 않으면 안 되었다. 턱은 넥타이보다 길었고 지폐만큼이나 넓었다. 또한 구두 끝은 유행을 따라 위로 말려 있었다. 아이들은 이런 구두 모양새를 내기 위해 뒤꿈치를 들고 벽을 마주 본 채 서 있었다. 월터즈 선생님은 예배의 신성함을 지키는 사람이었기 때문에 주일학교 시간에 매우 엄숙하고 근엄한 말투로 말하곤 했다.

"자 여러분, 한번 최대한 조용히 해 보십시오. 저에게 2분의 시간만 할애해 주길 바랍니다. 아, 지금이 딱 좋네요. 이래야 올바로 교육받은 어린이지요. 저기 창문을 내다보는 소녀가 있네요. 저 학생은 내가 나무 위에 걸터앉아 새들에게 연설을 하고 있는 걸로 생각하나 보군요. 저는 어린 여러분들이 신앙을 배우기 위해 이렇게 많이 모인 것이 얼마나 기쁜

지 모릅니다.”

　이런 종류의 연설문은 모두 흡사하니 더 이상 내용을 듣지 않아도 짐작이 갈 것이다. 교장 선생님의 연설이 후반부에 이르자 아이들은 장난을 치고 부산스러워지기 시작했다. 아이들의 소란은 연설이 끝남과 동시에 멈추었다. 이어 아이들이 소곤거리기 시작했다. 방문객이 찾아왔기 때문이었다.

　강단으로 안내를 받아 은발의 노신사와 신사의 부인으로 보이는 중후한 부인, 그리고 부인의 손을 잡고 한 소녀가 들어왔다. 소녀를 발견하기 전까지 톰은 지루함에 몸을 비틀고, 초조하고 불안하게 양심의 가책까지 받고 있었다. 그 이유는 바로 자기를 좋아하는 에이미와 눈이 마주칠까 괴로워 견딜 수가 없었기 때문이었다.

　그러다 소녀를 발견한 톰은 제자리에 가만히 있을 수가 없었다. 톰의 머리에는 오로지 그 소녀 눈에 띄어야겠다는 생각밖에 없었다. 자신도 모르게 옆의 아이를 때리고 머리카락을 잡아당기는가 하면 얼굴을 찡그려 보이기도 했다. 어떻게든 소녀의 눈길을 끌어볼까 안간힘을 썼다. 그런데 순간 지난번 정원에서 물세례를 받은 것이 생각나자, 모래 위의 흔적이 파도에 쓸려가듯 톰의 환희는 사그라졌다.

　손님들에게는

제일 높은 자리가 주어졌다. 교장 선생님은 손님들을 학생들에게 소개했다. 그 신사는 바로 부장 판사였다. 아이들은 저도 모르게 자세를 바로잡았다. 아이들은 아직까지 그 어떤 명사도 만나 본 적이 없었던 것이다. 조금 전까지 한눈을 팔고 장난을 치던 개구쟁이들이 기침소리 하나 없이 신사를 쳐다보았다.

이 중요한 인물은 미국 세인트피터즈버그에서 이십여 킬로미터 떨어진 콘스탄티노플 출신이었다. 존경심에서 우러난 고요함 속에 모든 이의 시선이 판사에게 집중되었다. 그는 바로 대처 씨의 형이었다. 주일 학교의 학생인 제프 대처가 곧바로 나가 판사에게 인사를 하여 전교생의 부러움을 샀다. 여기저기서 속삭이는 소리가 들렸다.

"야, 쟤 좀 봐. 지금 계단 위로 올라가고 있어."

"오, 악수하려는 것 같은데."

"지금 악수를 하고 있잖아. 아! 내가 저 자리에 대신 있으면 좋겠다."

교장 선생님도 자신을 과시하기 시작했다. 오고가며 명령을 내리는가 하면 명령을 번복했고, 이것저것 모든 것을 신경 쓰는 것처럼 행동했지만 정작 아무것에도 신경 쓰지 않고 있었다. 도서관 사서 역시 손에 책을 잔뜩 들고 이쪽저쪽 뛰어다니면서 자기 일과 작은 권한을 최대한 많아 보이게 하려고 애썼다.

선생님들은 전날 혼냈던 아이들을 칭찬 해 주는가 하면 손동작을 과장하여 아이들의 잘못

대처 씨는 지방 판사다. 프랑스 행정에서는 지구(지역) 판사다. 물론 미국의 지방이 프랑스의 지역보다 광범위하다. 각 주(州)는 여러 지방을 포함하고 있고 이곳에서 판사들은 가장 낮은 범죄들을 다룬다. 아래에는 1847년도에 미주리 주 세인트루이스에 만들어진 법정이다. 이곳의 방은 회의를 위해 사용될 때도 있었다. 뒤에 보이는 것은 시청의 둥근 지붕으로 미국 정부가 있는 곳이다.

FOURTH ST. & CHOUTEAU AV.

을 지적하고 고쳐주는 등 갖가지 방법으로 시선을 끌려고 했다.

여자 아이들은 안전부절 못했으며 남자 아이들은 서로를 향해 종이 뭉치를 던졌다. 부장 판사는 의자에 앉아 이곳저곳을 보며 차분한 미소를 띠면서 벌어지는 광경을 지켜보고 있었는데, 그 역시 자신의 위치가 높음을 알리려는 것 같았다.

그런데 교장 선생님이 생각하기에 딱 한 가지 모자라는 점이 있었다. 그것은 바로 뛰어난 아이에게 성경책을 수여하는 것이었다. 노랑 달란트를 가지고 있는 아이들은 있었지만 성경을 받을 자격이 있는 학생은 아직 없었다. 모처럼 온 훌륭한 손님 앞에서 누구에게라도 성경책을 상으로 주고 싶었던 것이다.

마크 트웨인의 아버지가 판사로 일하며 미미한 죄들을 다루던 법정과 흡사하다. 범죄자의 경우 대게 배심원이 죄의 여부를 결정하고, 법정에 있는 담당 판사가 그 형을 선고한다.

그 순간, 톰 소여가 노랑 달란트 9개와 빨강 달란트 9개, 그리고 파랑 달란트 10개를 내보이며 성경책을 요구했다. 마른하늘에 날벼락이 떨어진 것 같았다. 천하의 말썽꾸러기 톰소여…… 하지만 교장 선생님이 의심할 겨를 없이 증거가 확실했다. 달란트마다 톰의 서명까지 되어 있었다. 톰은 높은 단에 올라가 대처 판사 앞에 섰다.

사람들은 이 놀라운 일에 입을 다물지 못했다. 주일학교로서는 이 어린 영웅이 훌륭한 판사와 함께 높은 자리에 나란히 서 있다는 것은 매우 영광스런 일이었다.

하지만 바로 전날 울타리를 칠하기 위해 자기들이 주었던 장난감들을 다시 카드와 바꿨다는 것을 뒤늦게 알아차린 아이들은 분해서 견딜 수가 없었다. 하지만 애꿎은 손톱만 물어뜯으며 톰의 꼴사나운 영광에 기여한 자기들의 어리석음을 탓할 수밖에 없었다.

주일학교의 달란트들에는 성경 시편의 말씀이 담겨 있다.

교장 선생님은 판에 박힌 칭찬을 힘없이 늘어놓으면서 톰에게 상품을 수여했다. 성경 열두 구절 이상을 집어넣으면 폭발하는 톰의 머리가 2천 개의 성경 구절을 외웠다니……. 인정하기 힘든 일이었다. 알 수 없지만 이 사건에는 분명 무언가 심상치 않은 비밀이 숨겨져 있다는 것을 눈치챘던 것이다.

그래도 에이미만은 기쁘고 자랑스러웠다. 자신의 감정을 톰에게 보여 주려 노력했다. 그런데 이상하게도 톰은 아무런 관심을 보이지 않았다. 의심은 곧 확실해졌다. 톰이 강단 위의 소녀를 향해 윙크하는 모습을 본 것이다. 에이미의 가슴은 무너졌고 질투심으로 가득 차 울었다. 모든 아이들이 싫어졌고 특히 톰이 제일 싫었다.

톰은 곧 판사님 앞에 소개되었다. 톰의 혀는 마비된 것 같았고, 숨도 쉬기 힘들었다. 판사님의 위엄에 너무 눌리기도 했지만 판사님이 그 소녀의 삼촌이기 때문이었다. 판사님이 톰의 머리에 다정스레 손을 얹고 칭찬하면서 이름을 묻자, 톰은 머뭇거리며 간신히 대답했다.

"톰."

"아니, 애칭 말고 정식 이름은?"

"토머스."

"그래, 그렇지. 예상은 했었단다. 하지만 아직 성이 남아 있지? 성을 나에게 말해 주지 않겠니?"

"자, 토머스 어서 판사님께 성이 무엇인지 알려드려야지."

월터즈 교장 선생님이 말씀하셨다.

"그리고 말끝에 판사님이라고 붙여요. 예의를 잊어서는 안 되지."

"토머스 소여입니다, 판사님."

"그래, 참 착한 학생이구나. 성경 말씀을 이천 구절이나 외우다니, 대단할 뿐만 아니라 훌륭하구나. 네가 수고한 것에 대해 절대 후회는 없을 것이다. 교육이 세상에서 가장 중요한 것이란다. 바로 교육이 위

46

대한 사람들과 훌륭한 시민들을 만들어 내지. 토머스 학생도 언젠가는 훌륭하고 위대한 시민이 될 거예요. 훗날 뒤를 돌아보았을 때, 토머스 자네는 이렇게 말할 거야. '제가 아는 모든 것은 제가 젊었을 때, 주일학교에서 배운 교육 덕분입니다. 이 모든 것을 가르쳐 주신 선생님들과 용기를 주고 감독하고 멋진 성경책을 주신 교장 선생님께 감사드립니다.' 토머스, 그리고 자네가 읽은 이천 개의 구절은 세상 어떤 금과도 바꿀 수 없는 소중한 보물이야. 자, 이제 나와 내 부인에게 자네가 배운 아름다운 구절 몇 개를 들려줄 수 있겠나? 나는 자네처럼 훌륭한 인재가 이런 부탁을 거절하지 않을 거라 생각하네. 물론 열두 제자의 이름은 알고 있겠지? 우선 가장 먼저 제자가 된 두 사람의 이름을 알려 주겠니?"

톰은 단추를 만지작거리면서 수줍어 하다가 이런 질문을 받자, 그만 얼굴이 빨개지며 고개를 숙이고 말았다. 월터즈 선생님도 난처해졌다.

❝ 예수님의 첫 번째 두 제자는 바로 다윗과 골리앗! ❞

'이 아이는 이처럼 간단한 질문에도 대답을 못하지 않는가! 판사님은 도대체 어쩌자고 질문을 하는 걸까?

교장 선생님은 마음속으로 판사를 원망했다. 그러나 잠자코 있을 수도 없어 한마디 거들었다.

"두려워하지 말고 판사님께 대답 하렴, 토머스."

톰은 여전히 우물쭈물하고 있었다.

마침내 판사 부인이 말했다.

"자아, 나한테는 말할 수 있겠지? 맨 처음 제자가 된 두 사람의 이름은?"

"다윗과 골리앗!"

톰을 위해 여기서 자비의 막을 내려 주는 것이 좋겠다.

V

사슴벌레 소동

오전 10시 반경에 교회의 작은 종이 울리자 사람들은 오전 설교를 들으러 모이기 시작했다. 주일학교 아이들도 뿔뿔이 흩어져 각자의 부모 옆자리에 앉았다. 폴리 이모의 옆에도 톰, 시드, 메리가 앉았다. 톰은 열린 창문과 가장 멀리 떨어진 통로에 앉게 되었다.

66 다른 사람들은 하나님으로부터 상을 받기 위해 피를 흘리며 고군분투하는데 우리가 넓고 편한 길로 간다면 천국에 가겠습니까? **99**

서서히 모든 자리가 마을 사람들로 메워졌다. 늙고 가난한 우체국장, 하는 일 없는 시장, 그리고 마을 근교에 새로 이사 온 변호사의 부인. 그 뒤에는 예쁘거나 경박한 젊은 멋쟁이들과 머리에 포마드 기름을 바른 마을 사무실 젊은이들이 한데 모여 선웃음을 치고 있었다.

마지막으로 윌리 머퍼슨이 있었다. 그는 자기 엄마를 크리스털처럼 소중히 대했다. 이런 태도는 다른 엄마들의 부러움을 샀지만 소년들 사이에선 따돌림을 샀다. 윌리의 손수건은 늘 잠바 안주머니에 단정히 걸려 있었다. 톰은 이를 보고 손수건을 들고 다니는 녀석은 왕자병이거나 인부라고 놀렸다.

예배에 늦은 사람들을 위해 또 한번 종이 울리고 나서 엄숙한 침묵이 흘렀다. 성가대의 소곤대는 소리가 이 침묵을 깼다. 성가대는 예배 중에 늘 웃고 떠들기만 했다. 예전에는 모범적인 성가대가 있었다고 하는데 기억이 가물가물하다.

목사님은 찬송을 부른 뒤 그 특유의 목소리로 성경 말씀을 읽었다. 우선 중간 음으로 읽기 시작했지만 점점 목소리가 높아져 마지막에는 자신의 모든 힘을 다해 고음으로 읊은 뒤 낙하하듯 음을 떨어뜨렸다.

"다른 사람들은 하나님으로부터 상을 받기 위해 피를 흘리며 고군분투하는데 우리가 넓고 편한 길로 간다면 천국에 가겠습니까?"

마을 사람들은 목사님의 설교가 가장 멋있다고 생각하고 있었다. 목사님이 성경 구절을 읽을 때면 은혜를 받은 성도들은 손을 들었다가 무릎에 조용히 내린 후 말로 표현할 수 없는 감정에 머리를 끄덕이기도 했다.

찬양이 끝난 뒤, 목사님은 소식지로 변신했다. 모임, 축제는 물론 지단채 행사까지 세세한 부분을 알렸다.

그리고 난 뒤, 목사님은 많은 사람들을 위해 기도를 했다. 교회를 위해, 교회 아이들을 위해, 마을의 다른 교회들을 위해, 마을을 위해,

미국 마을에서 교회 교우들과 목사는 사회에서 매우 중요한 상부상조 역할을 하고 있었다. 매주 주일마다 설교를 하는 성전이 바로 마을 공동체의 중심이 되었다.

주(州)를 위해, 국가를 위해, 주 대표자를 위해, 미국을 위해, 미국 의회를 위해, 대통령을 위해, 의원들을 위해, 먼 바다에서 고기를 낚는 어부들을 위해, 눈이 있어도 보지 못하는 이들을 위해, 귀가 있어도 듣지 못하는 이들을 위해, 그리고 지구에 흩어져 있는 모든 불신자들과 이교도들을 위해 기도했다. 목사님은 기도를 마치면서 늘 자신의 기

THE HANNIBAL GAZETTE.
Devoted to Literature, Morals, Amusement, Health, Agriculture, News, The Markets, and the Advocacy of Democratic Measures.

H. D. LA. COSSITT —
$2 00 IN ADVANCE.

"Measures—Not Men."

EDITOR & PROPRIETOR

CITY OF HANNIBAL, MO.; DECEMBER 16, 1847.

VOL. 2. NO. 6

한니발 가제트와 미주리 쿠리어는 마크 트웨인이 기자로 일하기 전까지 인쇄공 일을 배웠던 신문사이다. 부제로 '풍속, 여가, 건강, 농업, 새 소식, 시장, 그리고 민주주의 추진 대책에 치중하다.'라고 적혀 있는 것을 볼 수 있다. 당시 신문들은 전 분야를 다루었다. 거기에는 성경이 주로 들어갔는데 공공 교육의 중개 역할을 했다.

도가 응답될 것이라고 말하며 씨앗처럼 좋은 땅속에 깊이 박혀 열매 맺기를 바랐다. 아멘.

이 이야기의 주인공은 이런 기도를 좋아하지 않았다. 톰은 기도의 세세한 내용까지 외우고 있었다. 그리고 어쩌다 목사님이 기도를 한 구절이라도 빼먹으면 놓치지 않고 집어 냈다.

기도 시간에 파리 한 마리가 앞 의자 등받이로 날아와 앉았다. 파리는 다리로 얼굴을 어찌나 힘껏 비벼대는지 꼭 몸이 분리될 것만 같았다. 뒷다리로는 옷자락을 치장하듯 날개를 쓸어내리고 있었다. 지금만은 안전하다는 것을 아는 것 같았다.

MISSOURI COURIER.

OSEPH P. AMENT.
00 IN ADVANCE.

Our Country, in Every Emergency.

EDITOR & PROPRIETOR
THIRD SERIES, VOL 2, No 9.

CITY OF HANNIBAL, MO.; JUNE 28, 1849.

톰은 파리를 잡고 싶어 안전부절했지만, 기도가 끝나기도 전에 움직이면 하나님의 화가 떨어질 것 같아 참고 있었다. 기도가 막바지에 이르자 톰의 손이 슬슬 움직이기 시작했고, "아멘"이란 말과 동시에 그 파리는 감옥에 갇혔다. 하지만 이모 덕분에 불쌍한 파리는 다시 자

유를 찾았다.

이어 목사님은 성서의 구절을 단조로운 목소리로 읽기 시작했다. 좀 어려운 내용이기에 몇몇 사람들만 가볍게 머리를 흔들고 있었다. 목사님은 성령의 불에 대해 읽고 있었다. 톰은 늘 하던 대로 목사님이 읽은 쪽 수를 세기 시작했다.

목사님은 칠판에 세계 지도를 만들고 '그때에 사자와 어린 양이 어린 아이의 인도를 받는 것을 볼 것'이라고 했다. 톰은 자신이 주인공의 영광을 차지하고 싶었다. 톰은 자기가 사자를 인도하는 어린 아이가 되었으면 했다. 물론 사자가 길들여졌다는 조건 하에서 말이다.

설교가 또 시시해지기 시작했다. 톰은 자기가 가진 보물 하나를 호주머니에서 꺼내 들여다보았다. 그것은 엄청나게 크고 턱이 화려한 사슴벌레였다. 톰은 사슴벌레를 미끼 상자 안에 가두고 있었다. 사슴벌레는 나오자마자 톰의 손가락을 꼬집는 바람에 손가락으로 튕겨져 공중으로 붕 떠서 바닥에 등을 대고 떨어졌다.

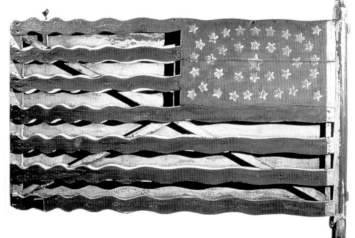

톰은 물린 손가락을 빨았고, 혼자서 일어날 수 없는 사슴벌레는 버둥거리고 있었다. 톰은 사슴벌레를 다시 잡으려고 했지만 손이 닿지 않는 거리였다. 설교에 관심이 없는 몇몇 사람들이 이 상황을 주목하고 있었다.

이때 털이 북슬북슬한 개 한 마리가 나타났다. 몹시 우울해 보이는 개는 온화한 여름의 나태함에 젖어 어슬렁거리며 무언가 흥밋거리를 찾고 있었다. 그러다가 사슴벌레를 발견했다.

개는 꼬리를 좌우로 마구 흔들며 희생물의 주위를 한 바퀴 돌더니

숫 사슴벌레의 여러 가닥으로 분기한 큰 턱은 마치 사슴의 나무뿔과 흡사하여 이 곤충을 '나무사슴'으로 부르기도 했다.

멀리서 킁킁거리며 냄새를 맡기 시작했다. 그러고는 다시 한 바퀴 돈 뒤 대담하게 좀 더 가까이 가서 냄새를 맡았다. 입술을 내밀고 과감한 공격을 시작했는데 약간의 거리 차이로 빗나갔다.

개는 다시 공격을 시작했다. 이 게임에 푹 빠진 개는 결국 배를 땅에 대고 앞 다리로 곤충을 계속 건드렸다. 그러다가 싫증이 났는지 얼굴을 바닥에 대고 엎드렸다.

그때였다. 사슴벌레가 개의 코를 물어버렸다. 개는 갑자기 울부짖으며 화를 내면서 곤충을 밀쳐버렸다. 사슴벌레는 저만치 떨어져 또다시 뒤집혀 버둥댔다.

이 광경을 지켜보던 사람들은 터져 나오려는 웃음을 억지로 참았다. 부인들은 부채로, 신사들은 손수건으로 얼굴을 가리고 말이다. 강아지는 자기가 한 복수에 만족하는 것 같았다. 그러더니 한 걸음 한 걸음 신중히 걸어가 앞니를 드러내고 머리를 흔들기도 했다. 하지만 이내 파리에게 시선을 빼앗겼다. 물론 이 역시도 오래가지는 못했다.

개는 코를 바닥에 대고 개미를 쳐다보다가 이마저 싫증이 났던지 하품을 크게 하고는 엉덩이를 땅에 붙이고 앉았다. 불행하게도 그곳에는 잊고 있었던 사슴벌레가 있었다.

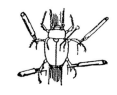

개의 요란한 비명이 예배를 중단시켰다. 개는 비명을 지르며 단상 쪽으로 뛰어올랐다가 예배당 이곳저곳을 겅중겅중 뛰어다녔다. 뛰어다니는 개는 마치 궤도를 달리는 털 달린 혜성 같았다.

결국 사슴벌레는 창문 바깥으로 던져지고 개는 주인 무릎에 앉았다. 교회 안 성도들은 웃음을 참느라 얼굴이 붉어졌고 목사님은 설교를 간략하게 마무리할 수밖에 없었다.

예배가 끝나고 이모 집으로 돌아가면서 톰 소여는 기분이 좋았다. 오늘 예배는 전혀 심심하지 않았기 때문이다. 하지만 창밖으로 던져진 자기 사슴벌레를 생각하니 좀 쓸쓸하기도 했다.

곤충은 약 100만 종이 넘는 것으로 알려져 있다. 지구상 통물의 80%를 차지하는 곤충은 벌레에서 작은 동물까지 포함된다.

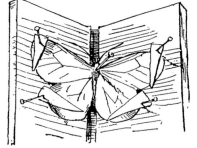

풍뎅이와 나비 종류를 모으는 곤충 수집가는 가끔 굳어지고 딱딱해지는 이 곤충들의 날개와 다리를 펴기 위해 알코올을 사용한다. 유리 상자 안에 전시되는 벌레들은 십여 년간 보존된다.

VI

동경

월요일 아침, 언제나 그랬듯이 톰은 괴로웠다. 또 학교에 가야 하는 첫째 날이기 때문이다. 아예 일요일이 없었으면 하고 바랄 정도였다.

톰은 침대에서 생각했다. 아프다고 말할까? 그러면 계속 집에 있을 수 있겠지만 치밀한 작전을 짜야 했다. 톰은 자기 몸을 살펴보았다. 아픈 곳은 아무 데도 없었다. 아니 배가 아주 조금 아픈 것 같은 느낌이 들기도 했다. 복통에 희망을 걸려는 순간 아픈 느낌은 점점 약해지더니 이내 사라졌다. 다른 아픈 곳을 찾아야 했다. 이번에는 앞쪽 윗니 한 개가 흔들리는 것을 발견했다. 좋은 건수다! 그런데 자기가 신음소리를 내며 끙끙거리면 이모가 흔들리는 이빨을 뽑아 버리려고 할 텐데, 너무나 아플 것 같았다. 그러니 이빨은 최후를 위해 남겨 두도록 하자고 자신에게 말했다.

톰은 다른 핑계를 찾다 문득 전에 들은 병에 대해 떠올렸다. 그 병에 걸리면 환자는 최소한 15일은 꿈쩍도 못하고 최악의 상황에서는 손가락 하나까지 절단해야 한다고 들었는데, 그 병이 뭐였더라? 톰은 이불에서 한

쪽 발을 재빨리 빼내어 다친 발가락을 바라보기 시작했다. 하지만 그 병의 증상이 어떤지 알 도리가 없어 무작정 시도하기로 작정하고 신음 소리를 내기 시작했다. 시드는 자고 있었다. 톰은 신음소리를 더욱 크게 내기 시작했다. 그러자 정말 발이 아픈 것 같았다. 시드는 여전히 꿈적 조차하지 않았다.

그림에 보이는 흙 칠판, 교탁 등은 학업을 위한 기본 도구이다. 1861년과 1865년 사이 교실에는 주로 남부연합파의 단기가 꽂혀 있었다.

결국 톰은 화를 내며 시드를 흔들어 깨워야 했다.

"시드, 시드!"

시드가 하품을 하고 기지개를 펴며 투덜투덜거리자, 톰은 재빨리 끙끙거리며 환자 역할로 돌아왔다. 시드는 반쯤 일어나서 신음하는 톰을 쳐다보았다.

"톰! 이봐, 톰!"

톰은 대답이 없다.

"톰, 왜 그래?"

톰이 끙끙거리며 말했다.

"시드 부탁이야, 제발 내게 소리 지르지 마."

"왜 그러는 거야 톰? 내가 폴리 이모를 불러올게."

"아니…… 별 거 아닐지도 몰라. 괜히 다른 사람들 귀찮게 하지 마."

하지만 시드는 이미 옷을 갈아 입고 황급히 뛰어나가고 있었다. 톰의 상상력은 너무나 풍부해서 스스로도 정말 환자가 된 것 같았다.

시드가 계단을 네 칸씩 뛰어내려가면서 소리 질렀다.

"와 보세요! 톰이 죽어가요!"

"죽어간다고!"

"네 빨리요, 서두르지 않으면 늦을지도 몰라요."

"그렇게 건강한 애가 믿기지 않는데……."

그러면서도 이모는 뒤꿈치를 들고 모든 힘을 다해 올라왔다. 창백

해진 얼굴로 입술을 떨며 환자의 침대머리 맡에 도착하자마자 더듬더듬 말했다.

"톰, 애야, 왜 그러니?"

"이모 저 발가락 상처가 악화된 것 같아요."

안심한 이모는 소파에 앉아 웃기 시작했다. 웃다가 울다가 이모는 어느 정도 마음이 진정되자 말했다.

"톰, 얼마나 놀랐는지 아니? 그만하고 일어나거라."

톰의 신음소리가 멎었다. 그리고 태연하게 말했다.

"폴리 이모, 발가락이 너무 아파서 이빨이 아픈 것도 잊고 있었어요."

"자, 자! 이제 앓는 소리는 그만 하렴. 입을 열거라. 여기 이빨 하나가 흔들리는구나. 하지만 이것 때문에 죽지는 않을 테니 안심해라. 메리, 실크 실과 부엌에서 뜨거운 헝겊을 가져오너라."

"이모 내 이빨을 뽑지 말아요. 이제 다시 안 아파요. 학교 갈 수 있겠어요."

"아, 그러니, 학교 가기 싫어 이 난리를 피웠구나. 넌 정말 너무하는구나."

그동안 메리는 이모가 말했던 준비물을 가져왔다. 노부

〈학교 가는 아이들과 가지 않는 아이들〉 그림이다. 공민교육 고무를 위한 이런 류의 그림들은 사립학교로부터 퍼져나갔다.
사립학교들은 훌륭한 학생이 곧 미래의 시민, 일꾼이 된다는 것과 말썽꾸러기가 곧 미래의 불량배가 되어 사형을 당한다는 것을 그림으로 대조해 표현했다.

인은 실에 매듭을 지어 톰의 이빨에 걸고 실의 반대쪽은 앞쪽 침대에 묶었다. 뜨거운 헝겊에 놀라 톰이 뒤로 물러나자 이빨은 곧 뽑혀 나갔다.

가끔은 불행이 좋은 일을 가져올 때도 있다. 톰은 이빨 빠진 구멍 덕분에 학교 아이들의 부러움을 사게 되었다. 새로 생긴 구멍을 이용해 침 뱉는 새로운 방법을 개발했기 때문이다. 톰은 곧 자기 주위로 친구들을 끌어들였다. 반면 톰의 경쟁자는 차츰 영향력을 잃어갔다. 소

년은 분해서 "톰처럼 침 뱉는 것은 식은 죽 먹기."라고 말

했지만, "톰은 입을 벌리지 않고도 포도씨를 그대로 뱉어낼 수 있

겠는데!" 라는 다른 아이의 말에 상심해 물러났다.

얼마 지나지 않아, 톰은 마을의 악동 허클베리 핀을 만났다. 그의

아버지는 지독한 술주정꾼으로 유명했다. 부모들도 대부분 허클베리

핀을 싫어했다. 소년이 버릇없고 못된 성격을 가지고 있다고 소문이

나 있어서 자기 아이들에게 나쁜 영향을 끼친다고 생각했기 때문이다.

하지만 허클베리 핀은 아이들의 우상이었다. 아이들은 허클베리와 노

는 것을 즐기고 그를 닮고 싶어 했다. 톰의 이모 역시 다른 부모들처럼

허클베리와 절대 놀지 말라고 당부했다. 그러나 톰은 자유로운 무법자

를 부러워했고, 그 소년과 놀 수 있는 기회를 절대 놓치지 않았다. 허

클베리는 언제나 누더기 옷차림으로 어른들의 헌옷을 입고 다녔다. 가

장자리가 다 떨어진 큰 모자를 쓰고 바지로 먼지를 쓸고 다녔다.

19세기 중반에 치아의 위생은 엉망이었다. 당시 아이들에게 충치는 매우 흔한 일이었다. 치과의사는 사람들의 충치를 수은이나 담배씨 기름으로 칠하거나 뽑는 것으로 충치를 치료했다. 바로 위에 있는 사진이 치아를 뽑기 위해 사용한 도구이다. 치아를 뾰족한 부분에 끼고 나사로 조인 다음 기중기를 드는 식으로 크랭크를 돌려 치아를 뽑았다. 따라서 치아가 뽑히면서 잇몸 조각도 같이 찢어져 나오는 경우도 많았다.

허클베리는 자유롭게 살았다. 여름이 되면 야외에서 별을 보며 자

고, 겨울이 되면 나무통 안에 들어가 밤을 지내곤 했다. 학교나 교회는

문제가 되지 않았고, 학교 선생님과 주일학교 선생님들 역시 그의 상

대가 되지 않았다. 낚시하고 싶을 때 낚시하러 갔고, 원할 때 강에 가

서 물놀이를 했고, 아무 때나 졸리면 잤다. 봄이 되면 늘 맨 처음 맨발

로 걸어 다녔을 뿐 아니라 추운 계절이 와도 가장 늦게 신을 신고, 씻

거나 옷을 갈아입지 않았다. 한마디로 말해 인생을 살맛나게 살고 있

었다. 이것이 바로 부모의 보호를 받는 세인트피터즈버그 마을 아이들

의 공통된 생각이었다.

학교 가는 길에 톰은 사람들에게 버림받은 이 아이의 이름을 소리

쳐 불렀다.

"이봐, 허클베리!"

"안녕. 이것 보고 소감 좀 말해 줄래?"

한니발의 이 집은 바로 톰 블랭크 쉽이 살던 집이다. 그의 가족은 대가족으로 가난했다. 그가 바로 소설가 마크 트웨인의 이웃이었고 바로 이 아이를 통해 허클베리 핀의 영감을 받았다.

"그게 뭔데?"

"죽은 고양이."

"근데, 죽은 고양이는 어디에 쓰냐?"

"어디에 쓰냐고? 무사마귀를 낫게 해 주지."

"정말? 난 그보다 더 좋은 방법을 아는데."

"그게 뭔데? 이보다 더 좋은 방법은 없을걸."

"빗물!"

"실험해 봤어?"

"아니, 하지만 밥 테너가 해 봤대."

"그걸 어떻게 들었어?"

"그러니까, 밥이 제프 대처에게 말했고, 제프는 조니 베이커에게 말했고, 조니는 짐 홀리스에게 말했고, 짐은 벤 로저에게 말했고, 벤은 흑인 친구에게 말했고, 그 친구가 나한테 알려줬지. 왜?"

"모두 거짓말하는 애들이잖아. 전부 뻥이야! 네 흑인 친구에 대해서는 아직 모르겠지만, 다른 애들과 똑같겠지. 자, 그럼 밥 테너가 어떻게 했는지 말해 봐."

"그러니까, 걔가 빗물이 고인 오래된 썩은 나무 기둥 구멍에 손을 넣었대."

"그리고 주문은? 뭐라고 외웠어?"

"그건, 나도 잘 몰라."

"그런 멍청한 방법으로 어떻게 무사마귀를 치료한다는 거야. 최소한 한밤 중에 깊은 숲 속의 빗물이 담긴 그 나무에 혼자 가

66 여름이 되면 야외에서 별을 보며 자고, 겨울이 되면 나무통 안에 들어가 밤을 지내곤 했다. **99**

야해. 그리고 12시 정각에 나무 기둥에 등을 대고 손을 구멍에 넣어 빗물에 담근 뒤 이렇게 주문을 외워야 돼. 빗물아, 빗물아, 내 무사마귀를 삼키렴. 그리고 나서 눈을 감은 채 11발자국을 걷고 난 뒤에, 제자리에서 3바퀴를 빙글빙글 돌고 자기 집까지 아무에게도 말하지 말고 돌아가야 돼. 만약 말을 하면 모든 게 꽝이기 때문이지."

"너의 방식이 맞는 것 같은데……, 밥 테너는 그렇게 하지 않았어."

"물론 걔는 이렇게 안 했겠지. 이렇게 했다면 무사마귀가 다시는 나지 않았을 거야. 난, 이렇게 해서 내 손에 있던 수천 개의 무사마귀들로부터 벗어나게 됐지. 난 매일 개구리들과 놀아서 무사마귀에 대해선 일가견이 있거든. 또 누에를 사용해서 없애기도 해."

"맞아, 누에도 무사마귀에 잘 듣지. 어떻게 했는데?"

"그러니까, 우선 누에를 둘로 나눈 다음, 몸에 난 무사마귀를 째 피가 나게 하고 한쪽 누에에 피를 묻히는 거야. 그리고 자정에 교차로에 묻어야 해. 중요한 것은 달이 떠 있으면 안 된다는 거야. 그리고 나머지 반쪽은 불에 태워버리는 거지. 그러면 피 묻은 반쪽 누에가 나머지 반쪽을 찾게 되고 피를 끌어들이기 시작하지. 그리고 피는 무사마귀를 끌어들여 얼마 후 무사마귀가 없어져."

"맞아, 그게 정답이야. 단, 묻을 때에는 이렇게 말해야 돼. '땅에 묻힌 누에야. 밖에 있는 무사마귀야. 다시는 나를 괴롭히지 말거라!' 그러면 약발이 더 잘 받지. 조 하퍼가 이렇게 했대. 그런데 그 죽은 고양이들은 어떻게 사용하는지 알려 줄래?"

"그러니까, 밤에 죽은 고양이를 가지고 무덤으로 가는 거야. 단, 그날 나쁜 사람이 낮에 죽었어야만 해. 자정이 되면 그 무덤에 악마 한 마리가 나타날 거야. 어쩌면 둘, 아니면 셋이 될 수도 있겠지. 악마들은 보이지 않지만 움직일 때 바람이 부는 소리를 내. 운이 좋으면 그들이 말하는 것도 들을 수 있어. 악마들이 죽은 사람을 데려갈 때 죽은 고양이를 던지며 '몸은 악마를 쫓고, 고양이는 몸을 쫓고, 무사마귀는 고양이를 쫓고, 나는 아무것도 없다.' 라고 말하면 어떠한 무사마귀도 못 견디고 없어지지."

"그거 좋은 방법 같은데. 넌 해 봤어?"

"아니, 하지만 홉킨스 부인이 나에게 장담했어."

"그럼 아마 진실일 거야. 사람들이 그 여자는 마녀 같다고 말하잖아."

"마녀 같은 게 아니라, 마녀야! 내가 알아. 우리 아빠도 마법에 걸릴 뻔 했대. 어느 날, 그 집 근처를 지나가는데, 마녀가 저주 거는 것을 느꼈다지. 부랴부랴 돌을 집고 방향을 바꾸지 않았다면 아마 그 저주에 걸렸을 거야. 그리고 그날 밤, 아빠는 침대에서 떨어져 결국 팔이 부러졌어."

"와, 놀랍다. 정말 신기해. 근데 아버지는 어떻게 그 여자가 자신에게 주문을 거는지 알았지?"

"알아차리기 쉬운가 봐. 마녀가 누굴 똑바로 쳐다보면 그 사람에게 마법을 걸려고 하는 거라고 아빠가 그랬어. 특히 혼자 중얼거리면서 주기도문을 거꾸로 외우고 있다면 의심할 여지없이 확실하대."

"허키, 너 고양이는 언제 시험할 거야?"

핼러윈은 만성절(11월11일) 전날인 10월 31일에 치러지는 죽은 사람들의 영혼이 돌아온다고 믿는 축제이다. 유럽보다 미국에서 더 많이 치러지며 아이들은 호박으로 죽은 사람들의 얼굴을 만들고 그 속을 비워 램프로도 사용했다. 더불어 아이들은 귀신으로 변장하여 각 집 문간에 빈 바구니를 놓으면 사람들이 그 바구니를 사탕으로 채워 주었다.

"오늘밤에. 오늘 악마들이 윌리엄 할아범을 찾으러 올 테니까."

"할아범은 지난 토요일에 죽었잖아. 악마들이 토요일 저녁에 왔던 게 아냐?"

"엉뚱한 소리하지 마! 마력은 자정 이후에만 효력이 있다는 거 몰라? 토요일 자정은 일요일이잖아. 일요일에 일하는 악마를 상상할 수 있어?"

"거기까지는 미처 생각 못 했다. 나도 그때 너를 따라 같이 가면 안 될까?"

"네가 무서워하지만 않는다면 괜찮아."

"물론이지. 우리 집 앞에서 고양이 우는 소리를 내면 나갈게."

"좋아. 하지만 최대한 빨리 나와야 해. 저번 밤처럼 계속 우는 소리를 내게 하지 말고. 그때 헤이스의 아버지가 내게 돌을 던지며 '더러운 고양이 새끼'라고 하는 바람에 그 집 창문에 벽돌을 날려 버렸거든. 근데 너 이거 일러바치면 안 돼!"

"그날 밤에는 폴리 이모가 주무시지 않아서 내가 사인을 보낼 수가 없었어. 오늘 밤에는 확실히 응답할게. 근데 이건 뭐야?"

"진드기야."

"어디서 발견했는데?"

"숲."

"나한테 팔아라. 얼마면 돼?"

"이건 안 팔아, 내가 갖고 있을 거야."

"뭐 그러든지. 어차피 못 생겼네."

"흥, 네게 아니라서 그렇지. 난 이 녀석이 멋있고 좋아."

"치! 진드기쯤이야. 깔린 게 곤충인데, 내가 원한다면 천 마리도 가질 수 있어."

"그래, 그럼 왜 하나도 없는데? 넌 가질 수 없는 거야.

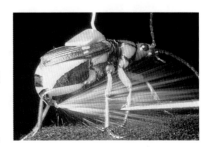

진드기는 피를 빨아먹고 아주 심각한 전염병들을 옮길 수도 있다.

내가 봤을 때 이놈은 어려. 올해들어 가장 처음으로 본 놈이지."

"그럼 이거랑 내 이빨이랑 바꾸면 어때?"

"어디 한번 보여 봐."

톰은 호주머니에서 종이에 싼 이빨을 꺼내 조심스럽게 펼쳤다. 허클베리가 유심히 살피더니 구미가 당기는 듯 말했다.

"이거 진짜 이빨이야?"

톰은 자신의 입술을 들추더니 이 사이에 난 구멍을 보여 주었다.

"좋아, 거래 체결!"

톰은 진드기를 예전에 사슴벌레를 넣었던 미끼 상자에다 집어넣었다. 둘은 서로 만족한 채 헤어졌다. 톰은 눈에 학교가 들어오자 허겁지겁 뛰었다. 그리고 수업 중인 교실로 들어가 모자를 옷걸이에 걸은 다음 분주히 자기 자리로 가서 앉았다. 조용한 수업 분위기가 깨지고 주위가 소란스러워졌다.

"토머스 소여!"

톰은 누구든, 자신의 이름을 성까지 부르는 것은 좋은 징조가 아니라는 것을 알고 있었다.

"이쪽으로 오너라. 늘 지각이구나. 아주 작정한 거니?"

톰이 막 거짓말로 둘러대려는 순간 양 갈래로 머리를 딴 소녀가 눈에 들어왔다. 더욱이 그 소녀 옆자리만 비어 있는 게 아닌가. 톰은 계획을 바꿔 단도직입적으로 말했다.

"제가 허클베리 핀과 노느라 지각했습니다."

선생님은 몸을 움찔하며 톰을 어이없는 눈초리로 바라보았다. 소란스럽던 아이들이 일시에 입을 닫고 톰이 정신이 나간 게 아닌지 의심했다.

"지금 뭐라고 했나?"

"허클베리 핀과 노느라 늦었습니다."

"토머스 소여, 이건 내가 지금껏 들었던 변명 중 가장 놀랍구나. 잘못 했으니 벌을 받아 마땅하다. 윗도리를 벗어라."

선생님은 지칠 때까지 회초리로 때린 다음 또 다른 벌을 내렸다.

"자, 이제 여자들과 같이 앉아라. 이 벌이 너에게 교훈이 되었기를 바라마."

일반적으로 학교에서는 흑인 아이들을 받지 않았다. 대부분 남녀 공학이며 여자들은 한쪽에, 남자 아이들 역시 다른 한쪽으로 몰려 있었다. 반은 하나밖에는 없으며 다양한 나이와 교육 수준의 아이들이 한데 섞여 있었다.

톰의 얼굴은 창피한 듯 빨갛게 되었다. 반 아이들의 웃음소리 때문으로 보이지만 사실은 자신의 모습이 이상형 소녀에게 어떻게 비춰질까 부끄러웠고 굴러 들어온 기회에 너무 행복했기 때문이다. 톰은 의자 맨 끝에 걸터앉았고 소녀 역시 최대한 반대편으로 몸을 움직였다. 악동들이 서로 팔꿈치로 치며 윙크를 주고받았지만 톰은 부동자세로 가만히 있었다. 손을 가지런히 책상 위에 올려놓고 수업에 몰두하는 모습으로……

서서히 톰의 시선이 선생님에게서 벗어났다. 늘 그렇듯이 아이들은 산만했다. 톰이 살그머니 옆자리의 소녀를 곁눈질 하자, 소녀는 눈치를 채고 입을 삐죽거리고는 단호히 등을 돌렸다. 잠시 후 조심스레 몸을 돌린 소녀는 자기 앞에 복숭아가 놓여 있는 것을 발견했다.

한니발 신문에 게재된 마크 트웨인의 첫 만화. 당시(1851~1853) 그의 동생이 편집국장을 맡고 있었다.

소녀는 복숭아를 밀었으나 톰은 다시 복숭아를 건넸다. 소녀가 다시 밀어냈지만 이번에는 왠지 확고해 보이지 않았다. 톰이 인내심을 가지고 다시 밀어 보내자, 소녀는 더 이상 복숭아를 밀어내지 않았다. 톰은 석판에 "먹어, 난 또 있어."라고 적었다. 소녀는 글을 읽었지만 어떠한 감정도 나타내지 않았다.

톰은 왼손으로 조심스럽게 가리며 석판에 무언가를 그리기

선생님은 작은 종을 울려 수업과
쉬는 시간의 시작과 끝을 알렸다.

시작했다. 처음에 소녀는 톰의 그런 행동에 신경 쓰지 않았지만 점점 궁금해졌다. 톰은 아무것도 모르는 것처럼 계속 그랬고 소녀가 기웃거려도 의식하지 못하는 척 했다. 결국 소녀는 궁금함을 참지 못하고 수줍게 작은 목소리로 말했다.

"좀 보여 줄래?"

톰은 가리고 있던 손을 치워 반쯤 그린 그림을 보였다. 매우 서툴고 형태를 알 수 없는 집이 그려져 있었고 굴뚝에서는 실선처럼 얇은 연기가 병마개 모양을 하며 나오고 있었다. 소녀는 지금이 수업 시간이라는 것을 잊을 정도로 상당한 흥미를 느꼈다. 소녀는 그림을 지켜보다가 집이 완성되자 기뻐하며 속삭였다.

"정말 너무 예쁘다! 이제, 사람을 그려 봐."

화가가 된 톰은 엄청나게 큰 사람을 그렸다. 키가 집을 훨씬 뛰어넘었다. 하지만 소녀는 그리 까다롭지 않았다. 오히려 괴물 같은 생김새를 마음에 들어 했다.

"멋지다. 이제 나를 그려 줘."

톰은 모래시계 비슷한 모양을 그렸다. 팔은 지푸라기와 비슷했고, 손가락은 펼쳐져 있었는데 엄청 큰 부채를 지니고 있었다.

"너무 멋지다. 나도 그림을 그릴 줄 알았으면 좋겠다."

"그리 어렵지 않아. 내가 알려 줄게."

"정말? 그렇게 해 줄래? 언제?"

석판은 학생들이 글을 쓰고 계산하는데 꼭 필요한 필수품이다. 당시 공책은 가끔 사용될 뿐 보기 힘든 물품이었다.

"점심시간에. 너 집에 가서 밥 먹고 오니?"

"네가 원한다면 남을 수 있어."

"그거 잘됐다. 네 이름이 어떻게 돼?"

"베키 대처. 너는? 아 맞다, 알아. 토머스 소여."

"내가 사고를 치면 사람들이 그렇게 부르지. 보통 땐 그냥 톰이라고 불러. 나를 톰이라 불러 줄래?"

"알았어."

톰은 다시금 자기 석판을 가리고 무언가 쓰기 시작했다. 베키가 보여 달라고 해도 계속 숨겼다.

"아무것도 아니야."

"아냐 무언가 그리잖아."

"아냐, 아무것도 아냐. 신경 쓰지 마."

"아니잖아, 나도 보고 싶어. 좀 보여 줘."

"이거 보고 다른 사람한테 말할 거잖아."

"아니, 아무에게도 말하지 않을게. 맹세해."

"죽을 때까지 아무에게도 말 안 할 거야?"

"응, 아무에게도 말하지 않는다고 말했잖아. 그러니까 이제 보여 봐."

66 바로 그때, 톰은 누군가 자기 귀를 붙잡아 올리는 것을 느꼈다. 선생님이었다. 톰은 그렇게 반 전체를 가로 질러 다른 남자 아이들의 비웃음을 사며 원래 자기 자리로 돌아갔다. 99

"아니, 넌 관심 없을 거야."

"네가 어떻게 알아. 난 봐야겠어."

베키는 자기 손을 톰의 손에 갔다 대고는 살짝 밀었다. 톰은 버티는 척 하다가 손을 치웠고, 베키는 석판에 적힌 글씨를 읽게 되었다.

'나는 너를 사랑해.'

"뭐야! 개구쟁이."

베키는 톰의 손등을 치며 얼굴을 붉혔지만 조금도 속상해 보이지 않았다. 바로 그때, 톰은 누군가 자기 귀를 붙잡아 올리는 것을 느꼈다. 선생님이었다. 톰은 그렇게 반 전체를 가로 질러 다른 남자 아이들의 비웃음을 사며 원래 자기 자리로 돌아갔다. 귀는 화끈거렸지만 마음속에는 기쁨이 넘치고 있었다.

소동이 어느 정도 가라앉자 톰은 공부를 하려 했지만 쉽지 않았다. 읽기 시간에 애처롭게 실패했고 지리 시간에는 호수를 산으로, 산을 강으로, 강을 대륙으로, 대륙을 카오스로 바꾸었다. 받아 쓰기 시간엔 가장 기초적인 단어들도 틀리고 있었다. 톰은 이미 몇 달 전부터 반에서 꼴찌였고 오늘도 어김없었다.

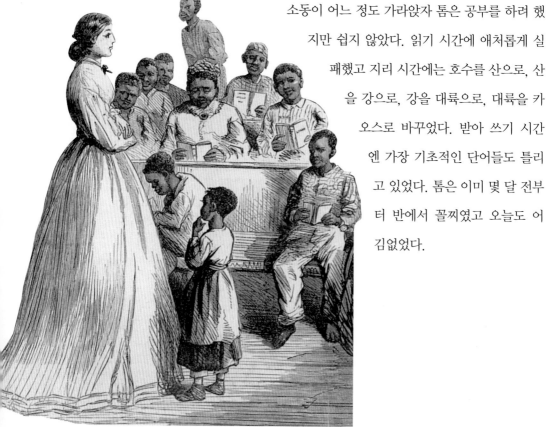

흑인 교사나 아니면 대개 노예폐지론자 백인 교사들이 노예 해방 이후 남쪽으로 내려와 모든 연령대의 노예 출신 흑인들에게 초등교육의 기초를 가르쳤다. 노예제도 폐지 이후 이 교육의 발전은 다시는 흑인들이 노예로 돌아갈 수 없게끔 했다.

VII

어긋난 약혼식

톰은 공부에 집중하려 애를 썼다. 그러나 애를 쓰면 쓸수록 마음은 점점 책에서 멀어져 갔다. 땅이 꺼져라 한숨을 쉬고 하품을 하고는 결국 공부를 단념했다. 점심시간은 영원히 오지 않을 것 같았다. 사방은 쥐 죽은 듯이 조용했고 바람 한 점 불어오지 않았다. 이렇게 졸음이 쏟아지는 날도 드물었던 것 같다. 25명의 학생들이 공부하는 소리는 마치 꿀벌들이 윙윙거리는 소리처럼 졸음을 재촉하고 있었다. 멀리 햇빛을 받아 반짝이는 카디프 언덕이 아지랑이처럼 흔들리며 아득하게 보였다. 새 몇 마리가 날갯짓을 하며 유유히 하늘 높이 날아갔고 젖소들은 잠들어 있었다.

톰은 이렇게 교실에 처박혀 앉아 있는 것이 갑갑해서 견딜 수가 없었다. 머릿속에는 오로지 자유롭고 싶다는 한 가지 생각만이 자리잡고 있었다. 이 지루한 시간을 보낼 방법을 찾으러 톰은 저도 모르게 호주머니 속을 뒤적거렸다. 갑자기 얼굴이 빛났다. 톰은 살며시 작은 상자를 꺼내 놓았다. 그 상자 안에는 진드기가 있었다. 톰은 갇혀 있던 진드기를 꺼내 자기 책상 위에다 놓았다. 진드기가 해방의 기쁨을 누리며 어기적어기적 움직이자, 톰은 바늘 끝으로 그 벌레 앞을 가로 막았다. 벌레는 방향을 바꿔 또 기어가기 시작했다.

톰의 옆자리에는 절친한 친구 조 하퍼가 앉아 있었다. 조 역시 톰과 마찬가지로 지루해 못 견디던 참이라 톰의 장난에 합세했다. 둘은 둘도 없는 친구 사이로 토요일만 되면 전쟁놀이에서 각자 대장 행세를

U u

Uncle's Usher urg'd an ugly Urchin:
Did Uncle's Usher urge an ugly Urchin?
If Uncle's Usher urg'd an ugly Urchin,
Where's the ugly Urchin Uncle's Usher
urg'd?

피터 파이퍼의 매뉴얼, 〈못 말리는 불량배〉의 경우 위의 그림처럼 알파벳 U를 중점으로 다루고 있다. 입문서와 학교 교과서에 대개 실리는 내용이다. 주로 도덕적인 교훈을 준다.

하며 명령을 내렸다. 조는 자신의 셔츠 칼라를 꼬매기 위해 늘 가지고 다니는 바늘을 꺼내 이 포로를 운동시키기 시작했다. 둘은 금세 이 경기에 푹 빠지고 말았다. 톰이 조의 석판 위에 진드기를 올려놓고 그 석판에 중앙선을 그었다.

"진드기가 네 쪽으로 가면 네가 이 녀석을 움직이고 내 진영으로 들어오면 내가 움직이는 거야."

진드기는 금방 톰에게 벗어났다가 조에게 온갖 수난을 받았고 다시 톰에게로 돌아갔다. 이렇게 진드기는 둘 사이에서 수난을 당하고 있었다. 한 사람이 정신없이 진드기를 괴롭히는 동안 나머지 한 사람은 이를 지켜보고 있었다. 세상 어느 것도 둘의 눈에 들어오지 않았다. 진드기는 이쪽저쪽으로 정신없이 방향을 바꾸며 움직였다. 진드기가 막 선을 넘어 톰의 영역으로 들어오려던 순간, 조가 빠른 손놀림으로 바늘을 앞에 놓아 교묘하게 진드기의 방향을 돌렸다. 톰은 더 이상 참을 수가 없어 선을 넘어 진드기의 방향을 막았다. 그러자 조가 분통을 터뜨렸다.

"톰, 가만히 내버려 둬!"

"다시 제자리를 잡게 해 준 것뿐이야."

"아니, 이건 정당하지 않아. 가만히 내버려 둬."

"알았어. 뭐 대단하지도 않은 걸 갖고."

"지금 진드기는 내 쪽에 있고 넌 아무것도 하면 안 돼."

"조, 이 진드기가 누구 건데?"

"누구 거든 상관없어. 지금 내 쪽에 있으니 건들지 마."

"어차피 이건 내 거야. 내 마음대로 할 거야."

그 순간 회초리가 톰과 그의 단짝 어깨에 떨어졌다. 두 소년은 놀이에 정신이 나가 선생님이 옆에 다가와 지켜보는 것도, 그래서 교실 안이 갑자기 쥐 죽은 듯이 조용해진 것도 모르고 있었던 것이다.

수업 시간이 끝나자마자 톰은 베키를 향해 달려가 귓속말을 했다.

"모자를 쓰고 집으로 가는 것처럼 해. 저 앞 모퉁이까지 도착하면 다른 아이들이 지나갈 때까지 기다렸다가 다시 뒷길로 해서 돌아와. 나도 반대 방향에서 똑같이 할게."

베키는 아이들과 떼를 지어 나갔고, 톰 역시 단짝 아이들과 함께 나갔다. 얼마 후 계획대로 이 둘은 골목 끝에서 만나 교실로 돌아왔다. 두 아이 외에는 아무도 없었다.

톰은 석판을 꺼내 베키에게 분필을 쥐게 한 후 그 손을 잡아 수업 시간에 그린 것보다 더 화려한 집 한 채를 그렸다. 예술 놀이에 싫증날 때 쯤 톰이 물었다.

"너 쥐 좋아하니?"

"아니 싫어. 내가 좋아하는 것은 껌이야."

"아, 나도 껌을 좋아해. 한 조각이라도 있었으면 좋겠다."

"나 하나 있어. 잠시 씹게 해 줄게. 씹고 난 후 다시 돌려줘야 해."

둘은 번갈아 껌을 씹으며 기분이 좋아 다리를 앞뒤로 흔들거렸다.

"너 서커스에 가 본 적 있어?

톰이 물었다.

"응. 아빠는 내가 또 얌전하게 굴면 데려간다고 했어."

"나도 서커스에 서너 번 가 봤어. 교회서 하는 연극과는 완전 딴판 이던데. 서커스에서는 항상 무슨 일이 벌어지지. 난 크면 서커스에서 광대가 될 거야."

"그래? 자기 얼굴에 화장하는 것도 재미있겠다."

"그리고 돈을 많이 벌잖아. 벤 로저가 그러더라, 거의 매일 1달러씩 벌어들인다고. 베키, 너 약혼해 봤어?"

껌은 1848년에 미국에서 출시되었다. 붉은 소나무 송진과 검은 소나무의 송진을 섞어 만들었다 (위의 그림 참조). 고무와 아니스로 만든 추잉 껌(chewing-gum)은 1869년 특허를 받았다.

71

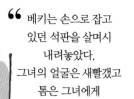
"그게 뭔데?"

"결혼을 약속하는 거지."

"아니. 어떻게 하는 건데?"

"어떻게 하는 거냐고? 뭐 별거 없어. 단지, 한 남자에게 다른 남자하고는 결혼하지 않겠다고 말하고 키스하면 그것으로 끝나는 거야."

"키스? 왜 키스를 하는데?"

"왜냐면……그건, 하여튼 누구든 한 사람을 좋아하면 그렇게 돼. 내가 아까 전에 석판에 적은 글 기억나?"

"으응."

"그게 뭐였는데?"

"말 안할 거야."

"내가 말해 볼까?"

"으응. 하지만 오늘 말고 내일."

"아니, 지금. 내가 아주 작게 귀에다 말해 줄게."

베키는 고심하고 있었다. 톰은 상대가 잠자코 있는 것을 승낙의 뜻으로 받아들이고는 팔을 베키의 허리에 댔다. 그러고는 입을 귀에다 대고 아주 작게 "널 사랑해."라고 말한 뒤에 "너도 나에게 똑같이 말해."라고 덧붙였다.

베키는 한동안 머뭇거리다가 말했다.

"고개를 돌려봐, 그럼 말할게. 하지만 이건 아무에게도 말하면 안 돼. 약속해,

맹세해."

"베키, 아무에게도 말하지 않을게."

톰이 고개를 돌리자, 베키는 수줍어하며 톰의 곱슬머리카락이 입김에 흔들릴 정도로 가까이 얼굴을 대고 말했다.

"너를 사랑해."

그러고는 벌떡 일어나 책상과 걸상 사이를 요리조리 돌면서 달아났고 톰은 베키를 쫓아다녔다. 결국 베키는 교실 한쪽 구석에 몰린 채 석판으로 얼굴을 가렸다. 톰은 베키의 목을 감쌌다.

"자, 베키, 이제 키스만 하면 끝나는 거야. 무서워하지 마."

그러자 베키는 손으로 잡고 있던 석판을 살며시 내려놓았다. 그녀의 얼굴은 새빨갯고 톰은 그녀에게 키스했다.

"자, 이제 끝났어. 너는 이제부터 나 말고는 다른 남자를 사랑하면 안 돼. 그리고 나 하고만 결혼해야 돼. 약속해."

"이제부터 너 말고는 다른 아이를 사랑하지 않을게. 그리고 너 하고만 결혼할게. 하지만 너도 나하고만 결혼해야 돼."

"그야 물론이지. 그리고 학교에 올 때나 갈 때에도 같이 다니는 거야. 파티에 초대받았을 때도 언제나 함께 가는 거야. 약혼하면 다 그렇게 하는 거야."

"너무 좋다. 난 지금까지 들어본 적도 없었는데."

"우리 재밌게 놀자. 내가 에이미 로렌스하고 약혼했을 때……"

베키의 눈이 커다랗게 치켜 올라가자 톰은 그제야 방금 자신이 저지른 큰 실수를 깨달았다.

"톰, 그러니까 너는 나와 처음 약혼한 게 아니구나?"

10

Twice 8 are 16.

Yonder are lions to be seen.

이 그림은 당시의 구구단 테이블이다. 어느 남자 아이가 여자 아이에게 서커스단 수레들을 가리키고 있다. '8이 두 번이면 16. 저기에 사자들도 볼 수 있어.'라고 쓰여 있다. 이 그림은 각 문장 뒤에 16(sixteen)과 보다(seen)의 운을 만들어 외우기 쉽게 만들었다.

2월 14일 밸런타인데이 때 미국의 젊은이들은 자신이 좋아하는 남자나 여자 아이들에게 자신의 사랑을 알리기 위해 카드를 보냈다. 이런 전통은 하나의 큰 시장으로 성장한다.

베키는 울기 시작했다.

"베키야, 울지 마. 그건 이제 내게 아무 의미가 없어."

"거짓말하지 마, 톰. 난 안 믿어."

톰은 손으로 베키의 목을 감싸려 했지만 베키가 그의 손을 뿌리쳤다. 베키는 벽을 향해 돌아서서 계속 울었다. 이렇게 되자 난감해진 톰은 교실 밖으로 나왔다. 톰은 안절부절 못했다. 베키가 나오지 않을까 문을 보고 있었지만 나오지 않았다. 그러자 톰은 머릿속으로 무슨 일이 일어난 것은 아닌지 갖가지 걱정을 하기 시작했다. 그러다가 두 주먹을 불끈 쥐며 용기를 가지고 교실 안으로 들어갔다. 베키는 여전히 벽을 바라보며 울고 있었다. 톰은 어떻게 행동해야 할지 몰라 베키의 왼편으로 다가가 조심스럽게 입을 열었다.

"베키, 난…… 난 절대 너만 사랑할 거야."

베키는 대답 없이 울고만 있었다.

"베키 부탁이야, 뭐라고 말 좀 해 봐!"

베키는 계속 울었다. 그러자 톰은 주머니에서 자기가 가장 아끼는 것을 꺼내서는 베키가 볼 수 있게 내밀었다.

"자 베키, 이거 너에게 줄게."

베키는 이것을 바닥에 내동댕이쳤다. 그러자 톰은 다시는 돌아오지 않을 것처럼 교실을 뛰쳐나갔다. 베키는 불길한 예감과 함께 갑자기 걱정이 되었다. 그래서 교실 문 밖으로 달려 나갔지만 아무도 없었다. 베키는 소리를 지르기 시작했다.

"톰! 돌아와, 톰!"

베키는 걱정스러운 눈빛으로 귀를 기울였지만 아무 대답도 들리지 않았다. 정적 속에 외로움이 밀려들었고 소녀는 그 자리에 주저앉아 스스로 질책하기 시작했다. 베키는 오후 내내 자신의 슬픔과 눈물을 감추어야 했다.

VIII

의적 놀이

톰은 요리조리 사람들을 피해 골목길을 걷다가 학교에서 돌아오는 아이들과 마주칠 위험이 없는 곳부터는 우울한 마음으로 터벅터벅 걸었다. 반시간쯤 지나자 톰은 카디프 언덕 꼭대기에 자리 잡은 더글러스 저택 뒤로 접어들었다. 뒤쪽으로 보이는 계곡에 자리 잡은 학교 건물은 이제 너무 멀어서 윤곽도 분간하기 어려울 정도였다. 톰은 나무가 울창한 숲으로 들어가 사람들이 지나다니지 않는 길을 따라 숲 한가운데로 걸어갔다. 그리고 가지가 넓게 퍼져 있는 떡갈나무 아래의 이끼 낀 덤불에 자리를 잡아 앉았다. 한낮의 열기에 모두 축 처져 새들의 노랫소리마저 잠잠했다. 자연은 고요 속에 잠들어 있었고 이따금씩 멀리서 들려오는 딱따구리 소리만이 정적을 깨뜨렸다.

청딱따구리는 부리로 구멍을 낸 나무 기둥 안으로 혀를 집어넣어 안의 곤충들을 잡아먹는다. 이 청딱따구리의 혀는 20여 센티미터이다. 북미의 청딱따구리의 색은 이름과는 달리 붉은색이다.

톰은 팔꿈치를 무릎에 대고 손으로 턱을 괸 채 곰곰이 생각에 잠겼다. 인생은 고달픔의 연속처럼 느껴졌고 얼마 전에 죽은 지미 호저스가 부럽기까지 했다. 톰은 무덤 위에 피어난 풀과 꽃을 어루만지는 바람 소리를 벗 삼아 드러누워 영원히 잘 수 있다면 얼마나 평화로울까 생각했다. 주일학교 생활기록부의 내용만 좋다면 당장이라도 이 세상과 작별할 수 있을 텐데. 도대체 내가 무슨 짓을 했다는 걸까? 그 누구보다도 잘해 주려고 했는데. 베키도 분명 언젠가는 후회할 거야. 하지만 그때는 이미 늦지. 아, 잠시 동안만 죽었다 살아날 수 있으면 좋겠다.

그러나 어디로 튈지 모르는 소년의 마음은 한 가지 고민거리에 오

BUFFALO BILL
MAIN ROUGE

1840년, 〈머나 먼 서부 (Far West)〉는 이미 활기를 띠고 있었다. 바로 윌리엄 코디가 〈머나 먼 서부〉를 재탄생시켰다. 1846년 태어난 그는 빠른 말을 타고 우편을 전달하는 포니 익스프레스로 차별화를 두었다. 그는 들소 사냥하기를 즐겨서 추후 버팔로 빌(영어로 들소)이라는 별명을 얻었다. 그 후 그는 〈야생의 서부 쇼(Wild West Show)〉를 만들어 인디언들과 카우보이들의 로데오 공연을 하며 전 세계를 돌아 부와 명성을 얻게 된다. 1917년에 세상을 떠났다.

랫동안 빠져 있지 않았다. 톰은 금세 다른 생각에 빠져들었다. 갑자기 어느 날 세상을 등지고 아무도 모르게 사라져 버리면 어떻게 될까? 만약 어디 아주 먼 곳으로 가 버리면, 바다 건너 미지의 세계로 떠나 결코 다시 돌아오지 않는다면 그럼 베키는 어떻게 느낄까? 문득 광대가 되고 싶다던 생각이 떠올랐다. 그러자 속이 뒤집어지는 듯 불쾌했다. 물방울 무늬의 딱 붙는 바지를 입고 가벼운 농담을 던지고 깔깔거리는 모습이 미지의 낭만적인 세상으로 한층 높이 올라간 한 장엄한 영혼의 모습을 망쳐 버렸기 때문이다. 아니, 군인이 되어야지. 오랜 세월이 흐른 뒤 전쟁 경험을 많이 쌓은 늠름한 모습으로 돌아오는 거야. 아니, 그보다 더 멋진 것도 있어. 인디언들과 함께 지내면서 물소 사냥을 하고 산을 넘어 출정을 떠나고, 아무도 가 보지 못한 그 누구도 밟지 않은 먼 대서부의 드넓은 평야를 주름잡는 거야. 그러다 먼 훗날 추장이 되어 깃털을 잔뜩 꽂고 얼굴에 무섭게 칠을 하고 인디언들이 싸움터에 나가기 전에 지르는 괴성을 지르며 어느 나른한 일요일 아침 주일학교에 나타나는 거야. 그 모습을 보면 친구들은 부러워서 못 견디겠지. 아, 그것보다 더 멋진 것도 있다. 해적이 되는 거야. 그래, 바로 그거야! 이제야 상상도 할 수 없을 만큼 화려하게 빛나는 톰의 미래가 분명해졌다. 나는 전 세계에 명성을 날리게 될 것이다. 사람들은 그 이름만 들어도 벌벌 떨게 되겠지. 길고 납작한 검은색의 쾌속선 '폭풍의 신호'를 타고 무시무시한 깃발을 휘날리며 넘실거리는 바다를 주름잡으며 질주하면 얼마나 멋질까! 명성이 절정에 이르렀을 때, 불쑥 마을에 나타나는 거야. 햇볕에 그을린 구릿빛 얼굴에 검은 벨벳 조끼와 헐렁한 바지를 입고, 긴 장화를 신고, 주홍색 허리띠에 번쩍이는 권총과 단검을 차고, 깃털이 날리는 짙은 보라색 모자를 깊숙이 눌러 쓰고, 검은 바탕에 하얀색 해골이 그려진 해적 깃발을 펄럭이며 나타나 교회 안으로 성큼성큼 걸어 들어가는 거야. 그럼 사람들이 놀라서 수군거리겠지.

"톰 소여다. 그 유명한 해적, '카리브 해의 검은 복수!'"

이제 모든 것이 분명해졌다. 톰의 앞날이 결정된 것이다. 톰은 당장 집에서 나와 해적이 되고 싶었다. 당장 준비를 시작했다. 필요한 물건들을 챙겨야 했다. 톰은 근처 썩은 통나무가 있는 곳으로 걸어가서 가지고 있던 주머니 칼로 통나무의 한쪽 밑을 파기 시작했다. 칼이 통나무에 부딪히며 텅 빈 소리가 났다. 톰은 거기다 손을 넣고 주문을 멋들어지게 외웠다.

66 그래, 바로 그거야! 이제야 상상도 못할 만큼 화려하게 빛나는 톰의 미래가 분명해졌다. 99

"아직 이곳에 오지 못한 것들이여, 오라! 이미 왔으면 그 자리에 머물러라!"

톰이 흙을 파헤치자 소나무 널빤지 한 장이 나타났다. 널빤지를 들어내자 밑바닥과 양 옆에 판자를 댄 자그마한 보물 상자가 나왔다. 상자 안에는 구슬이 달랑 한 개 들어 있었다. 예상이 빗나간 톰은 너무나 당황스러웠다.

톰은 짜증을 내며 구슬을 저 멀리 냅다 집어던지고 곰곰이 생각에 잠겼다.

자기와 친구들이 틀림없다고 철석같이 믿고 있던 마법이 전혀 맞지 않은 것이다. 주문을 외우면서 구슬 하나를 묻어 놓고 이 주

동안 내버려 두었다가 다시 주문을 외우면서 파보면, 언제 어디서 잃어버렸건 지금까지 잃어버렸던 구슬들이 모두 그곳에 모여 있게 된다는 미신이었다. 하지만 웬일인지 주문은 효험을 발휘하지 못했다. 마법에 대한 톰의 믿음이 송두리째 흔들렸다. 지금까지 성공했다는 말은 들어봤어도 실패했다는 말은 들어본 적이 없는데⋯⋯. 톰은 지금까지 여러 번 시도해 보았지만 구슬을 묻어 두었던 곳을 잊어버려 한 번도 결과를 확인한 적이 없었다. 한동안 의아해하던 톰은 마침내 마녀가 끼어들어 방해했을 거라고 결론을 내렸다. 톰은 부드러운 모래가 깔때기 모양으로 움푹 파인 곳을 찾아 배를 깔고 엎드려 구멍에 입을 대고 말했다.

"개미귀신아, 개미귀신아, 내가 알고 싶어 하는 것을 알려다오. 개미귀신아, 개미귀신아, 내가 알고 싶어 하는 것을 알려다오."

모래가 움직이기 시작했다. 곧 자그마한 검은 벌레 한 마리가 밖으로 나왔다가 놀라서 쏙 들어가 버렸다.

"저 녀석도 입을 다물어 버리네. 분명 마녀의 짓이야."

톰은 마녀와 맞서 봤자 소용이 없다는 생각에 포기했다. 그리고 방금 집어던진 구슬이라도 찾으려고 했지만 구슬은 어디에도 보이지 않았다. 톰은 다시 보물 상자가 있는 곳으로 돌아갔다. 그러고는 구슬을 던졌던 바로 그곳에 서서 주머니에 있던 구슬 한 개를 꺼내어 아까와 같은 방향으로 던지며 이렇게 말했다.

"구슬아, 네 형제를 만나러 가라!"

톰은 구슬이 굴러가다 어디서 멈추는지 지켜보고는 그곳으로 가서 다시 찾아보았다. 하지만 첫 번째 구슬은 보이지

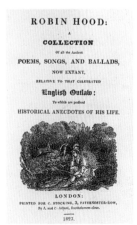

로빈 후드는 리처드 1세(1189~1199)가 집권하던 영국 중세시대 때 인물이다. 그는 아이들에게 영웅이며 미국 아이들에게 있어 악을 바로잡는 사람이었다.

않았다. 톰은 두 번을 더 시도했다. 그리고 두 번째 시도에서 마침내 성공했다. 두 개의 구슬이 30센티미터 거리를 두고 나란히 놓여 있었다.

바로 그때 양철 나팔 소리가 나무들이 줄지어 늘어선 초록색 오솔길을 따라서 들려왔다. 톰은 웃옷을 훌렁 벗어던지고 멜빵을 마치 벨트처럼 찼다. 그리고 썩은 통나무 뒤 덤불숲을 뒤져서 엉성하게 만든 활과 화살, 나무칼과 양철 나팔을 찾아내어 손에 쥔 채 셔츠를 펄럭이며 맨발로 어디론가 달려갔다. 톰은 커다란 느티나무 아래에서 나팔을 불어 응답하고는 이리저리 주위를 살펴가며 살금살금 걸어갔다.

그때 조 하퍼가 나타났다. 조도 톰처럼 가벼운 옷차림에 완전 무장을 하고 있었다.

톰이 외쳤다.

"멈춰라! 내 허락도 없이 누가 감히 셔우드 숲에 들어왔느냐?"

"기스본의 기사(로빈후드에 나오는 인물)는 그 누구의 허락도 필요하지 않다. 대관절 넌 누구이기에 감히……."

"내가 누구냐고? 난 로빈 후드다. 너 같이 미천한 놈들도 곧 내가 누군지 알게 될 것이다."

"아, 네놈이 바로 그 악명 높은 무법자란 말이냐? 마침 잘 됐군. 이 숲의 통행권을 놓고 나와 한판 붙어 보자. 자, 내 칼을 받아라!"

두 소년은 칼을 꺼내

그림은 뉴욕 워싱턴 스퀘어에 있는 마크 트웨인이다. 그는 역대 최고의 해적 이야기 《보물섬》을 펴낸 작가 로버트 루이스 스티븐슨 (1850~1894)과 함께 있다.

66 내가 누구냐고? 난 로빈 후드다. 너 같이 미천한 놈들도 곧 내가 누군지 알게 될 것이다. 99

쐐기풀은 누구나 알듯이 쏠리기만 해도 매우 따끔거려 사람들이 좋아하지 않았다. 그럼에도 이 풀의 효능은 그 어떤 풀도 따라올 수가 없다. 철분과 칼슘, 그 외의 성분이 풍부하다, 중세시대 때부터 이것으로 우려낸 차와 수프도 만들었으며 특히 몸이 허약한 사람들에게 각광을 받았다. 쐐기풀의 즙액은 지혈에 타고난 효능을 갖고 있어 피를 멎게 한다. 이 모든 것은 그 당시 인디언들과 조제사들, 그리고 약사들에게 매우 잘 알려진 내용이었고, 이들은 자신만의 약을 만들어 이것을 약용식물 치료법, 식물 요법 등이라 부르기도 했다.

들고는 펜싱 시합을 하듯 마주 서서 아주 진지하고 조심스럽게 두 번 위로 두 번 아래로 칼을 휘두르며 대결을 시작했다. 톰이 말했다.

얼마 뒤 톰이 소리쳤다.

"쓰러져야지, 쓰러지라고! 왜 안 쓰러지는 거야?"

"싫어, 너나 쓰러져. 네가 지금 지고 있잖아."

"그럼 말이 안 되지. 난 쓰러지면 안 돼. 책에 이렇게 나와. '로빈 후드는 뒤에서 일격을 가해 기스본의 기사를 쓰러뜨렸다.'고 나와 있다니까."

책에 그렇게 쓰여 있다면 어쩔 수 없었다. 조는 뒤로 돌아서서 일격을 받고 쓰러졌다.

놀이는 계속 되었다. 잠시 뒤 톰은 다시 로빈 후드가 되었고 피를 많이 흘려서 쓰러지는 장면을 연기했다. 조는 슬픔에 잠긴 의적의 무리가 되어 눈물을 흘리며 앞으로 걸어갔다. 수녀의 배반으로 상처를 제대로 치료하지 못해 죽어가는 로빈 후드의 힘 빠진 손에 화살을 쥐여 주었다. 그러자 로빈 후드 역을 맡은 톰이 말했다.

"이 화살이 떨어지는 푸른 나무 아래에 불쌍한 나의 시체를 묻어다오."

톰은 화살을 쏜 다음 바닥에 푹 고꾸라졌다. 하지만 쐐기풀 위에 쓰러지는 바람에 주검이 되지 못한 채 벌떡 일어나고 말았다.

두 소년은 다시 옷을 입고 무기들을 숨기고는 요즘은 왜 의적들이 사라지고 없는지 안타까워하며 숲을 떠났다. 그 어떤 현대 문명이 그런 아쉬움을 보상할 수 있을까. 둘은 미국의 대통령을 하느니 영원히 셔우드 숲의 의적이 되는 편이 나을 것이라 호기를 부리며 걸었다.

IX

묘지에서의 비극

그날 밤 9시, 톰과 시드는 여느 때처럼 잠자리에 들었다. 하지만 톰은 눈을 말똥말똥 뜬 채 안절부절 못하며 불안한 마음으로 신호를 기다렸다. 벌써 날이 밝아 오는 것은 아닐까 하고 생각하는데, 겨우 열 시를 알리는 시계 종소리가 들렸다. 참으로 난감하기 짝이 없었다. 몸을 뒤척거리고 돌아눕고도 싶었지만 시드가 잠에서 깰까 봐 그저 어둠 속에서 눈만 뜨고 가만히 있었다.

기분 나쁠 정도로 고요한 밤이었다. 시간이 흐르면서 보통 때 같으면 들리지도 않을 미세한 소리들이 들려오기 시작했다. 똑딱거리는 시계 소리, 낡은 대들보가 끼익거리는 기이한 소리, 계단에서도 희미하게 삐거덕거리는 소리가 들렸다. 귀신들이 나다니는 것이 틀림없었다. 폴리 이모의 방에서는 코고는 소리가 규칙적으로 나지막이 들려오고 있었다. 침대 머리맡 벽 속에서는 끔찍하게도 귀뚜라미가 딱딱거리는 소리로 울어 댔다. 톰은 몸을 부르르 떨었다. 이 소리는 누군가의 삶이 얼마 남지 않았다는 죽음의 징조로 여겨졌기 때문이다. 그러더니 밤의 장막을 뚫고 멀리서 개 짖는 소리가 들려왔다. 시간이 멈추고 영원의 세계가 열리는 것 같은 생각마저 들었다. 톰은 자기도 모르게 깜빡 잠이 들었다. 시계가 열한 시를 쳤지만 듣지 못했다.

그러다가 꿈결에 구슬픈 고양이 울음소리가 들려왔다. 곧이어 이웃집에서 누군가가 창문을 열고 소리쳤다.

"조용히 해! 이 망할 놈의 고양이!"

빈 병이 헛간 뒷벽에 부딪혀 산산조각이 나는 소리에 톰은 후다닥 일어났다. 눈 깜짝할 사이에 옷을 입고 창문으로 나가 지붕 위를 살금살금 기어가면서 조심스럽게 "야옹!" 하고 한두 번 고양이 울음소리를 냈다. 그리고는 헛간 지붕 위로 뛰어내린 다음 다시 땅바닥으로 뛰어내렸다. 허클베리 핀이 죽은 고양이를 들고 서 있었다.

두 아이는 걸음을 재촉해 곧 어둠 속으로 사라졌다. 삼십 분쯤 뒤에 두 아이는 묘지를 무성하게 덮고 있는 잡초들 사이를 헤치며 걸어가고 있었다.

한니발의 묘지는 버려진 상태였다. 나무들은 썩었고, 죽은 잡초들과 묘지들은 모두 허물어졌다. 이것은 당시 개척자들이 서쪽으로 가면서 그들의 죽은 동료들을 이 '지나가는' 마을에 놔 두고 갔기 때문이다. 죽은 사람들의 묘를 찾아줄 가족이나 사람이 전혀 없었다. 오늘날의 미국처럼 가족묘지, 납골당, 시 묘지가 당시에는 없었다.

그곳은 오래된 묘지였다. 묘지는 마을로부터 2.5킬로미터 떨어진 언덕에 자리 잡고 있었다. 묘지 주변에는 널빤지로 된 울타리가 삐죽삐죽 세워져 있었는데, 모두 안쪽으로 쓰러지거나 바깥쪽으로 기울어져 있었다. 무성하게 자란 풀과 잡초가 묘지를 온통 뒤덮고 있었다. 오래된 무덤은 땅속으로 꺼져 있었고, 비석도 눈에 띄지 않았다. 대신 끝이 둥글게 깎이고 벌레가 갉아먹은 나무 조각들이 무덤 위로 쓰러질 듯 기울어져 있었다.

한니발에 있는 감람산 묘지의 묘비.

나무 사이로 바람이 신음 소리를 내며 불어왔다. 톰은 죽은 사람들의 영혼이 단잠을 방해한다고 화가 나서 투덜거리는 소리는 아닐까 겁이 났다. 두 아이는 되도록 말을 하지 않았고, 꼭 해야 할 말만 숨소리보다 더 작은 목소리로 말했다. 시간도 시간이지만 장소도 장소였기에 주위를 뒤덮은 엄숙함과 적막감이 영혼까지 짓누르는 듯 했다.

드디어 찾고 있던 새 무덤을 발견했다. 무덤에서 얼마 떨어지지 않은 곳에 느릅나무 세 그루가 무덤을 감싸듯 서로 뒤엉켜 자라고 있었는데, 아이들은 그 뒤로 몸을 숨겼다.

둘은 아무 말 없이 조용히 기다렸다. 참으로 지루한 시간이었다. 멀리서 들려오는 부엉이 울음소리만이 간간이 정적을 깨뜨렸다. 시간이 갈수록 톰은 가슴이 답답했다. 무슨 말이라도 하지 않고는 견딜 수가 없을 것 같았다.

톰이 속삭이듯 말했다.

"허크, 죽은 사람들이 우리가 여기에 온 걸 좋아할까?"

허클베리가 나지막하게 대답했다.

"나도 그게 알고 싶어. 여기 진짜 무시무시하지 않냐?"

그리고 꽤 오랫동안 침묵이 흘렀다. 톰이 다시 나지막하게 말했다.

미시시피 강 하구의 뉴올리언스에서는 강 때문에 홍수가 자주 일어난다. 묘지가 홍수에 휩쓸려 떠내려가는 것을 막기 위해 기초 말뚝 위에 세운 방을 만들어 관을 넣었다.

"허크, 월리엄스 영감이 우리가 하는 말을 들을 수 있을까?"

"물론 들을 수 있지. 적어도 그의 영혼은 들을 수 있을걸."

갑자기 톰이 친구의 팔을 잡았다.

"쉿!"

"왜 그래, 톰!"

허크가 쿵쾅쿵쾅 뛰는 가슴을 잡으며 말했다.

"쉿! 무슨 소리가 들린다. 넌 안 들려?"

"그래, 들려. 이리로 오고 있어. 이제 어떡하지?"

"몰라. 우릴 봤을까?"

"분명히 봤을 거야. 악마들은 어두움에서도 고양이처럼 보니까. 아, 정말 도망가고 싶다."

"야, 용기를 가져. 우릴 해치지는 않을 거야. 우리가 무슨 해를 입힌 것도 아니잖아. 숨소리도 내지 말고 가만히 있으면 못 보고 그냥 지나칠지도 몰라."

"나도 얌전히 있고 싶지만…… 내 몸이 움직이질 않아. 몸이 나뭇잎처럼 떨고 있어."

두 소년은 마주 보고 고개를 숙이고는 거의 숨도 쉬지 못했다.

묘지 반대편에서 나지막한 목소리가 들려왔다. 톰이 속삭였다.

"저게 뭐지?"

"아마도 도깨비불 같아. 아이고 톰, 나 무서워."

어둠 속에서 희끄무레한 형체가 양철 등잔을 들고 다가오는 것이 보였다. 등잔이 흔들리며 수없이 많은 불빛이 땅바닥으로 흩어지고 있었다. 갑자기 허클베리가 몸을 부르르 떨면서 말했다.

"악마가 틀림없어. 그것도 셋

휴대용 촛대, 램프, 컵 등 다양한 상자들. 양철로 된 도구와 기구들은 19세기 중반에 퍼져나갔다. 양철은 주석과 나무, 그리고 구리를 대체하게 되었다. 양철은 가격 면에서 저렴할 뿐 아니라 가공하기도 쉽다.

이나 된다고! 아이고 톰, 우린 이제 죽었다. 너 기도할 줄 알아?"

"해 볼게. 하지만 너무 겁내지 마. 우릴 해치지는 않을 거야. 자, 가만히 드러누워 자는 척 하자 그러면……."

"쉿! 조용히 해. 저건 사람이야. 적어도 셋 중에 하나는 틀림없어. 머프 포터 영감 목소리가 들렸어."

"진짜야?"

"응 내가 그 영감 목소리를 알아. 틀림없어. 머리카락 하나도 움직이지 마. 저 사람들은 우리가 여기 있는 줄 모를 거야. 늘 위스키에 절어 있거든. 한심한 영감!"

"좋아, 가만히 있을게. 어, 어디 갔나 안 보이네. 저기 온다. 이쪽으로 오는데. 아니, 다른 쪽으로 가네. 아니, 다시 이쪽이다. 분명 이쪽이야, 곧장 우리 쪽으로 오고 있어. 허크, 한 사람 목소리는 나도 알겠어. 인디언 조의 목소리야."

Chief Black Hawk
MA-KA-TAI-ME-SHE-KIA-KIAK
1767 - 1838

인디언 조는 톰 소여의 모험에서 없어서는 안 될 인물이다. 마크 트웨인은 자기 부족과 방랑하기보다 개척자들의 공동체에 참여하게 된 인디언들에 관심을 가졌다. 이는 20세기 후반과 21세기 전반에 걸쳐 미국 문학으로 전달되었다. 마크 트웨인은 개척자들이 서쪽 땅을 정벌하는 과정에서 벌인 학살과 도적질을 잊지 않았다. 1832년 나쁜 도끼(Bad axe) 사건은(위 그림에서 보이는) 블랙 호크가 백기를 들었음에도 뗏목을 타고 집으로 돌아가던 몇 백 명의 사우크 인디언족을 살해한 대량학살의 예이다.

66 저건 사람이야.
적어도 셋 중에 하나는
틀림없어. 99

인디언 수공업은 다양하면서 화려했다. 위 사진은 인디언 기호학자가 짠 셔츠이다.

사리슈 부족의 조끼

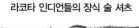

라코타 인디언들의 장식 술 셔츠

"그 무시무시한 혼혈아 말이야? 저 자랑 마주치느니 차라리 악마랑 마주치는 게 낫겠다. 무슨 짓을 벌이려는 걸까?"

아이들은 곧 입을 다물었다. 세 남자는 아이들이 숨어 있는 곳에서 불과 1, 2미터도 떨어지지 않은 곳까지 다가왔다.

세 번째 목소리가 들렸다.

"여기야."

목소리의 주인공이 등잔을 높이 치켜들자 젊은 의사 로빈슨의 얼굴이 드러났다. 포터와 인디언 조는 밧줄과 삽 몇 자루가 실려 있는 손수레를 끌고 왔다. 두 사람은 짐을 내려놓더니 무덤을 파기 시작했다. 의사는 무덤 위에 등잔을 내려놓고 느릅나무에 등을 기대고 앉았다. 얼마나 아이들과 가까웠던지 손만 뻗으면 닿을 것 같았다.

의사가 낮은 목소리로 말했다.

"서두릅시다, 언제 달이 뜰지도 모르니까."

두 사람은 퉁명스럽게 대답하고는 계속 땅을 팠다. 한동안 삽으로 흙과 자갈을 퍼내는 소리 외에는 아무 소리도 들리지 않았다. 마침내 삽이 관에 부딪혔는지 둔탁한 소리가 났다. 잠시 뒤 두 남자는 관을 열고는 시체를 꺼내 땅바닥에 내동댕이쳤다. 구름 사이로 달이 파리한 얼굴을 비췄다. 두 사람은 시체를 수레에 실은 다음 담요로 덮었다. 그리고 밧줄로 시체가 움직이지 못하도록 동여맸다.

"이제 다 됐소, 의사 양반. 그런데 다섯 장 더 써야겠는데. 아니면 여기다 그냥 두고 가든지."

"이것 봐, 그게 무슨 소리야? 돈은 이미 달라고 해서 벌써 다 주었잖아."

인디언 조가 의사에게 다가가더니 앞에 떡하니 버티고 서서 배짱을 부렸다.

"그건 그렇지. 하지만 나한테 진 빚이 있을 텐데. 오 년 전에 넌 나

86

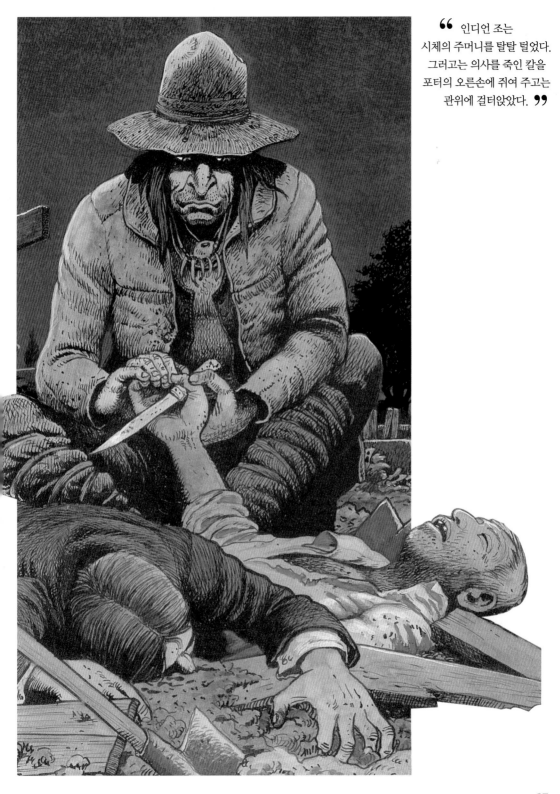

위스키는 오래전부터 생명수로 여겨졌다. 스코틀랜드에서 곡물로 증류되었고, 이주자들에 의해 미국으로 건너오게 되었다. 이미 오래전부터 미국 인디언들과 개척자들에 의해 재배되고 있었던 옥수수 알(유럽에서는 당시 막 길러지고 있었다.)과 위스키 기술을 접목시키게 되었다. 그리하여 오늘날 미국산 켄터키 주에서 만든 위스키가 처음 탄생하게 된 것이다. 이 광고에 따르면 위스키가 기관지염, 소화불량, 감기, 그리고 간이 나쁠 때 약으로 쓰였다.

를 네 아버지 집 부엌에서 쫓아냈어. 먹을 것 좀 달라고 찾아간 나를 말이야. 나보고 아무 짝에도 쓸모없는 놈이라고 호통을 쳤지. 백 년이 걸려도 네 놈한테 꼭 복수하겠다고 했더니 네 놈의 아비가 나를 부랑자 취급하며 감옥에 처넣었어. 내가 다 잊은 줄 알았나? 이제 네놈에게 본때를 보여 주겠어. 빚은 청산해야지!"

인디언 조는 의사에게 주먹을 들이대며 협박했다. 그러자 눈 깜짝할 사이에 의사가 인디언 조의 얼굴을 주먹으로 갈겼다. 인디언 조가 바닥에 쓰러졌다. 포터는 칼을 떨어뜨리며 소리쳤다.

"내 동료에게 손대지 마!"

다음 순간, 포터가 의사의 멱살을 잡았고 두 사람은 풀을 짓밟고 땅을 짓이기며 온 힘을 다해 한바탕 싸움을 벌였다. 그 사이 인디언 조가 벌떡 일어났다. 인디언 조의 눈은 분노로 이글거렸다. 인디언 조는 고양이처럼 몸을 구부정하게 숙이고는 살금살금 다가가 뒤엉켜 싸우는 두 사람의 주위를 빙빙 돌면서 기회를 엿보았다. 바로 그때 의사가 몸을 빼더니 윌리엄스의 무덤에 꽂힌 묘표를 뽑아서 포터를 향해 힘껏 내리쳤다. 포터가 땅바닥에 쓰러졌다. 혼혈아 인디언 조는 이때다 싶어 칼로 젊은 의사의 가슴을 푹 찔렀다. 의사는 피를 흘리면서 비틀거리다가 포터의 몸 위로 쓰러졌다. 순간 구름이 몰려와 이 끔찍한 광경은 어둠 속에 가려졌다. 잔뜩 겁에 질린 두 소년은 어둠을 틈타 쏜살같이 도망쳤다.

곧 달이 다시 나타났다. 인디언 조는 두 사람을 내려다보며 곰곰이 생각에 잠겨 서 있었다. 의사는 뭐라고 알아들을 수 없는 말을 중얼거리더니 길게 숨을 내쉬고는 더 이상 움직이지 않았다.

"이제야 우리의 거래가 끝났군. 악마여 데려가거라."

인디언 조는 시체의 주머니를 탈탈 털었다. 그리고는 의사를 죽인 칼을 포터의 오른손에 쥐어 주고는 관위에 걸터앉았다. 삼 분, 사 분,

아니 오 분쯤 지나자 포터가 몸을 뒤척이며 '끙' 하는 신음 소리와 함께 정신을 차렸다. 포터는 정신을 차리고서야 자기 손에 칼이 들려 있는 것을 보았다. 영감은 칼을 유심히 쳐다보다가 떨어뜨리고는 후다닥 일어났다. 그리고 어리둥절한 표정으로 주위를 둘러보다가 인디언 조와 눈이 마주치자 물었다.

"세상에! 이게 도대체 어떻게 된 일이지?"

조가 조금도 흔들림이 없는 침착한 목소리로 말했다.

"일이 난감하게 됐어. 뭣 때문에 일을 이 지경까지 만든 거요?"

"내가? 내가 죽인 게 아니야!"

"이봐, 그렇게 말한다고 없었던 일이 되지는 않아."

포터는 얼굴이 창백해지면서 몸을 부르르 떨었다. 그러더니 울면서 무릎을 꿇었다.

1830년과 1890년, 미국에서 '인디언 전쟁'이라 부르던 사건에서 미국 군대와 인디언 부족 간의 전투가 벌어졌다. 인디언들은 미국의 전진에 맞서고 있었다. 1838년 12월 한겨울에 18,000명의 인디언들이 그들의 땅에서 쫓겨났고, 강제수용 도중 많은 사람들이 사망했다. 인디언들은 이 사건을 '눈물의 길'이라고 부른다.

포터는 빠른 걸음으로
걷더니 곧 뛰기 시작했다.
혼혈아 조는 그 모습을
바라보았다.

"아무런 기억도 나질 않아. 술을 마시는 게 아니었어. 싸워도 흉기를 쓴 적이 없는데……. 자넨 좋은 친구야. 아무에게도 말하지 않을 거지?"

"알았소. 이제 그만하고 어서 가요. 흔적도 남기지 말고."

포터는 빠른 걸음으로 걷더니 곧 뛰기 시작했다. 조는 그 모습을 바라보며 중얼거렸다.

"뛰어가는 꼴을 보니 아직도 술이 덜 깼나 보군. 한참 멀리 간 뒤에야 칼이 생각나겠지. 겁쟁이 늙은이!"

살해된 남자와 담요에 덮여 있는 시체, 뚜껑이 열린 관, 그리고 파헤쳐진 무덤이 달빛 아래에 고스란히 드러났다. 또다시 사방에 고요함만이 감돌았다.

X

비밀 맹세

두 소년은 밀려오는 공포에 아무 말도 못하고 마을을 향해 정신없이 달렸다. 도망치면서 누가 뒤쫓아 오는 것은 아닌지 두려운 마음에 힐끔힐끔 뒤를 돌아보았다. 길가에 서 있는 나무들이 문득문득 사람으로 보여 심장이 멎는 것만 같았다.

톰이 가쁜 숨을 내쉬며 말했다.

"지쳐서 쓰러지기 전에 무두질 공장까지만 갈 수 있다면 ……."

두 소년은 목표 지점이 보이자 그곳만 바라보며 죽을 힘을 다해 달려갔다. 드디어 둘은 거의 동시에 열린 공장 문으로 뛰어 들어갔다. 그제서야 아이들은 마음을 놓았다. 둘은 기진맥진해서 어둠을 피난처 삼아자리를 잡고 앉았다. 잠시 뒤 두근거리는 가슴이 가라앉자 톰이 속삭였다.

"허크, 앞으로 어떻게 될까?"

"만약 로빈슨 의사가 죽었다면 조는 교수형을 당하겠지."

톰은 잠시 생각하다가 물었다.

"그런데 누가 그 사실을 밝힐 건데, 우리가?"

"너 지금 무슨 말을 하는 거야? 만약 인디언 조가 교수형을 당하지 않으면 어쩌려고? 그럼 놈은 언젠가 우

극형인 교수형에는 많은 구경꾼이 몰렸다. 죄인의 얼굴을 복면으로 가리고 목에 줄을 걸었다. 사형수는 갑자기 아래로 떨어지는 뚜껑문 위에 서서 기다렸다.

리를 죽이고 말걸."

"만약 누군가가 사실을 밝혀야 한다면 멍청한 머프 포터가 해야지. 그 영감은 늘 술에 취해 있으니까."

톰은 아무 말 없이 한참 생각에 잠겼다가 속삭였다.

"허크, 머프 포터는 아무것도 모르는데, 어떻게 사실을 말하겠어?"

"아무것도 모르다니, 그게 무슨 말이야?"

"인디언 조가 일을 저질렀을 때, 포터는 한 대 얻어맞아 정신을 잃었잖아. 그런데 포터가 뭘 봤겠어. 그 사람이 뭘 안다고 생각해?"

"그래, 네 말이 맞아 톰."

"어쩌면 그때 맞은 충격으로 포터 영감도 죽었을지 몰라."

"아니, 그건 아닐 거야."

잠시 아무 말 없이 곰곰이 생각한 뒤 톰이 말했다.

"허크, 너 무슨 일이 있어도 비밀을 지킬 자신 있어?"

"당연하지. 목에 칼이 들어와도 절대 말 안 할 거야. 너도 알지? 만에 하나라도 입을 잘못 놀렸다가는, 그 악마 같은 인디언 놈이 고양이 한 마리 죽이는 것보다 더 쉽게 우릴 해치울 거야. 그러니까 톰, 우리 서로 맹세하자. 절대 입을 열지 않기로 말이야."

"그래, 나도 찬성이야. 그게 가장 좋은 방법인 것 같다. 자, 손을 들고 맹세해!"

"아니, 그 정도로는 안 되지. 시시한 일 같으면 그 정도로 충분하겠지만, 이렇게 중대한 일은 글로 써서 남겨야 돼. 그리고 피로 서명해야 돼."

톰도 이 의견에 전적으로 찬성했다. 진지하고 비밀스러우면서도 멋진 생각이었다. 하지만 무시무시하기도 했다. 시간이며 상황이 분위기와 잘 들어맞았다. 톰은 깨끗한 소나무 널빤지를 하나 주워들고는 주머니에서 빨간색 납석 조각을 꺼내 달빛 아래 어렵게 글을 써 내려갔다.

허크 핀과 톰 소여는 이 일에 대해 무슨 일이 있어도 입을 열지 않을 것을 맹세한다.
약속을 어기면 그 자리에서 당장 썩어 죽을 것을 맹세한다.

허클베리는 톰이 글을 쓸 줄 알 뿐만 아니라 고상한 문장을 지을 수 있다는 사실이 부러웠다. 허크가 윗옷에 달려 있는 핀을 빼서 손가락을 찌르려고 하자 톰이 말렸다.

"잠깐만, 그러지 마. 핀은 놋쇠잖아. 어쩌면 녹청이 묻어 있을지 모른다고."

"녹청이 뭐야?"

"독이야. 한번 맛을 봐, 그럼 금방 무슨 말인지 느낄 거야."

톰은 몸에 지니고 있는 바늘을 하나 꺼내 엄지손가락을 살짝 찔러 피를 한 방울씩 짜냈다. 한참 만에야 손가락의 끝 부분으로 자기 이름의 첫 글자를 겨우 써 넣을 수 있었다. 그리고 허클베리에게 H자와 F자를 어떻게 쓰는지 가르쳐 주었다. 이것으로 서약서가 완성되었다. 두 소년은 주문을 외우면서 소나무 널빤지를 벽 가까이에 묻었다. 이제 두 소년은 입에 자물쇠를 채우고 열쇠를 버린 셈이 되었다.

그때 다 무너져 내린 건물의 다른 쪽 틈새로 누군가가 슬금슬금 기어들어왔다. 하지만 두 아이는 눈치 채지 못했다.

허클베리가 속삭이듯 물었다.

"톰, 이렇게 하면 우리 둘 다 절대 입도 뻥끗 안 할 거야, 그렇지?"

"물론이지. 무슨 일이 있어도 절대로 말하면 안 돼. 말하면 우린 그 자리에서 죽는 거야. 알지?"

"그야 당연하지. 알았어."

두 소년은 잠시 소곤소곤 이야기를 나누었다. 그런데 갑자기 개 한 마리가 소년들로부터 불과 3미터도 안 되는 곳에서 애처롭게 울부짖기 시작했다. 둘은 얼마나 깜짝 놀랐던지 서로 와락 끌어안았다.

허클베리가 숨도 쉬지 못하고 물었다.

"누굴 보고 짖는 걸까?"

"나도 몰라. 구멍으로 한 번 내다봐, 빨리!"

"이런, 젠장! 날마다 땡땡이만 치고

66 톰은 몸에 지니고 있는 바늘을 하나 꺼내 엄지손가락을 찔러 피를 한 방울씩 짜냈다. 99

하지 말라는 짓만 골라서 하니까 이 꼴이 된 거야. 나도 노력했으면 시드처럼 모범생이 될 수도 있었는데. 아니, 난 그래도 모범생은 못 됐을 거야. 하지만 이번에 어떻게 해서든지 살아남게 되면 주일학교도 빠지지 않고 다닐 거야!"

톰이 훌쩍이며 중얼거렸다.

허클베리도 코맹맹이 소리로 말했다.

"네가 나쁘다고! 그런 소리하지 마, 톰. 나에 비하면 넌 아무것도 아니잖아. 나는 네가 가진 행운의 반만이라도 있었으면 좋겠어."

곧 죽을 것만 같던 톰이 말했다.

"저것 봐, 허크. 저걸 보라고. 개가 우리에게 등을 돌리고 있잖아."

"어, 정말 그러네."

"정말 다행이다. 그런데 저 개가 누굴 보고 짖어 대는 거지?"

개는 짖기를 그쳤고, 톰은 귀를 쫑긋 세웠다.

"쉿! 이게 무슨 소리지?"

"누군가가 코를 고는 소리야."

"그래, 맞아. 그런데 어디서 나는 소리지, 허크?"

"저쪽 맞은편 끝에서 나는 소리 같아. 우리 아빠도 가끔 저기서 자곤 했지만 이번엔 아냐. 아빠가 코를 골면 사방이 다 들썩거릴 정도거든. 그리고 우리 아빠는 이 마을에 더 이상 오지 않아."

두 소년에게 다시 모험 정신이 솟아났다.

"허크, 내가 앞장서면 너도 따라올래?"

"별로 그러고 싶지 않은데, 톰. 만약 인디언 조면 어떻게 하려고!"

허크의 말에 톰은 흠칫 망설였지만 두려움보다 궁금함이 더 강했다. 두 아이는 한번 가 보기로 결정했다. 코 고는 소리가 멈추면 후다닥

줄행랑을 치기로 하고 두 소년은 뒤꿈치를 들고 살금살금 발소리를 죽이며 다가갔다. 그런데 코를 골고 있는 사람으로부터 불과 다섯 걸음 정도 남기고 톰이 그만 나뭇가지를 밟는 바람에 "딱"하고 소리가 났다. 그 사람이 끙 신음 소리를 내며 돌아눕자 달빛에 얼굴이 보였다. 바로 머프 포터였다. 남자가 몸을 뒤척였을 때 두 소년은 모든 게 끝난 것 같았지만, 누군지 알게 되자 두려움이 가셨다. 아이들은 살금살금 부서진 담 사이로 빠져 나왔다. 그리고 조금 걸어가다가 작별 인사를 나누었다. 그때 떠돌이 개가 애처롭게 울부짖는 소리가 다시 한번 밤하늘에 길게 울려 퍼졌다. 뒤를 돌아보니 머프 포터가 누워 있는 곳으로부터 얼마 떨어지지 않은 곳에서 개가 코를 하늘로 치켜들고 짖고 있었다.

두 소년이 동시에 말했다.

"이런, 포터를 보고 짖고 있는 거야."

"톰, 사람들이 그러는데 떠돌이 개가 두 주 전 자정 무렵에 조니 밀러네 집 주변을 서성이면서 울부짖었대. 그리고 쏙독새가 날아와 그 집 난간에 앉아 울기까지 했나 봐. 그런데도 그 집에선 지금까지 아무도 죽지 않았어."

"흠, 나도 알아. 그래 죽은 사람은 없지. 하지만 그 다음 토요일에 그레이시 밀러가 부엌 난로에 넘어져서 화상을 입었잖아."

"그래. 하지만 그래도 죽지는 않았잖아. 더구나 상처도 점점 좋아진다고 하잖아."

그리고 나서 두 소년은 착잡한 마음으로 헤어졌다. 톰이 침실 창문을 통해 방으로 살금살금 기어들어간 시간은 거의 새벽녘이 다 되어서였다. 톰은 아주 조심스럽게 옷을 벗고 자기가 나갔다 들어온 것을 아무도 모른 줄 알고 잠이 들었다. 나지막하게 코 고는 소리를 내고 있던

이 금속으로 만들어진 강아지는 한니발 제련소의 실력을 보여 준다. 이 작품은 아일랜드에서 이주해 온 윌리엄 퀴리에 의해 만들어졌다. 그는 1848년 한니발 마을에 자리를 잡았다.

시드가 벌써 한 시간 전부터 깨어 있었다는 사실을 톰이 알리가 없었다.

일어나 보니 시간이 꽤 지난 모양이었다. 톰은 깜짝 놀랐다. 왜 아무도 깨우지 않았을까? 왜 보통 때처럼 빨리 일어나라고 성가시게 굴지 않았을까? 그런 생각을 하니 왠지 불안해졌다. 서둘러 옷을 입고 아래층으로 내려갔다. 온몸이 쑤시고 아직 잠도 덜 깬 상태였다. 다들 식탁에 앉아 있었지만 이미 아침 식사를 끝마친 모양이었다. 아무도 톰을 꾸짖지 않았다. 너무나 조용하고 엄숙해서인지 공연히 죄책감이 들어 톰은 가슴이 철렁했다. 톰은 자리에 앉아서 즐거운 척했지만 쉽지 않았다. 아무도 웃어 주지 않았고 대꾸도 하지 않았다. 톰은 이내 입을 다물어 버렸다. 마음이 절망 속으로 빠져드는 듯 무거웠다.

아침 식사 후 이모가 톰을 불렀다. 톰은 이제 매를 맞을 거라고 생각하니 차라리 마음이 가벼워지는 것 같았다. 하지만 그건 착각이었다. 이모는 톰을 붙잡고 하염없이 울면서 어떻게 이렇게 이모의 가슴을 아프게 만드느냐고 한탄했다. 그리고 멋대로 살다가 인생을 망치든지 마음대로 하라고, 이모가 슬퍼하다 머리가 하얗게 세어 무덤에 묻히건 말건 상관하지 말라고 했다. 이모도 이제 더 이상 어떻게 할 방법이 없다고 넋두리를 늘어놓았다. 수천대의 매를 맞는 것보다 더 마음이 아팠다. 톰은 울면서 용서를 빌고 이제부터는 달라지겠다고 몇 번이나 다짐을 했다. 하지만 완전히 용서를 받은 것 같지도, 또 이모가 톰의 말을 믿는 것 같지도 않았다.

시드는 지레 뒷문을 통해 도망쳤지만 톰은 너무나 참담한 기분이라 시드에게 복수를 해야겠다는 생각도 들지 않았다. 톰은 우울하고 슬픈 마음으로 터덜터덜 학교로 향했다. 학교에서는 전날 조 하퍼와 땡땡이를 친 일 때문에 호되게 매를 맞았다. 마음속에 커다란 걱정거리가 있어서인지 그런 매 따위는 크게 신경 쓰이지 않았다. 톰은 자기 자리로

영어로 제비를 'swallow' 라고 하는데 '삼키다' 라는 의미를 갖는다. 쏙독새는 하늘을 날면서 입을 열고 다니는데 바로 곤충들을 삼키기 위해서이다.

돌아가 앉았다. 책상에 팔꿈치를 올리고 손으로 턱을 괴고는 말로 표현할 수 없는 마음의 고통을 느끼면서 멍하니 벽만 바라보았다. 팔꿈치에 딱딱한 물건이 닿았다. 축 처진 어깨로 한참 동안 앉아 있던 톰은 천천히 자세를 고쳐 앉았다. 톰은 한숨을 내쉬면서 그것을 집어 들었다. 뭔가가 종이에 싸여 있었다. 톰은 종이를 펴 보았다. 한참동안 길고 긴 한숨만 새어 나왔다. 가슴이 찢어지는 것 같았다. 그것은 톰이 베키에게 주었던 놋쇠 손잡이였던 것이다. 엎친 데 엎친 격으로 모든 희망은 불행으로 덮였다.

XI

양심의 가책

정오 무렵, 끔직한 살인 사건이 알려지자 온 마을은 전기에 감전된 듯 엄청난 충격으로 발칵 뒤집혔다. 소문은 입에서 입으로, 이 집에서 저 집으로 빠르게 전해졌다. 소식을 들은 교장 선생님은 오후가 되자 임시 휴교를 선포했다.

피 묻은 칼이 살해당한 사람 옆에서 발견되었는데, 누군가가 그것이 머프 포터의 칼임을 알아보았다. 적어도 소문에 의하면 그랬다. 그리고 어떤 사람이 새벽 한두 시 무렵 집으로 돌아가다가 머프 포터가 개울에서 씻고 있는 것을 보았는데, 자기를 보더니 허둥지둥 도망치더라는 이야기도 있었다. 좀처럼 씻는 법이 없는 포터였기에 상황은 더욱더 의심스러웠다. 사람들은 포터를 범인이라 단정 짓고 있었다. 살인범을 찾아 온 마을을 다 수색해 보았지만 찾을 수가 없었다. 사람들은 보안관이 말을 타고 사방을 샅샅이 뒤지고 있으니 오늘 밤 안으로 범인이 잡힐 거라고 했다.

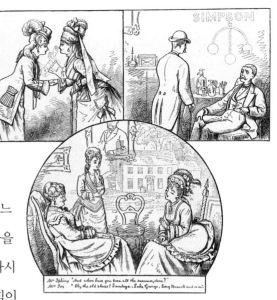

남쪽의 대농장 주인들의 전통 : 부인들은 몇 시간 동안 차를 마시며 수다를 떨고 신사들은 카페에서 위스키와 소다수를 홀짝홀짝 마신다.

온 마을 사람들이 묘지로 향했다. 톰은 어느새 베키로 인한 마음의 상처를 잊고 사람들을 따라 묘지로 향했다. 마음 같아서는 죽어도 다시가 보고 싶지 않은 곳이었지만 알 수 없는 힘이 톰을 끌어당기고 있었다. 끔찍한 사건 현장에 도착한 톰은 사람들 사이를 비집고 들어가 참담한 광경을 눈으로 보았다. 그곳에서 벌어졌던 일이 너무나 오래 전의 일로만 느껴졌다. 누군가가 톰의 팔을 꼬집었다. 돌아보니 허클베리였다. 두 아이는 눈이 마주치자 얼른 자기들을 수상쩍게 여기는 사람은 없는지 주위를 살폈다. 하지만 다들 눈앞에 펼쳐진 끔찍한 광경에서 눈을 떼지 못했다.

"잡히기만 하면 머프 포터는 사형이겠다."

사람들은 이렇게 수군거렸다. 그때 목사님이 한마디 했다.

"하나님의 심판을 받을 것입니다."

그 순간 톰은 머리끝에서 발끝까지 온몸이 떨리기 시작했다. 뻔뻔스럽게도 태연한 얼굴을 하고 있는 인디언 조를 보았기 때문이었다. 갑자기 모여 있던 사람들이 흥분하기 시작했다. 사람들이 웅성거렸다.

"놈이 저기 있다. 바로 저놈이야. 제 발로 걸어오고 있어."

"세상에, 놈이 멈춰 섰다. 조심해! 뒤로 돌아서는데, 도망가지 못하게 잡아라!"

나뭇가지에 올라가 구경하고 있던 사람들이 포터가 도망치려고 하는 것이 아니라 무슨 영문인지 몰라서 당황하고 있는 것 같다고 말했다. 구경꾼 하나가 소리쳤다.

"저런 뻔뻔한 놈 같으니라고, 사람을 죽여 놓고 다시 와 볼 생각을 하다니! 아무도 없을 줄 알았나 보지."

모여 있던 사람들이 양쪽으로 갈라섰다. 기가 죽은 포터는 초췌해 보였고 잔뜩 겁에 질린 눈을 하고 있었다. 시체 앞으로 끌려오자 포터는 온몸을 와들와들 떨었다. 그러더니 두 손으로 얼굴을 가리고 울음을 터뜨렸다.

"내가 한 짓이 아니에요. 여러분, 내 말을 믿어 주세요. 맹세코 내가 한 게 아니에요."

누군가가 소리쳤다.

"누가 당신이 죽였다고 그랬어?"

그 소리에 포터는 조금 진정이 되는 듯했다. 포터는 얼굴을 들고 지푸라기라도 잡는 안타까운 심정으로 사람들을 빙 둘러보았다.

그러다 인디언 조를 발견하고는 외쳤다.

"오, 인디언 조! 자네 약속하지 않았나, 절대로……."

"이거 당신 칼인가?"

보안관이 칼을 포터 앞으로 불쑥 내밀며 물었다.

사람들이 부축해 땅바닥에 천천히 앉히지 않았다면 포터는 그 자리에서 쓰러져 버렸을 것이다.

"다 털어놓게. 사람들한테 다 말하라고. 이제 아무 소용없어."

톰과 허클베리는 눈 하나 깜짝하지 않고 뻔뻔스럽게 거짓말을 늘어놓는 인디언 조의 모습을 기가 막혀 멍하니 쳐다보기만 했다. 두 소년은 당장 놈의 머리에 벼락이 칠 거라고 생각했다. 마른 하늘에 벼락이 치는 것은 시간 문제라고 말이다. 하지만 진술을 다 끝내고도 조가 멀쩡히 살아 있는 것을 보자, 두 아이는 동료에게 배반당한 이 불쌍한 사

람을 구해 주고 싶은 마음이 싹 가셨다. 저 사악한 놈은 영혼을 악마에게 팔아먹은 게 분명했다. 그렇다면 이런 엄청난 일에 공연히 끼어들었다가는 목숨을 부지하기 힘들 것 같았다.

몇 분 뒤 인디언 조는 정식으로 조사를 받았는데, 엄숙히 선서를 하고는 아주 태연하게 똑같은 진술을 되풀이했다. 그래도 벼락이 떨어지지 않자, 두 소년은 조가 악마에게 영혼을 판 것이 틀림없다고 굳게 믿었다. 인디언 조처럼 사악한 인물은 처음이었다. 아이들은 조의 얼굴에서 눈을 뗄 수가 없었다. 두 소년은 밤마다 조를 살펴보아야겠다고 마음먹었다. 어쩌면 그 영혼의 주인인 악마의

❝ 몇 분 뒤 인디언 조는
정식으로 조사를 받았는데
엄숙한 선서를 하고는
아주 태연하게 똑같은 진술
을 되풀이했다. ❞

101

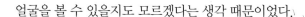

얼굴을 볼 수 있을지도 모르겠다는 생각 때문이었다.

한니발 경찰서의 문이다. 보안관은 바로 지방의 경찰서장이다. 보안관은 시에 의해 고용되고 돈을 받는다. 보안관은 살인자들이나 강도들을 잡기 위해 부하들을 거느릴 수 있고, 필요하다면 시민들을 선서시켜 특별 그룹을 형성할 수 있다. 반면에 세인트피터즈버그 마을에서 마크 트웨인은 소설적인 이유로 감옥이 마을 경계에 위치해 있지만 일반적으로는 바로 보안관 사무실 옆에 있는 것으로 설정했다.

그 뒤로 일주일 동안 톰은 끔찍한 비밀과 양심의 가책으로 제대로 잠을 이루지 못했다. 그러던 어느 날 아침 식사 때 시드가 말했다.

"톰, 형이 자면서 자꾸 뒤척이고 잠꼬대를 심하게 하는 바람에 난 잠도 제대로 못 잤어."

폴리 이모가 심각한 얼굴로 말했다.

"톰, 무슨 고민이라도 있니?"

"아뇨, 아무 일도 없어요."

하지만 자기도 모르게 손이 부들부들 떨려 톰은 그만 커피를 쏟고 말았다.

시드가 끼어들었다.

"그리고 잠꼬대도 하더라. 어젯밤에는 '피다, 피. 피야!' 라고 했어. 그것도 몇 번이나 그랬는지 몰라. 그러더니 또 이랬어. '날 괴롭히지 말아요. 그럼 다 불어 버릴 거야!' 뭘 말하고 싶은 거야?"

톰은 눈앞이 아찔했다. 하지만 폴리 이모의 얼굴을 보니 그런 걱정을 할 필요가 없었다. 아무것도 모르는 이모는 이렇게 말하면서 톰을 안심시켰다.

"이게 다 그 끔찍한 살인 사건 때문이야. 나도 거의 매일 밤 그런 꿈을 꾼단다. 한번은 꿈에서 내가 살인을 저지른 범인이 되었지 뭐니."

메리도 무섭고 두렵다고 말했다. 시드는 그제야 의심이 풀리는 모양이었다. 톰은 서둘러 자리를 빠져나왔다. 그 후 일주일 동안 톰은 이가 아프다며 매일 밤 턱을 붕대로 감아 묶은 뒤 잠자리에 들었다. 톰은 시드가 매일 밤 자기를 살피고 있다는 것을 알지 못했다. 시드는 톰이 잠들면 턱에 감긴 붕대를 푼 다음, 손으로 턱을 괴고 한동안

102

뭐라고 잠꼬대를 하나 듣다가 다시 붕대를 묶어 놓곤 했다. 톰은 차츰 괴로운 고민에서 벗어났고 붕대를 맸다 풀었다 하는 일도 그만두게 되었다. 시드는 앞뒤가 맞지 않는 잠꼬대를 엿듣고 뭔가를 알아냈을지는 모르지만 아무 말도 하지 않았다.

그 뒤로 아이들은 학교에서 죽은 고양이를 가지고 검시 놀이를 했다. 새로운 놀이가 생기면 톰이 늘 앞장서곤 했는데, 검시 놀이에서만은 톰이 한번도 검시관을 하지 않는 게 이상했다. 뿐만 아니라 톰은 증인 역도 하지 않았다. 참으로 이상한 일이었다. 아이들은 차츰 검시 놀이에 흥미를 잃었고 그래서 톰은 더 이상 양심의 가책으로 괴로워하지 않게 되었다.

괴로운 나날 속에서 톰은 거의 날마다 기회만 있으면 창살이 있는 감옥을 찾아가 늙고 불쌍한 살인범에게 위로가 될 만한 물건들을 넣어 주었다. 감옥은 마을 어귀에 있는 늪지에 벽돌로 지어진 보잘것없는 건물이었다. 마을 형편상 간수를 두고 있지도 않았다. 하긴 거의 사용하는 일도 없는 감옥이었다. 이렇게 물건이라도 넣어 줄 수 있다는 것이 톰에게는 그나마 위로가 되었다.

마을 사람들은 시체를 파낸 죄를 물어 인디언 조도 몸에 타르와 깃털을 발라 마을에서 끌고 다니는 벌을 주고 싶었지만, 워낙 흉측한 인물이라 아무도 나서려 하지 않았다. 그래서 그 일은 흐지부지되고 말았다. 두 번에 걸친 진술에서 인디언 조는 두 사람이 싸우기 전에 자기가 무덤을 파헤친 일에 대해서는 한 마디도 꺼내지 않았다. 사람들은 법정에 가지 않고 이 정도로 사건을 마무리 짓는 것이 현명하다고 생각했다.

Apothecary.

1840년 한니발의 약제사 가게이다. 계산대가 있고, 선반에는 몇몇 약병들이 놓여 있고, 작은 약주머니들, 그리고 처방전을 만들기 위해 필수적인 모르타르 회반죽이 있다. 약사들은 곧 비겁한 사기꾼들과 경쟁을 한다. 사기꾼들은 순진한 관중들에게 자신의 '만병통치약'을 팔기 위해 각종 쇼와 사기 공연들을 펼쳤다.

XII

이모의 치료법

톰은 관심이 다른 곳으로 쏠리면서 드디어 말 못할 고민과 괴로움에서 벗어나게 되었다. 베키 대처가 계속 학교에 나오지 않고 있었다. 며칠 동안은 자존심과 싸우면서 베키에 대한 생각을 잊으려 했지만 마음먹은 대로 되지 않았다. 톰은 밤마다 베키네 집 근처를 서성였고, 그럴 때면 참 한심한 기분이 들었다. 베키는 앓아누운 모양이었다. 저러다 죽으면 어쩌나! 머릿속에 온갖 생각이 다 들었다. 전쟁놀이도 해적놀이도 이제 더 이상 흥미롭지 못했다. 삶의 즐거움은 다 사라지고 서글픔만이 남은 것 같았다. 톰은 굴렁쇠도 방망이도 다 치워 버렸다. 어떤 것에도 재미를 느낄 수 없었다.

이모는 걱정스러워 톰에게 온갖 치료법을 다 써 보기 시작했다. 이모는 건강에 도움을 주는 새로운 치료법과 약이 유행하면 무조건 믿는 사람들 중에 하나였다. 이모는 새로운 약이 나오면 무슨 일이 있어도 꼭 한번은 시험을 해 봐야 직성이 풀렸다. 물론 이모

자신에게는 시험을 해 본 적이 없었다. 이모는 병에 걸려 앓아눕는 법이 없기 때문이었다. 누구든 아픈 사람이 이모의 시험 대상이 되었다. 이모는 건강에 관련된 모든 책을 구독했고, 그것은 무엇과도 비교할 수 없는 삶의 활력소가 되었다. 책에 나와 있는 모든 요법들은 이모에게는 성경 말씀과 다름없었다. 지난달에 실린 내용들이 이번 달의 내용과는 정반대라는 사실도 전혀 눈치 채지 못했다. 이모는 해가 뜨고 지는 것만큼이나 단순하고 정직한 사람이라 쉽게 희생자가 되었다. 이모는 엉터리 잡지와 엉터리 약을 늘 가지고 다녔다. 그러면서 자신이 고통 받는 이웃들의 병을 고치는 천사이며 살아있는 길레아드의 유황 – 만병을 고친다고 해서 예수님의 능력에 비유되기도 한 성경 예레미야서에 나오는 유황 – 이라고 굳게 믿고 있었다.

66 이모는 톰에게 약을
한 숟가락 먹이고는
조마조마 그 결과를
지켜보았다. 99

톰이 의기소침해 하자 이모는 물 치료법에 열을 올리기 시작했다. 이모는 매일 아침 해가 뜨기만 하면 장작을 쌓아 놓는 헛간으로 톰을 데리고 가서 머리에서부터 찬물을 들이부었다. 그런 다음 수세미처럼 뻣뻣한 수건으로 톰의 몸을 문질렀다. 그래서 톰의 정신이 확 들면 젖은 헝겊으로 온몸을 감싼 다음 담요를 덮어 영혼이 깨끗해질 때까지, 땀구멍으로 누런 때가 나올 때까지 땀을 내게 했다.

이모의 모든 노력에도 톰은 여전히 생기를 잃어 갔다. 날이 갈수록 더 우울해지고 얼굴은 창백해지고 자꾸만 의기소침해져 갔다. 이모는 물 요법에 오트밀 식이 요법 그리고 고약까지 동원했다. 이모는 물통에 물을 채우듯 매일 같이 톰에게 엉터리 만병통치약을 퍼부었다. 톰은 이제 거의 고문에 가까운 이모의 치료법에 별 반응을 보이지 않게 되었다. 이모는 당황했다. 이런 무기력한 증상이야말로 어떤 대가를 치르더라도 꼭 없애야 했다. 이모는 난생 처음으로 진통제라는 약에 대해 듣게 되었고 즉시 많은 양을 주문했다. 물약의 맛은 불같았다. 이모는 톰에게 약을 한 숟가락 먹이고는 조마조마 그 결과를 지켜보았다.

톰은 이제 훌훌 털고 일어날 때가 되었다고 느꼈다. 무기력하게 사는 것은 낭만적일지는 몰라도 사는 게 사는 게 아니었고 잡념만 생기기 때문이었다. 그래서 톰은 이 상황을 벗어나기 위해 이런저런 방법을 연구하다 마침내 진통제를 좋아하는 척하기로 했다. 톰은 틈만 나면 진통제를 달라고 열심히 졸라댔고, 귀찮아진 이모는 약을 마음대로 꺼내 먹을 수 있도록 아예 내 주었다. 그리고 이모는 가끔씩 진통제 병을 몰래 살폈다. 약은 정말로 줄어들고 있었다. 하지만 이모는 조카가 그 약을 응접실 바닥 틈새로 버리는 사실을 알 리가 없었다.

어느 날 톰이 마루 틈새에 약을 먹이고 있을 때였다. 이모

가 기르는 노란 고양이가 나타나 약이 먹고 싶은지 그르렁거리며 숟가락을 쳐다보았다.

"진짜 먹고 싶은 게 아니면 공연히 졸라대지마, 피터."

하지만 피터는 정말 먹고 싶은 눈치였다.

"마음을 고쳐먹는 게 좋을걸."

피터는 뜻이 분명했다.

"네가 달라고 해서 주는 거다. 난 원래 인색한 사람이 아니니까 주기는 준다만, 먹고 나서 맛이 마음에 안 들더라도 네 잘못이야. 내 탓은 하지 마."

누가 이 '모르타르 블루필'을 거절할 수 있겠는가. 에드워드 세그몬트의 기적의 오일로 만든 살사뿌리 시럽은 당시에 인기 있는 류머티즘 약이었다.

피터는 동의했다. 톰은 고양이 입을 벌리고 진통제를 쏟아 부었다. 다음 순간 피터는 공중으로 몇 미터 펄쩍 뛰어오르더니 고래고래 소리를 지르며 방 안을 빙빙 돌았다. 피터는 가구에 꽝 부딪치고 화분을 넘어뜨리며 한바탕 아수라장을 만들었다. 그러다 흥분해서 깡충깡충 뛰다가 고개를 위로 쳐들고 소리를 질렀고, 또다시 미친 듯이 날뛰었다.

이모가 방으로 들어왔을 때, 피터는 공중제비를 몇 번 돌더니 마지막으로 힘차게 소리를 지르고는 열린 창문으로 뛰쳐나갔다. 그 바람에 화분들이 밖으로 떨어졌다. 이모는 너무나 놀라 안경 너머로 이 광경을 쳐다보며 돌처럼 굳어 버렸다. 톰은 바닥을 뒹굴며 배꼽을 잡고 웃어대느라 정신이 없었다.

"톰, 고양이가 왜 저러니?"

톰은 숨을 헐떡이며 대답했다.

"모르겠어요, 이모."

"이런 세상에, 저런 꼴은 난생 처음이다. 저 녀석이 왜 저럴까?"

107

"전 정말 몰라요. 고양이들은 기분이 좋으면 저런가 보죠."

"그래, 그런가?"

이모의 말투에 톰은 왠지 불안함을 느꼈다.

"그럼요, 이모 틀림없이 그럴 거예요."

"그래, 넌 그렇게 생각하니?"

"네, 이모."

폴리 이모가 허리를 숙였다. 톰은 불안한 마음으로 잔뜩 신경을 곤두세우고 이모를 살폈다. 아차 하는 순간 사태를 파악하기는 했지만 이미 때는 늦었다. 숟가락 손잡이가 침대 덮개 아래로 삐죽 나와 있었던 것이다. 이모가 숟가락을 집어 들자, 톰은 움찔하며 눈을 아래로 깔았다. 폴리 이모는 보통 때처럼 톰의 귀를 잡고 일으켜 세웠다. 그러고는 골무로 머리통을 딱 소리가 날 정도로 세게 때렸다.

"말 못하는 짐승을 저렇게 못살게 굴면 어쩌자는 거야?"

"전 피터를 위해서 그런 거예요. 피터는 이모가 없잖아요."

"이모가 없다고? 그게 이 일과 무슨 상관이야?"

104쪽에 있는 가게보다 훨씬 더 좋아 보이는 이 약제 가게는 19세기 미국의 번영을 상징한다. 훗날 약국의 전신이다. 20세기가 되면서 약국이 많이 생겨났고 판매 상품도 다양하게 바뀌었다. 이러한 약국들은 미국에서 유럽으로 퍼져나갔다.

"피터한테도 이모가 있었다면 속을 홀라당 태워서 병을 고쳐 주었겠죠. 이모도 이 약을 내게 먹였잖아요."

폴리 이모는 갑자기 양심의 가책을 느꼈다. 듣고 보니 그렇게 생각할 수도 있었다. 고양이에게 그렇게 고약한 짓이라면 아이에게도 그랬을 것이다. 이모는 기가 죽었고 미안한 마음까지 들었다. 폴리 이모는 눈물을 글썽이며 톰의 머리에 손을 얹고 부드럽게 말했다.

청진기는 라틴어에서 온 말로 가슴을 검사한다는 뜻이 들어 있다. 청진기는 소리를 증폭시켜 의사의 귀에 환자의 심장 박동 소리나 숨소리를 들려 준다. 청진기는 1816년, 르네 라에네크(1781~1826) 의사가 개발했다. 청진기는 의사들의 필수 도구다.

"난 다 너를 위해서 그랬던 거란다. 그래도 약이 효과가 있었잖니?"

톰은 진지한 표정으로 이모를 올려다보았지만 장난기 섞인 눈빛을 감출 수는 없었다.

"저도 이모가 저를 위해서 그랬다는 거 알아요. 저도 그런 마음이었어요. 피터한테도 효과가 있었어요. 녀석이 저렇게 좋아 날뛰는 모습은 본 적이 없거든요."

"맙소사! 어서 나가 놀아라, 톰. 이모 좀 그만 괴롭히고, 단 한번만이라도 착한 아이가 되도록 노력해 봐라. 그리고 이젠 약 먹을 필요 없다."

톰은 수업 시작 전에 학교에 도착했다. 요즘은 매일 같이 이렇게 이상한 일이 일어나고 있었다. 톰은 친구들과 노는 대신 교문 앞에서 서성거리는 일도 잦았다. 톰은 아프다고 둘러댔는데 친구들이 보기에도 그랬다. 톰은 늘 길 아래쪽을 바라보고 있었다. 곧 제프 대처가 보였다. 톰의 얼굴이 밝아졌다가 이내 슬픈 표정이 되었다. 제프 대처가 가까이 다가오자 톰은 친구에게 말을 붙였다. 톰은 은근히

❝ 이모는 이 진통제의 효험을 철석같이 믿었다. **❞**

베키 이야기를 꺼냈지만, 이 눈치 없는 친구는 전혀 눈치 채지 못했다. 톰은 나풀거리는 소녀들의 치맛자락이 보일 때마다 살피고 또 살폈다. 하지만 옷의 주인이 베키가 아님을 확인하면 야속하기까지 했다. 실망한 톰은 무거운 발걸음을 돌려 학교로 들어갔다. 그러고는 자리에 주저앉아 괴로워했다.

그때 치맛자락을 펄럭이며 누군가 교문으로 들어서는 것이 보였다. 톰은 가슴이 두근거렸다. 다음 순간 톰은 밖으로 뛰쳐나가 인디언처럼 소리를 지르고, 웃고, 아이들 뒤를 쫓아다니고, 위험을 무릅쓰고 울타리를 뛰어넘고, 재주를 넘고, 물구나무서기도 했다. 그러면서 톰은 베키가 자기를 쳐다보는지 슬쩍슬쩍 곁눈질했다. 하지만 베키는 전혀 톰을 의식하지 않았다. 베키는 한 번도 톰을 쳐다보지 않았다. 내가 있다는 것을 모르는 걸까? 톰은 베키 가까이 다가가 온갖 재주를 다 부려 보았다. 심지어는 베키의 코앞에서 벌렁 드러눕기까지 했다. 그러자 베키가 슬쩍 돌아보고 코를 하늘로 치켜들고는 이렇게 말하는 소리가 들려 왔다.

"흥, 누구누구는 자기가 정말 멋있는 줄 아나 봐! 잘난 척하기는……."

톰은 얼굴이 화끈 달아올랐다. 톰은 정신을 차리고 슬그머니 자리를 떴다. 하늘이 무너져 내리고 가슴이 찢어지는 듯했다.

XIII

해적이 될 거야!

톰은 우울하고 절박한 심정이었다. 친구 하나 없이 버림받았고 아무도 자기를 사랑하지 않는 것처럼 느껴졌다.

톰은 들판을 지나 멀리까지 가 버렸다. 수업 시작을 알리는 종소리가 귓가에 희미하게 들려왔다. 귀에 익은 저 소리도 이제 다시는 듣지 못하겠구나 하는 생각이 들자 톰은 눈물이 났다. 참으로 힘든 결정이었지만 어쩔 수 없었다. 냉혹한 세상 밖으로 내몰린 현실을 톰은 그대로 받아들여야 했다. 하지만 톰은 모든 사람들을 용서했다. 눈물이 줄줄 흘러내렸다.

바로 그때 톰은 영혼을 걸고 우정을 맹세한 친구, 조 하퍼를 만났다. 심각한 눈빛을 보니 조도 뭔가 비장한 각오를 한 모양이었다. 톰은 소맷부리로 눈물을 훔치며 사랑은커녕 구박이나 받고 사느니 차라리 집을 나와 드넓은 세상으로 나가 떠돌며 다시는 돌아오지 않겠다고 투덜거렸다. 톰은 조에게 자기를 잊지 말아 달라는 부탁을 끝으로 말을

> 66 앞뒤가 맞지 않는 논리를 가진 두 해적은 양심의 가책에서 풀려나 편히 잠을 청할 수 있게 됐다. 99

맺었다.

조 하퍼도 톰에게 바로 그 말을 하려던 참이었다. 그래서 조가 톰을 찾고 있었던 것이다. 조는 있는 줄도 몰랐던 크림을 먹었다고 엄마에게 호되게 매를 맞았던 것이다. 이제 보니 엄마는 자기가 싫어져서 없어지기를 바라는 게 분명하다고 말했다. 엄마가 그렇다면 뜻대로 해 주는 수밖에 없다며 엄마가 행복해지기를 바랐다. 그리고 냉혹한 세상으로 내몰린 불쌍한 아들이 고통 받다 죽어도 후회하지 않기를 바란다고 말했다.

수량 증가로 인해 미시시피 강의 층이 바뀌기도 하지만 빠르게 침식하는 경우도 있다. 강의 줄기를 따라 형성된 급경사들은 '상기시키는 강'이란 이름으로 불리고 있다. 위는 '악마의 탑', 아래는 '악마의 오븐으로 구운 빵'으로 불리고 있다.

두 소년은 자기들의 처지를 슬퍼하며 길을 걸었다. 둘은 앞으로 의형제가 되어 서로 돌보아 주기로 했다. 죽음이 이런 고통으로부터 자기들을 구원해 줄 때까지 결코 헤어지지 않기로 맹세했다. 그런 다음 둘은 계획을 세웠다. 조는 세상을 등지고 사는 은둔자가 되어 멀리 외딴 동굴에서 빵 부스러기나 먹으며 살다가 추위와 배고픔 그리고 슬픔에 지쳐 죽어갈 계획이었다. 하지만 조는 톰의 계획을 듣고 나서 무법자의 길이 훨씬 더 나을 것 같다는 생각이 들어 해적이 되자는 톰의 제안에 찬성했다.

세인트피터즈버그에서 5킬로미터쯤 떨어진 곳에 강폭이 채 2킬로미터가 되지 않는 미시시피 강줄기가 있다. 그곳에 숲이 우거진 잭슨 섬이 있었다. 그 섬에는 사람도 살지 않았고 섬 머리엔 얕은 모래사장이 있는데다 건너편 강가에는 사람들의 발길이 닿지 않는 울창한 숲이 자리 잡고 있어 해적의 은신처로 삼기에 손색이 없었다. 두 아이는 누구를 약탈할지는 전혀 생각해보지도 않았다.

소년들은 허클베리 핀을 찾으러 나섰다. 이렇게 사나 저렇게 사나 마찬가지인 허클베리는 아이들의 제안을 선뜻 받아들였다. 허클베리는 아무래도 상관없었다. 톰과 조, 허클베리는 마을에서 3킬로미터 떨어진 인적이 드문 강둑에서 자정에 다시 만나기로 약속하고 헤어졌다. 그 강가에는 자그마한 뗏목이 있는데, 그걸 훔쳐 타고 떠날 작정이었다. 각자 낚싯바늘과 낚싯줄 그리고 비상식량을 몰래 챙겨오기로 했다. 오후가 다 가기 전에 아이들은 온 마을을 돌아다니며 곧 대단한 소식을 듣게 될 거라고 큰소리쳤다. 어렴풋하게나마 감을 잡은 친구들에게는 입을 다물고 기다리라고 엄포를 놓기도 했다.

자정 무렵 톰은 삶은 햄과 몇 가지 잡동사니를 가지고 약속 장소가 내려다보이는 나지막한 절벽의 무성한 덤불에서 걸음을 멈추었다. 별이 총총 빛나는 고요한 밤이었다. 거대한 강이 조용히 흘러가고 있었다. 톰은 귀를 기울였다. 정적만 감돌 뿐 아무 소리도 들리지 않았다. 톰은 나지막하면서도 분명하게 휘파람을 불었다. 절벽 아래에서 응답하는 소리가 들렸다. 톰은 휘파람을 두 번 불었다. 그러자 이번에도 똑같은 방법으로 신호가 왔다. 그런 다음 경계하는 목소리가 들렸다.

"거기 누구냐?"

"카리브 해의 검은 복수자, 톰 소여다. 네 이름을 밝혀라."

"붉은 손 허크 핀과 바다의 공포 조 하퍼다."

모두 톰이 가장 좋아하는 책에서 이름을 따서 친구들에게 붙여 준 별명이었다.

"좋다, 암호를 대라."

두 친구는 쉰 목소리로 끔찍한 낱

해적의 검은 깃발은 죽음을 의미하는 표시이다. 공격을 받는 선박의 사람들에게 자신에게 주어진 운명이 죽음이란 것을 알게 하려고 만든 것이다. 깃발은 또한 도적질을 하기 위한 해적선과 나라에서 허가를 받은 해적선을 구분하는 데도 쓰인다.

113

말을 적막에 싸인 밤하늘로 내뱉었다.

"붉은 피."

톰은 햄을 절벽 아래로 던지고 자기도 몸을 던졌다. 굴러 내려가면서 살갗이 벗겨지고 옷도 찢어졌다. 강가를 따라 난 편안한 길로 내려갈 수도 있었지만, 그 길은 고난과 위험이 없어 해적과는 어울리지 않았다.

'바다의 공포' 조는 커다란 베이컨을 덩어리째 들고 오느라 기진맥진했다. '붉은 손' 허크는 작은 냄비와 반쯤 말린 담뱃잎을 잔뜩 가져왔다. 그리고 파이프로 쓸 옥수숫대도 몇 자루 가지고 왔다. 하지만 허크를 빼고는 그곳에 모인 어린 해적들은 담배를 피우거나 씹을 줄 몰랐다. '카리브 해의 검은 복수자'는 불을 준비하지 않으면 떠날 수 없다고 했다. 정말 현명한 생각이었다. 이때만 해도 성냥이 널리 보급되지 않았기 때문이다. 상류에 떠 있는 커다란 뗏목에서 불이 활활 타오르고 있었다. 아이들은 살금살금 다가가 불이 붙은 장작 하나를 훔쳐냈다. 그리고 멈추어 서서 손가락을 입술에 대고 "쉿!" 하는 시늉을 했다. 그리고 있지도 않은 칼에 손을 갖다 대고 상상의 적이 움직이는 기

척이 보이면 비장한 말투로 "죽은 자는 말이 없다."라고 하면서 "놈들을 칼로 해치워라."소리치기도 했다. 소년들은 뗏목을 타고 온 사람들이 모두 마을로 내려가 물건을 둘러보거나 흥청망청 술을 마시고 있다는 것을 알고 있었다. 하지만 해적은 해적다운 방법으로 일을 처리해야 했다.

마크 트웨인 역시 파이프를 피웠다. 아래 사진은 그가 쓰던 2개의 담뱃대이다. 그중 하나는 옥수숫대로 만들어졌다. 담배는 크리스토프 콜럼버스가 유럽에 전파시킨 미국 식물이다. 담배는 급속도로 퍼졌고 영국으로까지 뻗어나갔다.

톰의 지휘 아래 허크가 한쪽 노를, 조가 다른 쪽 노를 저으며 강으로 나아갔다. 톰은 배 한가운데에 서서 눈썹을 치켜 올리고 팔짱을 낀 채 낮고 엄숙한 목소리로 명령을 내렸다.

"바람 부는 쪽으로 배를 돌려라!"

"알겠습니다. 선장님!"

"계속 전진! 전진하라."

"네, 선장님!"

아이들의 임무는 그저 뗏목을 강 한가운데로 저어 가는 것이었다. 선장의 명령이란 폼을 잡기 위한 것일 뿐 그 이상은 아니라는 것을 서로가 잘 알고 있었다.

"큰 돛을 올려라. 너희 여섯 명은 앞부분의 중간 돛을 펼쳐라. 신속한 동작으로 서둘러!"

"네, 선장님."

"좌현으로 뱃머리가 완전히 돌때까지 움직여라! 좌현, 좌현!"

"네, 선장님."

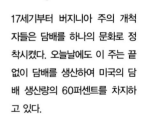

17세기부터 버지니아 주의 개척자들은 담배를 하나의 문화로 정착시켰다. 오늘날에도 이 주는 끝없이 담배를 생산하여 미국의 담배 생산량의 60퍼센트를 차지하고 있다.

뗏목은 이제 강 한복판을 넘어가고 있었다. 소년들은 뱃머리를 오른쪽으로 돌리고 노에서 손을 내려놓았다. 강의 수위가 그리 높지 않아 시속 3, 4킬로미터로 느리게 흘러가고 있었다. 그 다음 사오십 분 동안은 아무도 입을 열지 않았다. 뗏목은 이제 저 멀리 보이던 마을 앞을 떠내려가고 있었다. 두세 개의 불빛으로 마을이 어디쯤 있는지 알 수 있었다. 별들이 무수히 쏟아져 내리는 드넓은 강 건너, 마을은 앞으로 벌어질 엄청난 사건에 대해 아무것도 모르는 채 평화롭게 잠들어 있었다. '카리브 해의 검은 복수자'는 여전히 팔짱을 낀 채 예전에는 즐거웠지만 요즘은 고통스러웠던 고향을 마지막으로 바라보았다. 그리고 입가에 씁쓸한 웃음을 머금고 위험과 죽음을 향해 거친 먼 바다로 용감하게 나아가는 자기의 모습을 그 소녀가 보기를 바랐다. 잭슨 섬이 마을에서 보이지 않는 먼 곳에 있다고 생각하는 일쯤은 톰의 상상력으로는 대수롭지 않았기에 마지막으로 마을을 바라보는 톰은 가슴이 아프기도 했지만 한편으로는 만족스럽기도 했다. 다른 해적들도 마지막으로 마을을 바라보고 있었다. 모두들 얼마나 넋을 잃고 바라보았는지 하마터면 강물에 실려 섬을 지나칠 뻔했다.

새벽 두 시쯤에 뗏목은 섬 머리에서 200미터쯤 떨어진 모래사장에 닿았다. 섬에 도착한 아이들은 물건을 내리느라고 몇 번이나 얕은 물을 첨벙거리며 오고 갔다. 낡은 돛으로 아이들은 관목 숲 외진 곳에 천막을 만들고 가지고 온 물건들을 보관했다. 아이들은 무법자들답게 어두컴컴한 숲 속으로 들어가 커다란 통나무 옆에 모닥불을 지폈다. 그리고 프라이팬에 저녁으로 먹을 베이컨을 굽고 가져온 옥수수 빵의 반을 먹어치웠다. 사람의 발길이 닿지 않은 원시림에서 이렇게 자유롭게 식사를 하는 것이 정말 멋진 일처럼 여겨졌다. 아이들은 다시는 문명 사회로 돌아가지 않겠다고 다짐했다.

시간이 지날수록 모닥불은 더욱 활활 타오르며 아이들의 얼굴을 비추고 숲의 신전에 기둥처럼 서 있는 나무와 나뭇잎과 뒤엉켜 붉은 빛을 쏟아 냈다. 남아 있던 바삭바삭한 베이컨과 옥수수 빵 조각까지 다 먹어치운 아이들은 포만감을 느끼며 풀밭에 길게 드러누웠다.

조가 말했다.

"그래, 이제 보니 해적이 되길 정말 잘한 것 같아."

이번엔 톰이 말했다.

"너도 알겠지만
예전과 달리 요즘에는 은둔자
가 되려는 사람들이 많지 않아. 은
둔자는 일부러 가장 딱딱한 곳을 찾아 자
야 하고, 까끌까끌한 삼베옷을 입고, 머리에는 재를
뿌리고, 비오는 날에도 비를 맞고 서 있어야 하고……."

"왜 삼베옷을 입고 머리에 재를 뿌려야 하는데?"

허크가 물었다.

"나도 모르지. 은둔자들은 늘 그렇게 하거든."

허크가 말했다.

"난 그런 짓은 하지 않을 거야."

"그건 꼭 해야 하는 거라니까, 안 그러면 너 은
둔생활을 어떻게 할 건데?"

"글쎄, 그래도 난 싫어. 그냥 도망쳐
버리지, 뭐."

"도망친다

고? 너같은 엉터리 은둔자가 다른 은둔자들 얼굴에 먹칠을 하는 거라고!"

붉은 손 허크는 아무 대답도 하지 않았다. 더 흥미로운 일에 정신을 빼앗겼기 때문이었다. 허크는 옥수숫대를 파내고 그 안에 갈대 줄기를 집어넣은 다음 담뱃잎을 채웠다. 그리고 불씨로 불을 붙여 구수한 연기를 뿜어 냈다. 다른 해적들은 감히 이런 나쁜 짓을 할 수 있다는 것만으로도 허크가 부러웠다.

그때 허크가 물었다.

"근데 해적은 뭘 하고 사는 거야?"

톰이 대답했다.

"그냥 못된 짓을 하는 거지. 배를 빼앗아 불태우고 돈을 훔쳐서 자기들만 아는 유령들이 나오는 섬에, 그것도 아주 무시무시한 곳에 묻어 두는 거야. 그리고 배에 타고 있던 사람들을 모조리 죽여 버리는 거지. 널빤지 위를 걷게 한 다음 바다에 빠뜨려서 말이야."

조도 거들었다.

"그리고 여자들을 섬으로 데려가는 거야. 해적들은 여자를 죽이지 않거든."

톰이 맞장구를 쳤다.

"맞아. 여자들은 안 죽여. 해적들은 그렇게 비겁하지 않아."

"옷은 또 얼마나 멋있는데! 금과 은, 다이아몬드까지 치렁치렁 달고 다녀."

조가 황홀한 듯 읊어 댔다.

허크는 자기 옷을 내려다보더니 실망해서 말했다.

새로운 숲의 세계. 미국에는 가끔 개척자들이 개간해야 하는 정글도 있다. 그곳에는 처음 보는 동물도 있고 호두열매를 맺는 호두나무도 있으며, 속이 부드러운 감을 맺는 감나무도 있다. 하지만 그뿐만이 아니다. 그곳에는 독이 있는 수막도 있다. 수막은 접촉만으로 쓰라린 수포를 일으킨다. 이 소설을 쓰면서 마크 트웨인은 샤토브리엉(1768~1848)이 1830년 미국 산림에 대해 쓴 《미국에서의 여행》을 보며 자신이 1791년 미시시피 강을 항해 하던 기억을 떠올렸다.

"그럼 난 해적이 못되겠다. 난 옷이라고는 이것 한 벌 뿐인데."

허크의 목소리에는 안타까움이 가득했다. 톰과 조는 일단 모험을 시작하게 되면 좋은 옷은 금방 생길 거라고 말해 주었다. 그리고 이제 시작하는 마당이니 누더기도 상관없다고 위로해 주었다.

시간이 흐를수록 어린 부랑자들은 말수가 줄어들고 눈꺼풀은 무거워졌다. 붉은 손의 손가락에 들려 있던 파이프가 스르르 미끄러졌다. 허크는 아무 걱정 없이 피곤에 지쳐 곤하게 잠이 들었다. 반면 바다의 공포와 카리브 해의 복수자는 허크처럼 쉽게 잠을 청하지 못했다. 두 소년은 기도를 하지 않고 자고 싶었지만, 그랬다가는 벼락이 떨어지는 게 아닐까 겁이 났던 것이다. 기도를 드리고 나니 잠이 쏟아졌다. 깊은 수렁 같은 잠에 막 발을 담그려는데 또 발목을 잡는 방해자가 있었다. 바로 양심이었다. 집에서 도망친 일이 아주 큰 잘못을 저지른 것 같아 막연한 두려움에 휩싸였다. 그리고 훔쳐 온 고기 생각도 났다. 마음이 너무나 괴로웠다. 전에도 여러 번 과자와 사과를 훔친 일이 있었다는 걸 떠올리며 양심을 달래 보려고 했지만 별 위로가 되지 않았다. 과자 정도야 그냥 장난이라 할 수 있었지만 베이컨과 고기같이 값비싼 것들을 훔친 것은 정말 도둑질이었다. 성경에도 남의 물건을 탐내지 말라고 분명히 나와 있는데……. 그래서 두 소년은 앞으로 남의 물건을 훔치는 죄로 해적의 이름을 더럽히지 않겠노라고 결심했다. 참으로 앞뒤가 맞지 않는 논리를 가진 두 해적은 그제야 양심의 가책에서 풀려나 편히 잠을 청할 수 있게 됐다.

여행자와 금을 찾는 사람들의 도구 중 우리가 흔히 볼 수 있는 것은 총(위 사진에 보이는 것은 격발 총이다.)과 세발 달린 프라이팬이었다. 이 프라이팬은 야영지에서 요리하기 위한 필수도구였다.

그림은 금지된 구역에서 낚시를 하는 어린이들이 지역 경찰을 놀리고 있는 모습이다.

XIV

집에 돌아가고 싶어

아침이 밝았다. 톰은 눈을 비비며 일어나 주위를 둘러보다 낯선 풍경에 잠시 당황했다. 하지만 곧 기억이 되살아났다. 고요함과 휴식의 달콤한 감각이 조용한 숲에서 뿜어져 나왔다. 나뭇잎 하나도 움직이지 않았고, 자연의 명상을 흐트러뜨리는 어떤 소리도 나지 않았다. 풀잎마다 이슬방울이 반짝였다. 하얀 잿더미가 불길을 덮고 파랗고 가는 연기가 허공으로 올라갔다. 조와 허크는 아직 자고 있었다.

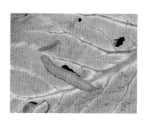

애벌레는 나비가 되기 위한 첫 번째 과정이다.

숲 속 멀리서 새가 울자 다른 새가 화답했다. 청딱따구리가 부리로 나무를 쪼는 소리도 들렸다. 조금씩 회색빛 아침 안개가 걷히자, 삶은 한껏 활기를 띠었다. 눈앞에 경이로운 광경이 펼쳐지고 있었다. 이슬로 덮인 나뭇잎에서 톰은 작은 초록 애벌레를 보았다. 애벌레는 마치 신선한 공기를 들이마시듯이 이따금씩 고개를 들었다가 내리는 동작을 반복했다. 톰은 이 벌레가 어디로 갈지 생각하고 있는 거라고 중얼거렸다. 애벌레가 자기에게 다가오자 톰은 바위처럼 가만히 있었다. 그러고는 작은 벌레가 자기에게 오는지 다른 쪽으로 가는지 살피면서 희망을 얻었다 잃었다 했다. 마침내 애벌레는 톰의 다리 위로 기어 올라왔고, 소년은 기뻐서 어쩔 줄 몰랐다. 행운의 징조였다! 이는 곧 새 옷을 입게 될 것을 의미했다. 톰은 이미 화려한 해적 의상을 입고 있는 자기 자신을 상상했다.

흰개미와 마찬가지로 개미와 벌은 위계질서가 잡힌 사회를 형성해서 산다. 이들의 사회에서는 모든 구성원들이 각자의 역할이 있다. 위는 개미집이다.

어디선가 개미떼가 나타났다. 개미 중 한 마리는 대담하게도 자신보다 다섯 배는 더 큰 죽은 거미를 끌고 가는데 열을 올리고 있었다.

유럽 무당벌레 중 가장 흔한 종류는 일곱 개의 검은색 점이 있다. 그 점들 중 하나는 머리 뒤에 있는데 앞날개에 걸쳐 있다. 단단한 날개는 무당벌레가 쉴 때 몸을 보호해 주고, 날아다닐 때 사용하는 날개는 막질이고 연약하다. 미국 무당벌레는 더 큰 점이 두 개 있다.

주머니쥐(너구리와 혼동하지 말 것)는 너구리처럼 노예들과 남부 농부들이 즐겨 찾는 사냥감이다. 이 동물 이름은 인디안 언어인 알곤킨족 방언으로 '흰색 동물'을 의미한다. 주머니쥐는 유대동물이다. 즉, 암컷이 배에 있는 주머니에 새끼를 넣고 다닌다. 주머니쥐는 나무에서 살며 밤에 먹이를 찾아 나서는 육식동물이다.

갈색 반점이 있는 무당벌레는 한 가닥 풀 위로 어지럽게 올라가고 있었다. 톰은 무당벌레에게 다가가서 콧노래를 들려주었다.

"무당벌레야, 네 집으로 돌아가라. 네 집이 불타고 있고, 네 아이들은 혼자 있단다."

그러자 무당벌레는 날아서 무슨 일이 일어났는지 보러 갔다. 톰에겐 별로 신기한 일이 아니었다. 벌레들에게 불이 난 이야기를 해 주면 믿는다고 생각했으니까. 벌써 여러 번 이렇게 순진한 곤충들을 시험해 본 적이 있었다. 이번에는 풍뎅이를 만졌다. 풍뎅이가 발을 몸 아래 감추고 죽은 체하는지 보기 위해서였다. 바로 그때, 주위의 새들이 지저귀기 시작했다. 개똥지빠귀가 바로 톰의 머리 위 나뭇가지 위에 앉아 있었다. 파란 불꽃같은 어치는 고개를 숙이고 호기심어린 눈으로 나무 아래 생물체들을 훑어보고 있었다. 회색 다람쥐 한 마리는 깡충깡충 뛰었고, 하나는 질주했다. 이들은 이따금씩 아이들을 살펴보고는 자기들끼리 속삭거렸다. 이 야생동물들은 사람을 처음 보는 것 같았다. 모든 자연이 깨어나서 전율하고 있었다. 나뭇잎 사이로 나비들이 햇살을 받으며 날갯짓을 했다.

톰은 다른 해적들을 깨웠고, 일어난 아이들은 기뻐서 환호성을 질렀다. 순식간에 아이들은 옷을 벗고 하얀 모래사장을 따라 흘러가는 맑은 물가로 달려갔다. 어느 누구도 강 저편에서 잠자고 있는 작은 마을을 그리워하지 않았다. 소년들의 뗏목은 물살에 떠밀려 내려가 보이지 않았다. 아이들은 이를 걱정하기는커녕 오히려 기뻐했다. 문명 사회와 이어주

는 마지막 다리가 단절된 것이었다.

소년들은 활기에 넘쳐서 캠프로 돌아왔다. 배가 고파진 소년들은
순식간에 불을 지피고 큰 나뭇잎으로 물 잔을 만들었다. 샘에서 나뭇
잎 잔으로 마시는 물은 이 세상의 어떤 음료수와 비할 수가 없었다. 조
는 이미 베이컨 몇 조각을 자르고 있었고, 톰과 허크는 조에게 기다리
라는 신호를 하고 낚싯대를 들고 물가로 갔다. 낚시는 기적적이었다.
눈 깜짝할 사이에 소년들은 여러 종류의 물고기들을 잡아가지고 돌아
와 베이컨과 함께 구웠다. 그렇게도 맛있는 음식은 처음이었다. 생선
도 신선했지만 무엇보다 대자연 속에서 뛰어논 것이 식욕을 돋웠기 때
문이었다.

너구리는 털이 회색이고, 꼬리에
는 검은색과 흰색 줄무늬가 있으
며 주로 밤에 활동하는 북미산의
작은 육식동물이다. 너구리는 주
로 나무 속에서 작은 동물 이외
에도 과일과 호두를 먹고산다. 너
구리가 불어로 '쥐새끼를 씻는
동물'이라고 불리는 이유는 너구
리는 먹이를 먹기 전 마치 먹이
를 씻는 것처럼 물에 담그기 때
문이다.

식사가 끝나고 아이들은 그늘에서 낮잠을 잔 다음 숲 속으로 탐험
을 떠났다. 큰 나무 밑의 작은 초목이 얼키설키 엉킨 곳을 뚫고 썩은
나무줄기를 건넜으며, 머리에서 발끝까지 칡으로 감긴 고목들을 지나
쳐갔다. 숲 속의 빈터에는 이름 모를 꽃들이 잔뜩 피어있었다. 소년들
은 자신들의 섬 길이가 대략 4~5킬로미터이고, 폭이 400미터 정도
된다는 것을 알아냈다. 거의 한 나절 헤엄을 치다 다시 캠프로 돌아왔
을 때는 이미 오후가 한참 지나서였다. 낚시를 하기에는 너무나 배가
고파 그냥 햄으로 식사를 했다. 그러고는 그늘에 자리를 잡고 수다를
떨었다. 하지만 대화는 금방 활기를 잃었다. 숲속의 고요함과 고독감
이 마음속에 자리 잡기 시작한 것이다. 아이들은 다시 생각에 잠겼다.
희미한 슬픔과 우울함이 아이들을 엄습했고, 해적들은 집이 그리워지
기 시작했다. 붉은 손의 허크마저 자기 거처인 헛간과 통을 그리워했
다. 하지만 아이들 중 어느 누구도 그런 마음을 솔직히 털어놓을 용기
는 없었다.

그때 소년들은 작은 소리가 나는 것을 알아차렸다. 그 이상한 소리
는 조금씩 커졌고, 아이들은 긴장했다. 소년들은 몸을 떨며 서로를 쳐

배에서 그물과 낚싯줄로 하는 낚시는 미국인들이 선호하는 스포츠이다. 미시시피 강에서는 곤돌메기와 잉어는 없지만 배스가 있다(아래 사진). 잉어, 미꾸라지, 검은 황어가 있으며, 강과 연못에는 송어와 메기가 있다.

다보다가 소리에 귀를 기울였다. 침묵이 이어지다가 귀를 찢는 듯한 폭발음으로 깨졌다.

"이게 무슨 소리지?"

조가 낮은 목소리로 물었다.

"나도 궁금해."

톰도 조용히 말했다.

"천둥이 아닌 건 분명해."

허크가 억양이 없는 목소리로 말했다.

"왜냐하면 천둥은 말이야."

"쉿!"

톰이 말했다.

"조용히 들어봐."

아이들은 잠시 기다렸다. 그 시간이 일 년처럼 길게 느껴졌다. 다시 한 번 귀를 찢는 폭발음이 정적을 깼다.

"보러 가자."

아이들은 마을을 마주보고 있는 연안으로 가서 가시덤불을 헤치고 강 너머를 살폈다. 강을 정기적으로 순환하는 증기선이 물이 흐르는 방향으로 내려오고 있었다. 다리는 사람들로 가득했다. 증기선과 함께 작은 범선도 있었다. 그러나 사람들이 무엇을 하는지는 볼 수가 없었다. 얼마 되지 않아 하얀 연기가 배의 바깥쪽으로 분출하여 증기선 위에 구름을 만들었다. 다시 귀를 찢는 소리가 들렸다.

톰이 소리 질렀다.

"누군가 빠져 죽은 사람이 있는 거야."

"맞아"

허크가 맞장구를 쳤다.

"지난 여름 빌 터너가 물에 빠져 죽었을 때도 이렇게 했어. 수면에

66 다리는 사람들로 가득했다. 증기선과 함께 작은 범선도 있었다. 99

대포를 쏘면 시체가 떠오르잖아. 둥근 빵을 사용한 사람들도 있었어. 빵 안에 수은을 넣어서 물에 던지는 거야. 물에 빠진 사람이 있으면 빵이 시체 바로 위에 떠올라."

"맞아, 나도 그런 말을 들었어."

"어떻게 빵이 시체를 찾는지 모르겠어."

톰이 말했다.

"그냥 빵이 아니잖아."

두 명의 다른 아이들은 톰의 추측을 인정했다. 어떻게 마법을 걸지 않은 단순한 빵 조각이 지능적으로 움직일 수 있겠는가?

"이런, 저기에 있었으면 좋겠네."

조가 말했다.

"그런데 누가 빠졌을까?"

아이들은 계속해서 귀를 기울이고 살폈다.

"애들아!"

66 톰이 소리 질렀다.
"누가 빠졌는지 알겠어. 그건
우리야!" 99

126

톰이 소리쳤다.

"누가 빠졌는지 알겠어. 바로 우리야!"

소년들의 눈이 휘둥그레졌다. 순간 영웅이 된 느낌이었다. 아이들이 사라져 사람들이 애통해하고 있다. 사람들은 눈물을 흘리고 있을 것이다. 아이들에게 너무 모질게 대한 것에 대해 서로 질책하면서 마음이 찢어지는 양심의 가책을 느끼고 있을 것이다. 마을 전체가 사라진 아이들 이야기만하고, 다른 아이들의 선망의 대상이 된다니 멋졌다. 다시 말하면 해적은 될 가치가 있었다.

밤이 되자 증기선은 돌아가고 사람들도 사라졌다. 해적들은 캠프로 돌아왔고, 자신들의 중요성과 사람들의 후회를 생각하며 허영심에 부풀었다. 아이들은 물고기를 잡아서 밤참을 준비했다. 그러면서 마을 사람들이 어떤 생각과 말을 할지 서로에게 물었다. 부모와 친구들이 자기들 때문에 낙심하고 있다고 생각하니 가슴이 들떴다.

그러나 밤이 깊어지면서 아이들은 점차 말이 줄어들었고, 눈은 불빛에 고정되었다. 들뜬 마음이 가라앉자 후회와 근심의 시간이 시작되었다. 한숨이 하나 둘 새어나왔다. 잠시 후 조는 당장은 아니지만 문명사회로 돌아가는 것에 대해서 조심스럽게 다른 아이들의 생각을 물었다. 톰은 이 제안을 비꼬았다. 허크도 동의했다. 그러자 조는 좀 어지럽다며 위기를 모면했다. 일시적인 반란은 거기서 멈췄다.

어둠이 자라나고 있었다. 허크는 꾸벅꾸벅 졸다가 곧 코를 골기 시작했다. 조도 그랬다. 톰은 움직이지 않은 채 두 친구를 살폈다.

친구들이 깊이 잠든 것을 확인한 톰은 무릎을 대고 조심스럽게 일어나서 캠프 불빛에 의존해 풀밭을 살펴보았다. 눈에 띄는 시카모어 나무껍질 조각 중에 두 개를 골라서 빨간색 분필로 그럭저럭 몇 줄 적었다. 그리고 나서 그중 하나를 자기 주머니에 넣고, 하나는 조의 모자 속에 넣어서 몇 발자국 떨어진 곳에 놓았다. 톰은 모자 위에 다른 보물

미국에서 자라는 시카모어 나무는 플라타너스의 일종으로 나뭇잎이 매우 크다. 나무껍질이 플라타너스와 같이 얇은 판으로 벗겨져 프랑스에서는 이를 '가짜 플라타너스'라고 부르기도 한다. 시카모어는 지역에 따라 수종이 다른데, 유럽의 시카모어는 단풍나무에 속하기 때문이다.

도 올려놓았는데, 그것은 분필 조각 하나, 고무공 하나, 낚시 바늘 세 개, 유리구슬 하나로 무척 중요한 것들이었다. 발끝을 들고 큰 나무 쪽으로 간 다음 모래톱 방향으로 전력질주하기 시작했다.

XV

한밤중의 모험

몇 분 후 톰은 강물로 들어가서 반대편 연안 쪽으로 걸어가고 있었다. 반쯤 건너자 물이 허리에 닿았고 물살이 너무 강해서 더 이상 걸을 수가 없었다. 톰은 힘차게 헤엄을 쳐서 남은 백여 미터를 건너기 시작했다. 헤엄치기가 힘들었지만 톰은 연안에 닿는 데 성공했다. 톰은 웃옷 주머니를 만져보았다. 나무껍질 조각은 여전히 그곳에 있었다. 안심한 톰은 숲에 몸을 숨기고 기슭을 따라갔다. 옷에서 물이 뚝뚝 떨어지고 있었다. 마을을 볼 수 있는 나무 그늘에 도착했을 때 톰은 작은 증기선을 발견했다. 하늘에는 별이 총총히 박혀있었고, 모든 것이 고요했다. 톰은 주위를 살피다가 강물로 미끄러져 들어가서 증기선 뒤에 묶여 있던 작은 보트 위로 올라갔다. 톰은 긴 의자 아래로 숨어들어서 꼼짝 않고 기다렸다.

잠시 후, 종이 울렸고 한 목소리가 외쳤다.

"출발!"

일 분 후, 증기선이 움직이기 시작했다. 톰은 이 증기선이 그날의 마지막 배라는 것을 알고 있었다. 몇 분이 지나 배가 멈추었다. 톰은 보트 바깥으로 넘어가서 사람들을 피해 연안 쪽으로 헤엄쳤다. 에움길에 접

어둘자 길 건너편으로 집이 보였다. 톰은 울타리를 넘어서 일층 창문으로 안을 살폈다. 폴리 이모, 시드, 메리, 그리고 조 하퍼의 어머니가 큰 방 침대 옆에 모여 이야기하고 있었다. 톰은 조심스럽게 문고리를 들어 올려 가볍게 문을 밀었다. 문이 삐걱거렸다. 톰은 계속해서 조심스럽게 문을 밀었고, 문이 삐걱거릴 때마다 불안에 떨었다. 톰은 머리를 들이밀고 결국 눈에 띄지 않고 방에 기어 들어갈 수 있었다.

"왜 이렇게 촛불이 흔들리지요?"

폴리 이모가 물었다.

"어머나, 문이 열려있네요. 시드야, 가서 문을 닫아라."

톰은 침대 밑으로 숨어들어 숨을 돌렸다.

폴리 이모가 다시 말을 이었다.

"내가 말했지만 톰은 나쁜 아이는 아니었답니다. 물론 장난꾸러기이고 덤벙거리고 고삐 풀린 망아지처럼 날뛰긴 했지만, 톰은 나쁜 생각은 하지 않았어요. 어쨌든 심성은 고운 애였죠."

폴리 이모는 울기 시작했다.

"우리 조도 마찬가지에요. 짓궂고, 사람들을 골탕 먹이기는 했지만 절대로 나쁜 아이는 아니었어요. 좋은 아이였어요. 세상에 내가 상한

조지 칼렙 빙햄(George Caleb Binghams), (1811~1879)은 시드니 마운트(Sidney Mount) 이후 19세기 미국 미술의 전성기 때 이름난 화가였다. 미주리 주 프랭클린 출신인 그는 돌아다니는 초상화가로 데뷔했으며, 이후에 필라델피아에서 미술을 공부했다.

그는 〈미주리 주에서 내려오는 모피 사냥꾼〉(위, 오른쪽)을 1845년에 내놓았다.

그 다음해, 〈뗏목 위에서 카드 놀이하는 사람들〉(1847, 아래 오른쪽)이 미국예술연맹(American Art Union)을 통해 공개되었다. 이 그림으로 그는 국내에서 이름을 떨치게 되었다(왼쪽 그림은 〈뗏목, The Wood-boat〉이다). 큰 강가에 사는 사람들(배에 탑승객을 실어 나르는 사람, 소작인, 모피사냥꾼, 상인, 뗏목으로 목재를 운반하는 일꾼)의 단순한 삶을 그리는 빙햄의 그림은 일상을 넘어선다. 이러한 부류의 사람들이 독립한 미국인의 모습 구현이라는 의미에서 빙햄에게 많은 흥미를 가져다주었다. 월트 위트먼(Walt Whitman)의 시나 마크 트웨인의 소설에도 이러한 세련되지 못하고, 맨발을 벗긴 했지만 깨끗한 옷을 입고, 서부의 남성적이고 혈기에 넘치는 분위기에서 일하는 인물들을 통해 미국인의 이미지를 구현했다. 이러한 장면을 그리는 전통은 세기말까지 계속되었다.

크림을 버린 것을 깜빡 잊고 그 아이를 매질한 걸 생각하면, 다시는 그 애를 못 볼 거라는 생각을 하면 마음이 너무 아파요!"

그리고 하퍼 부인은 가슴이 터질 듯이 흐느꼈다.

"형이 그곳에서 너무 힘들지 않았으면 좋겠어요."

시드가 말했다.

"하지만 형이 더 착하게 굴었더라면……."

"시드!"

톰은 이모의 얼굴을 볼 수 없었지만 이모의 눈에서 번뜩이는 빛을 느낄 수 있었다.

"톰에 대해 절대 나쁘게 이야기하지 마라. 이제 톰을 더 이상 볼 수 없지만 좋으신 하나님께서 돌봐 주실 것이니 너무 걱정하지 마라. 아, 하퍼 부인! 저는 이 상황에 익숙해질 수가 없을 것 같아요. 위안이 안 돼요. 톰은 나에게 그만큼 소중한 아이였는데, 톰이 나를 자주 화나게 만들긴 했지만 말이에요."

"주님께서 부인께 톰을 주셨다가 다시 데려가신 거예요. 하지만 정말 힘드네요. 지난 토요일, 조가 제 코 밑에서 폭죽을 터뜨려서 심하게 야단을 쳤죠. 얼마 되지 않아 이렇게 되리라고는……. 조가 다시 그러더라도 조를 안아 줄 거예요."

"그럼요, 하퍼 부인. 부인 심정이 충분히 이해가 갑니다. 톰은 고양이에게 기운을 차리게 하는 진통제를 먹였답니다. 그 불쌍한 고양이가 집 전체를 부수는 줄 알았다니까요. 하나님께서 저를 용서해 주시기를 바라요. 저는 톰에게 꿀밤을 먹였거든요. 저의 골무로요. 불쌍한 것, 그리고 그 아이가 제게 마지막으로 양심을 찌르는 말을 했는데……."

이모는 말을 끝맺지 못했다. 톰은 자신의 감정을 억누르려고 애를 썼다. 메리가 울면서 이따금씩 자신에 대해 좋은 말을 해 주는 것을 들으며 톰은 자신에 대해 높은 평가를 하게 되었다. 또한, 폴리 이모의

133

슬픔은 너무나 톰의 가슴을 아프게 했고 당장이라도 나가 이모 목을 끌어 앉고 이모를 달래 주고 싶게 만들었다. 그러나 톰은 감정을 자제하고 가만히 있었다.

톰이 이야기의 토막을 조합해 본 결과 처음에 사람들은 톰과 친구들이 강에서 헤엄을 치다가 빠졌다고 생각했다. 그런데 뗏목이 없어졌다는 소식이 들려왔다. 게다가 몇몇 아이들의 증언대로 "곧 새로운 소식을 듣게 될 거야."라는 말을 남긴 걸로 보아 세 아이가 뗏목을 타고 옆 마을에 놀러간 것으로 결론을 내렸다. 하지만 정오쯤 사람들은 그곳에서 약 10킬로미터 떨어진 작은 만에서 뗏목을 발견했고, 모든 희망은 사라졌다. 아이들은 빠져 죽은 것이 틀림없었다. 시신을 찾으려고 노력했지만 수포로 돌아가자 사람들은 강 한복판에서 사고가 일어난 것으로 추측했다. 그날은 수요일 밤이었다. 지금부터 일요일까지 아이들을 찾지 못하면 모든 희망을 버리고 일요일 아침에는 장례식을 치뤄야 할 것이다. 톰은 등골이 오싹해졌다.

하퍼 부인은 울면서 작별 인사를 하고 나가기 위해 일어섰다. 눈물

나체즈(Natchez) 도시는 6,000명에 달하던 나체즈라는 인디언 부족의 이름을 따서 지어졌다. 부족은 이 부근에 살았는데 18세기에 프랑스 이주자들에게 추방당했다. 미시시피 강 하류 세인트루이스(Saint Louis)에서 북서쪽으로 250킬로미터 떨어진 곳에 있는 이 도시는 당시 군 주둔 도시에 불과했다. 하지만 빠른 속도로 면 무역을 확장하여 활발한 상업의 중심지로 번창하게 되었다. 강은 떠다니는 도크, 밧줄 달린 배, 그리고 창고와 접해 있다. 엄밀한 의미에서의 도시는 절벽 너머 높은 곳에 지어진다.

에 젖은 두 부인은 서로의 팔에 안겼다. 하퍼 부인은 떠났고, 폴리 이모는 시드와 메리를 평소보다 더 따뜻하게 안아 주었다. 시드는 코를 훌쩍였고, 메리는 뜨거운 눈물을 흘렸다. 혼자 남은 폴리 이모는 무릎을 꿇고 톰을 위해 기도했다. 이모의 기도는 감동적이었다. 늙은 목소리에는 너무나 많은 애정이 담겨져 있어서 이모가 기도를 마치기도 전에 톰의 얼굴은 온통 눈물로 젖어버렸다.

톰은 이모가 잠자리에 들고도 오랫동안 움직일 수가 없었다. 이모는 한숨을 내쉬며 뒤척거렸고, 자꾸 돌아누웠다. 마침내 이모가 잠잠해졌다. 자면서도 이모는 괴로운 신음을 냈다. 톰은 숨어 있던 곳에서 나와서 손으로 촛불을 가리며 이모를 보았다. 톰의 마음은 이모에 대한 연민으로 가득했다. 톰은 주머니에서 나무껍질 조각을 꺼내어 촛불 근처에 놓았다. 하지만 갑자기 톰은 동작을 멈추고 생각에 잠겼다. 더 좋은 방법이 생각났다. 톰은 생각을 바꿔 서둘러서 나무껍질을 주머니에 넣고 지친 이모의 얼굴에 살짝 입을 맞추고는 소리 없이 방을 빠져나와 문을 닫았다.

톰은 빠른 걸음으로 증기선 선착장에 도착했다. 아무도 없었다. 톰은 배에 올랐다. 배를 지키는 경비는 깊이 잠들어 있었다. 톰은 보트를 풀고 급류를 올라가기 위해 노를 젓기 시작했다. 상류로 1500미터 정도 갔을 때는 물살을 피해 비스듬히 노를 저었다. 이것이 여정에서 고비였다. 그러나 마침내 톰은 목적지에 이르렀다. 톰은 잠깐 보트를 훔칠 생각을 했다. 해적에게는 좋은 건수를 올릴 수 있는 기회였기 때문이다. 하지만 톰은 그렇

미시시피 강의 수면은 끊임없이 변한다. 따라서 배에 짐을 싣고 내리기 위한 고정적이고 영구적인 판자다리를 놓는 것이 금지되었다. 움직이는 구조, 특히 떠다니는 도크(혹은 선박 플랫폼)이 이를 대신했다. 거리의 구경거리를 좋아하는 사람들이나 여행자들, 그리고 목재, 석재를 운반하는 사람들은 여기로 급히 몰린다.

게 하면 자신들의 은신처가 발각될 수도 있다는 생각이 들었다. 톰은 보트를 포기하고, 육지에 뛰어올라서 강기슭에 접한 숲으로 뛰어들었다. 잠이 들지 않기 위해 안간힘을 쓰면서 잠시 쉬었다가 다시 출발했다. 밤이 끝나가고 있었다. 톰이 모래톱을 다시 발견했을 때는 이미 동이 트고 있었다. 톰은 태양이 수평선에서 떠올라 강을 붉게 물들일 때까지 다시 쉬었다. 이제 톰은 급류에 뛰어들었다. 잠시 후, 톰은 옷에서 물이 뚝뚝 떨어지는 채로 캠프에 도착했다. 바로 그때 조가 이런 말을 하는 것이 들렸다.

"아니야, 톰은 돌아올 거야. 톰은 배신자가 아니야. 배신이 해적에게 얼마나 부끄러운 일이라는 것을 알고 있는데, 자존심 강한 녀석이 그럴 리가 없어. 아마도 무슨 생각이 있을 거야. 하지만 어떤 생각일까?"

"어쨌든 톰이 네 모자 속에 두고 간 것은 우리 거야. 그렇지 않니?"

"거의. 하지만 아직은 아니야, 허크. 톰은 자기가 점심 식사 전에 돌아오지 않으면 우리 것이 된다고 했어."

"어이, 내가 돌아왔다!"

톰은 효과를 살리며 화려한 복귀를 했다.

곧 베이컨과 생선이 있는 성대한 식사가 차려졌다. 친구들이 식사를 준비하는 동안 톰은 과장을 곁들이며 모험 이야기를 들려주었다. 이야기가 끝나자 아이들은 자신들이 그 모험에 참가한 것처럼 자랑스러웠다. 톰은 정오가 될 때까지 그늘진 구석에서 눈을 붙였고, 다른 해적들은 탐험을 떠났다.

66 베이컨과 생선이 있는 성대한 식사가 차려졌다. 99

XVI

최후의 처방

저녁 식사가 끝난 후, 해적들은 거북 알을 찾으러 모래톱으로 떠났다. 아이들은 막대기로 여기저기 모래를 쑤셔 보았다. 한 곳에 막대기가 쑥 들어가자 아이들은 무릎을 꿇고 그곳을 파 보았다. 구멍 하나에 50에서 60개에 이르는 알이 있었다. 알은 동그랗고 호두보다 약간 컸다. 거북 알들은 그날 밤 성대한 파티를 열고도 남을 만큼 많았다.

미주리 주 물가에서 서식하는 거북 : 거북 고기는 쇠고기와 비슷하지만 식용으로 쓰이는 것은 주로 거북 알이다.

세 친구는 강가 모래사장으로 놀러갔다. 물이 별로 깊지는 않았지만 급류가 세서 여러 번 넘어졌다. 그래도 아이들은 마냥 즐거웠다. 양팔로 서로의 허리를 잡고 씨름을 하고 나서 승자와 패자는 모두 다이빙을 해서 물속으로 사라졌다. 물 위로 보이는 것은 이리저리 움직이는 팔과 다리뿐이었다. 피곤하면 물에서 나와 따뜻한 모래로 몸을 덮고 쉬다가 다시 물놀이를 하곤 했다.

아이들은 모래사장을 돌며 서커스 놀이도 했다. 어릿광대 세 명은 서로 좋은 역할을 하려고 했다. 그 다음엔 구슬놀이를 했다.

조와 허크는 물에 다시 들어갔다. 톰은 발목에 차고 있던 방울뱀 가죽으로 된 발찌가 없어져 찾아 다니느라 함께 놀지 못했다. 톰이 발찌를 찾았을 때 다른 친구들은 쉬려고 모래사장으로 나왔다. 휴식은 몽상을 낳고 우울함으로 이어졌다.

강 건너 저쪽에서 자신들의 고향이 태양빛에 빛나고 있었다. 톰은 발가락으로 모래 위에 베키의 이름을 쓰다가 놀라서 지우고는 자신의

영국의 장군인 베이든 포얼 경
(Baden Powell, 1857~1941)
이 스카우트를 창립할 즈음 1908
년에 미국의 어린이들은 《미국 어
린이의 실용서》를 가지고 있었다.
이 책에 실린 네 개의 그림은 푸
른 나무의 갈래와 실패를 이용하
여 낚싯줄을 감는 릴을 만드는 방
법을 묘사하고 있다.

나약함을 질책했다. 톰은 다시 유혹에 말려들지 않기 위해 친구들에게로 갔다.

조의 사기는 아주 많이 떨어져 있었다. 조에게는 격려가 필요했다. 집이 너무나 그리워서 눈물을 글썽이고 있었다. 허크도 쾌활하지는 않았다. 톰도 의기소침했지만 내색하지 않으려고 노력했다. 톰은 애써 활발한 어조로 이렇게 외쳤다.

"애들아, 우리가 이 섬에 처음 온 해적은 아닐 거야. 한번 찾아보자. 분명히 어딘가에 보물이 숨겨져 있어. 금과 은으로 가득 찬 보물 상자를 발견한다면 대단하지 않니?"

하지만 톰의 제안도 소용없었다. 막대기로 모래를 긁는 조의 표정은 침울했다.

"우리 이제 그만했으면 좋겠어. 난 집에 가고 싶어. "

"안 돼. 괜찮을 거야. 우리가 한 재미있는 낚시를 생각해봐."

"낚시 따위는 상관없어. 집에 가고 싶어."

"생각해 봐, 여기서 헤엄치는 것보다 더 재미있는 게 있겠니?"

"헤엄치는 것도 이제 싫증났어. 나는 가고 싶어."

"엄마에게 가고 싶다니 아기로구나."

"그래 난 엄마한테 가고 싶어. 너도 엄마가 있었으면 나와 같은 마음이었을 거야."

조가 훌쩍이며 말했다.

"그렇구나. 아기는 엄마한테 가라고 하자. 허크, 넌 어때? 불쌍한 아기가 엄마가 보고 싶다네. 그럼 얘는 엄마 보러 가도록 내버려 두자. 우리는 여기 남는 거야. 허크, 어떻게 생각해?"

허크는 마지못해 알았다고 대답했지만 확신이 없어 보였다.

"나는 앞으로 너한테 얘기 안 할 거야."

조는 주섬주섬 옷을 챙겨 일어나면서 말했다.

"할 수 없지 뭐!"

톰이 말했다.

"나도 너랑 말하고 싶지 않아. 집으로 돌아가 놀림이나 받으시지. 해적이 체면이 있지. 허크와 나는 아기가 아니야. 그렇지 않니, 허크? 우리는 이제 너 필요 없어."

허세를 부렸지만 톰도 확신이 없었다. 조가 다시 옷을 입는 것을 보니 마음이 상했다. 허크가 부러운 눈으로 떠날 채비를 하는 조를 바라보고 있는 것을 보자 마음이 좋지 않았다. 조는 작별 인사도 하지 않은 채 모래톱을 향해 발길을 돌렸다. 톰은 쓰린 마음을 내색하지 않으려고 애쓰며 허크를 쳐다보았다. 허크가 눈길을 피하면서 말했다.

"나도 가고 싶어, 톰. 우리는 너무 고립되어 있어. 상황은 더 나빠질 거야. 우리도 가자."

"절대 안 가! 가고 싶으면 가. 나는 여기 남을 테니."

허크도 짐을 챙겼다.

"톰 너도 함께 가자. 잘 생각해 봐. 반대편 연안에서 기다릴게."

"기다릴 필요 없어."

허크는 마음이 무거운 채로 멀어졌다. 톰의 마음속에서 두 가지 생각이 충돌했다. 이곳에 남아야 한다는 자존심과 친구들을 따라가고 싶은 마음이었다. 톰은 두 친구가 생각을 바꾸기를 바랐지만, 두 아이는 계속해서 길을 가고 있었다. 톰은 자존심을 억누르면서 아이들을 뒤쫓아 달려가며 외쳤다.

판화 속의 어린 낚시꾼은 릴 없는 단순한 낚싯대로 물고기를 잡고 있다.

"기다려, 기다려! 너희에게 할 말이 있어."

아이들은 멈춰 서서 돌아보았다. 톰은 아이들에게 다가가서

비밀 계획을 털어놓았다. 아이들은 처음에는 시무룩한 표정으로 듣다가 환호성을 지르며 박수를 쳤다.

"멋지다! 그걸 더 일찍 말했다면 우리 먼저 떠나지 않았잖아."

이 비밀이 아이들을 얼마나 더 붙잡아 둘 수 있을지 몰랐다. 하지만 최후의 수단이었다. 아이들은 가던 길을 되돌아왔다. 놀이는 활기차게 다시 시작되었다. 톰의 계획은 멋있고 기가 막혔다. 식사는 알과 생선으로 차렸다.

식사 후 허크는 파이프에 담뱃잎을 채웠다. 전에 포도나무 잎을 말아 피워 보았지만 혀가 따가웠다. 아이들은 땅에 길게 누워서 두려운 마음으로 처음 맛 보는 담배 연기를 내뿜었다. 기침이 나왔고 맛도 좋은 줄 몰랐다. 톰이 말했다.

"이거 별로 어렵지 않네. 이렇게 간단한 줄 알았으면 더 빨리 배웠을 텐데."

"나도 마찬가지야."

조가 말했다.

"이거 아무 것도 아니잖아."

"어른들이 담배를 피우는 걸 보면서 나도 해 보고 싶었는데, 이렇게 쉬울 줄은 몰랐어."

"하루 종일 피울 수도 있을 것 같은데."

조가 말했다.

"가슴이 답답하지 않아."

"나도 마찬가지야."

톰이 말했다.

"나도 하루 종일 피울 수 있겠어. 하지만 제프 대처는 절대 그렇게 못할걸."

"제프 대처라고! 걘 담배 두 모금도 못 피우고 눈을 돌릴걸."

"조니 밀러는 어떻고! 걔가 어쩌는지 보고 싶다."

"녀석은 한 모금만 피워도 난리 날 거다."

"생각해 봐, 조. 친구들이 우리 모습을 본다면……."

"생각만 해도 신이 난다."

"걔들한테 아무 말도 하면 안 돼. 우리 모두 같이 있을 때, 내가 네게 말할 거야. '있잖아, 조. 나 담배 피우고 싶어. 너 파이프 없어?' 그러면 넌 나한테 이렇게 답하는 거지. 태연하게 말야. '있긴 있는데 좀 오래돼 별로 좋지 않아.' 그러면 나는 상관없다고 답하는 거야. 우리는 네 파이프를 꺼내서 태연하게 불을 붙이는 거지. 그러면 애들이 어떤 표정을 지을까?"

"그거 재미있겠다. 벌써부터 기대되는데!"

"나도 마찬가지야. 그리고 우리가 해적이었을 때 담배를 배웠다고 하면 모두 여기 오지 않은걸 후회할 거야."

66 침묵이 흘렀다.
그러다가 담배를 피우던
아이들은 침을 뱉기
시작했다. 99

"물론이지."

조금 지나자 대화는 일관성이 없어지다가 멈췄다. 침묵이 흘렀다. 담배를 피우던 아이들은 침을 뱉기 시작했다. 침샘이 분수가 되었는지 아이들의 입에는 제때 뱉지 못할 만큼 많은 침이 목구멍에 가득 고였다. 그러더니 갑자기 구토가 났고 두 아이는 창백해졌다. 조의 손에서 파이프가 미끄러졌고, 톰도 마찬가지였다. 침은 계속 생겼다.

조가 억양 없는 목소리로 말했다.

"나……, 나는 내 주머니칼을 잃어 버렸어. 나…… 그거 찾으러 가야겠어."

톰도 떨리는 입술로 말했다.

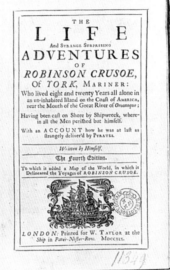

영국 작가 다니엘 디포(Daniel Defoe, 1660~1731)는 《로빈슨 크루소(1719)》의 작가이다. 무인도에 버려졌다가 그곳에서 5년 동안 의식주를 해결한 어느 스코틀랜드 선원의 실화를 바탕으로 쓴 이 이야기는 곧 아이들을 꿈꾸게 하는 신화와도 같은 이야기가 되었다.

"내……, 내가 찾는 걸 도와줄게. 너는 이쪽으로 가고 나는…… 샘…… 옆으로 갈게. 신경 쓰지 않아도 돼, 허크. 너 없이도 찾을 수 있어."

허크는 거의 한 시간을 기다렸다. 너무 시간이 오래 걸린다는 생각에 허크는 친구들을 찾아 나섰다. 둘은 주먹을 쥐고 나란히 누워서 자고 있었다.

그날 저녁 식사 때 아이들은 별로 대화를 하지 않았다. 식사 후에 허크가 파이프를 채우면서 두 개 더 준비하겠다고 하자, 톰과 조는 소화가 안 된다는 핑계를 대며 사양했다.

자정이 다가올 무렵 조가 친구들을 불렀다. 분위기가 가라앉아 있었다. 좋지 않은 무거움이었다. 찌는 듯한 더위에도 불구하고 아이들은 불가에서 서로 껴안았다. 불빛은 주변의 어두움을 더욱 어둡게 했다. 짧은 빛이 큰 나무들의 잎을 잠깐 비추고 지나갔다. 숲 속에서 신음 소리가 일었다. 바람이 얼굴을 스치자 아이들은 배회하는 밤 영혼의 숨결일지도 모른다는 생각에 몸서리쳤다. 바람이 가라앉자 번개가 쳐 주변을 대낮처럼 비추었다. 기겁해서 창백해진 세 아이의 얼굴이 고스란히 드러났다. 곧 천둥이 큰 소리로 울려 퍼졌고, 거센 바람이 캠프에 재와 낙엽을 흩뿌렸다. 또다시 번개가 치고 큰 굉음이 뒤따랐다. 아이들은 머리 위의 나무 꼭대기가 두쪽이 나는 줄 알았다. 공포에 질린 아이들은 어둠 속에서 서로에게 매달렸다. 굵은 빗방울이 나뭇잎 위로 후두둑 떨어지기 시작했다.

"애들아, 빨리 텐트로 들어가!"

톰이 외쳤다.

나무뿌리에 발이 걸리고 휘감기면서 아이들은 각기 다른 방향으로

여름철 북미 대륙에서는 거대한 구름이 쏟아 붓는 호우가 내린다. 구름은 멕시코 만 위에서 형성되며 열대의 습기를 포함하고 있다. 이와는 반대로 겨울에는 북쪽에서 오는 극지방의 대기가 퍼지고, 몇 시간 만에 모든 것이 얼어붙게 된다. 미주리 주의 불어나는 큰 지류는 로키 산맥에서 온다. 미시시피 강에는 흙으로 된 제방이 있다. 강의 물살이 안정된 것은 1940년대에 이르러서이다. 오늘날엔 댐으로 강과 지류의 수량 증가를 통제한다.

인디언 미술이 그 진가를 인정받게 된 것은 뒤늦은 20세기 초에 이르러서이다. 곰의 머리를 형상화한 이 가면은 1880년 경 틀링깃족(Tlingit)의 종교 의식에 사용되었다. 중앙은 남서 지방의 부족인 산토도밍고(Santo Domingo)의 항아리이며, 맨 위는 애팔래치아 산맥의 짚으로 된 광주리 소재의 단지이다. 항아리와 단지는 예술적 기법뿐만 아니라 상징적인 장식으로도 뛰어나다.

뛰었다. 무서운 광풍이 나무와 살아 있는 모든 것을 뒤흔들었다. 번개와 천둥이 잇달아 계속되었다. 비가 억수같이 쏟아지기 시작했고, 폭풍에 강물이 넘쳐 땅을 휩쓸어갔다.

아이들은 목청을 다하여 서로를 불렀지만 바람과 천둥소리 때문에 들리지 않았다. 아이들은 텐트에 도착해 쉴 곳을 찾았다. 춥고 겁이 났다. 또, 몸은 흠뻑 젖었다. 그래도 혼자가 아니라는 것이 큰 위안이 되었다.

폭풍은 점점 더 거세졌다. 텐트는 뽑아져서 날아가 버렸다. 아이들은 서로의 손을 잡고 몇 차례나 넘어지고 멍이 들면서 언덕 위의 큰 떡갈나무 아래로 피신했다.

폭풍은 맹위를 떨치고 있었다. 번개가 강렬한 빛으로 어둠을 뚫고 나무와 물결 그리고 구름과 반대편 연안을 비추었다. 나무는 광풍 아래 힘없이 무너졌고, 강물에는 하얀 거품을 내뿜는 거대한 파도가 일었다. 이따금씩 뿌리가 뽑힌 나무가 주변의 가시덤불 위에 떨어지곤 했다. 무서운 천둥이 귀를 찢어 놓고 폭풍은 절정에 달했다. 섬은 분해되어 나무 꼭대기까지 차오른 물속으로 자취를 감출 것만 같았다. 집을 떠나온 어린 아이들에게 혹독한 밤이었다.

번개와 천둥이 줄어들면서 날씨가 차츰 고요하고 평온함을 되찾았다. 떨면서 캠프로 돌아온 세 아이는 감사하지 않을 수 없었다. 자기들이 아래에서 자던 큰 백단풍나무가 벼락을 맞아 가루로 변해 있었다. 뼈대만 남은 캠프는 모든 것이 흠뻑 젖었고, 거처는 자취를 감추었다.

큰일이었다. 옷에서 물이 뚝뚝 흐르고 추위가 찾아왔다. 아이들은 굵은 나무줄기에서 불길을 발견했다. 불길은 일종의 둥근 천장을 만들고 있었고, 그 아래 손바닥 만한 공간에 물기가 없었다. 깜부기불이 재 아래에서 은근히 타고 있었다. 아이들은 잔가지와 나무껍질로 불을 지피는 데 성공했다. 아이들은 죽은 나무를 쌓아서 거대한 불덩어리를 만들었고, 그 불덩어리는 아이들의 사기를 북돋워 주었다. 아이들은 옷과 남은 음식을 말리고 먹으면서 원기를 회복했다. 마른 땅은 잠을 잘 수 있을 정도로 크지 않아 아이들은 앉아서 남은 밤을 이야기하면서 지새웠다.

아침 햇살이 드리우자 아이들은 모래톱에 몸을 드러내 놓고 길게 누워서 잠이 들었다. 찌는 더위가 아이들을 깨웠고, 아이들은 아침을 먹었다. 몸이 뻣뻣하고 녹초가 된 느낌이었다. 집에 대한 그리움이 아이들을 엄습했다. 톰은 그것을 알아차리고 최대한 친구들의 활기를 북돋우려고 했다. 하지만 아이들은 구슬놀이도 어릿광대 놀이도 수영도 흥미를 잃었다. 그래서 톰은 아이들에게 비밀을 다시 말했다. 그러나 아이들은 조금 명랑해졌다. 톰은 아이들이 새로운 계획에 눈을 돌리게 했다. 잠시 해적놀이를 멈추고, 인디언이 되는 것이었다.

아이들은 이 제안이 마음에 들었다. 아이들은 순식간에 옷을 벗고, 진흙으로 몸 전체에 줄무늬를 그렸다. 추장의 지위에 올라간 아이들은 숲을 따라 질주하며 영국 진지를 공격했다. 아이들은 서로에게 달려들어 전

공동체 생활과 관계된 일은 인디언 추장의 인도 하에 회의를 열었다. 추장은 먼저 원로들의 의견을 수렴했다. 어떤 부족에서는 여성과 어린이들도 똑같이 회의에 참석했다. 결정은 서로의 합의로 내려졌으며 꼭 다수의 의견이 소수의 의견을 지배하지는 않았다. 소수는 자신의 의견을 주장할 자유가 있었다. 왜냐하면 인디언의 사고 체계 내에서 생각은 서로 공유하라고 있는 것이지 강요하라고 있는 것이 아니기 때문이다. 인디언 전쟁이 치러지는 동안 부족들은 서로 협의하여 백인을 향한 공동 공격을 결정했다.

위의 그림은 〈숲 속을 달리는 사람〉이다. 이 말은 프랑스 식민지(루이지애나와 캐나다)에서 처음으로 사용되었다. 여기서 숲 속을 달리는 사람은 두 명의 인디언들과 중요한 대화를 하고 있다. 숲 속을 달리는 사람들은 유럽 이민자들로 토박이들과 거래를 하고 있다. 토박이들은 주로 모피를 사고 이민자들에게 제조품과 무기를 팔았다. 숲 속을 달리는 사람들은 자주 이동을 했으며, 많은 경우 탐험가와 인디언들의 통역사 역할을 했다.

쟁을 선포하는 강렬한 소리를 질러댔다. 서로 죽이고, 수백 번 서로의 머리 가죽을 벗기는 인디언 전쟁 놀이는 즐거웠다.

저녁 무렵이 되었을 때, 행복하고 배고픈 인디언들은 캠프에 모였다. 그런데 문제가 있었다. 아이들은 서로의 적 역할을 맡고 있었기에 서로 화해하지 않고는 호의의 빵을 나눌 수 없었다. 평화를 상징하는 인디언의 긴 담뱃대로 담배를 피우지 않고는 화해할 길이 없었다. 아이들은 긴 담뱃대를 신성한 의식에 따라 돌려가며 한 모금씩 피우는 흉내를 냈다.

어느 순간 아이들은 야생에서 뛰노는 게 그렇게 불편하지 않다는 것을 알게 되었다. 용감한 아이들은 신중하게 난처한 상황을 스스로 처리했다.

이제 아이들은 그렇게 내버려 두자. 이제부터의 이야기에서는 아이들이 필요 없다.

XVII

장례식 장의 반전

토요일 오후, 마을에서 즐거워하는 사람은 아무도 없었다. 하퍼네 가족과 폴리 이모네 가족들은 흐느끼며 상복을 준비하고 있었다. 평소와는 다른 고요함이 마을 전체를 감돌고 있었다. 마을 사람들은 멍한

66 베키의 마음은 찢어졌다. 베키는 밖으로 나갔다. 굵은 눈물 방울이 뺨을 타고 흘러내렸다. 99

얼굴로 자기 일만 하고 있었다. 별로 말을 하지 않고 한숨만 푹푹 내쉬었다. 아이들은 일요일의 휴식이 두려운 듯 평소처럼 놀 생각을 하지 않았다.

우울해진 베키 대처는 텅 빈 학교에 들어갔다. 어떤 것도 마음에 위안이 되지 않았다.

"여기였지. 시간을 되돌릴 수만 있다면 톰에게 그렇게 하지 않을 텐데. 맹세코 그런 말은 하지 않을 텐데. 하지만 이제 지나간 일이야. 나는 톰을 다시는 못 보겠구나. 다시는……."

베키의 마음은 찢어졌다. 베키는 밖으로 나갔다. 굵은 눈물 방울이 뺨을 타고 흘러내렸다. 남자 아이들과 여자 아이들이 모여 있었다. 모두 톰과 조와 함께 놀던 아이들이었다. 아이들은 멈춰 서서 울타리 너머를 바라보며 엄숙하게 예의를 갖추고 톰이 여기서 했던 이런저런 일들과 마지막 모습, 조가 했던 이런저런 말들을 떠올렸다. 톰과 조가 했던 말과 행동 중에는 슬픈 결말을 암시하는 징조가 있었던 것 같았다. 아이들은 쉴 새 없이 지껄였으며 특정한 장소를 가리키기도 했다.

"나는 지금 내가 서 있는 이곳에 있었고, 그 아이는 너희가 서 있는 바로 그곳에 있었어. 그때 머리에서 발끝까지 무언가 스쳐지나가는 느낌이 들었는데, 상당히 불쾌하더라고. 물론 그때는 그게 뭔지 몰랐지만, 이제는 알겠어."

아이들은 누가 죽은 아이들과 최후의 대화를 나눴는지 알아내려고 다투었다. 다소 지어낸 감이 있었지만 죽은 아이들과 마지막으로 이야기했다고 증명하는 데 성공한 아이들은 대단한 유명 인사가 된 것처럼 행동했다.

아이들은 멀어져가면서 낮은 목소리로 세상을 떠난 영웅의 공적을 찬양했다.

다음 날, 주일학교가 끝나고 평소 신자들을 예배로 인도하던 교회 종소리는 장례식 종소리로 변했다. 분위기는 한층 가라앉았고, 구슬픈 종소리는 작은 마을의 슬픔을 부추겼다. 마을 사람들이 하나둘씩 모여들었다. 그들은 입구에 멈춰 서서 이 슬픈 사건에 대한 서로의 감정을 이야기했다. 교회 안에는 상복이 스치는 소리만 날 뿐 작은 속삭임도 허락지 않는 침묵이 흘렀다. 그 작은 예배당 안에 이토록 많은 사람들이 모인 적은 한번도 없던 일이었다. 폴리 이모가 들어왔고, 그 뒤를 따라 시드와 메리, 그리고 하퍼네 가족들이 들어왔다. 그들이 들어오자 목사를 포함한 참석자 전원은 공손히 일어나 부인들이 맨 앞줄에 앉기를 기다렸다. 몇 군데서 울음을 참는 소리만이 침묵을 깼다. 목사가 두 팔을 벌리고 기도를 시작했다. 찬송가를 부른 후, 목사는 설교를 위한 성경말씀을 골랐다.

"나는 부활이요, 생명이라."

목사는 일찍 세상을 떠난 아이들이 가지고 있었던 자질과 다정함, 귀여운 행동들, 그리고 그들에게 걸었던 기대 등에 대해 감동적으로 늘어놓았다. 동시에 이 아이들의 진가를 제대로 알아 주지 못한 것에 대한 비통한 심정을 표현했다. 그 자리에 있던 모든 사람들도 어떻게 지금까지 아이들의 단점과 부족한 점만 보았는지 의아해했다. 목사가 세상을 떠난 아이들의 선하고 너그러운 성품을 강조하자, 감동을 받은 사람들은 어떻게 그리 천사처럼 착한 아이들을 혼쭐내 주어야 마땅한 못된 장난꾸러기로만 보았는지 자책했다. 결국 모든 신도들은 눈물을 글썽이며 유가족들을 위로했고, 목사는 한창 설교를 하던 중 눈

주일학교에서 사용하던 교재. 그리스도의 용서보다는 주로 하나님의 분노와 요한계시록에 나오는 광경을 강조한다.

한니발 장로교회 내부. 천주교회 건물에 비해서 개신교회 건축양식 및 가구는 일반적으로 더 간결하고 장식이 없는 편이다.

물을 터뜨렸다.

그때 갑자기 예배당의 발코니에서 작은 소리가 들렸다. 처음에는 아무도 그 소리에 신경을 쓰지 않았다. 잠시 후, 교회 문이 삐걱거렸다. 목사는 고개를 들어 눈물 너머로 문을 바라보더니 목석처럼 얼어붙었다. 신도들도 목사의 시선을 따라 고개를 돌렸다. 죽은 줄 알았던 세 아이들이 예배당 중앙으

로 걸어 들어오고 있었다. 사람들은 돌처럼 굳어진 채 이를 바라보았다. 톰이 맨 앞에 있었고, 조와 허크가 그 뒤를 따랐다. 허크는 평소보다 더 심하게 누더기를 걸치고 있어서 몸 둘 바를 몰랐다. 이 세 명의 해적들은 자신들의 장례식 기도를 듣기 위해 발코니에 숨어 있었던 것이다.

폴리 이모, 메리, 그리고 하퍼네 가족들은 돌아온 아이들의 목을 끌어안고 입맞춤을 퍼부으며 하나님을 향한 감사의 기도를 되풀이했다. 반면 어색한 상황에 놓인 허크는 당황하여 자신에게 꽂히는 따가운 시선을 피해 슬금슬금 도망치려 했다. 허크가 몸을 돌려 나가려고 하자 톰이 허크를 막았다. 톰이 말했다.

"폴리 이모, 이건 공평하지가 않아요. 허크가 돌아온 것도 기뻐해 줘야죠."

"내가 기뻐해 줄게. 모두들 불쌍한 허크가 돌아와서 기쁘단다!"

폴리 이모가 아낌없이 보여준 애정의 표시는 허크를 더욱 민망하게 만들었다. 갑자기 교회 유리창을 흔들 만큼 큰 목소리로 목사와 신도들은 찬송가를 불렀다.

지붕의 들보까지 들썩이게 하는 찬송가는 하늘까지 울려 퍼졌다. 그러는 동안 아이들의 부러운 눈길을 받으며 톰은 오늘이 생애 가장 아름다운 날이라고 생각했다. 톰에게 속았던 사람들은 교회를 나서며, 같은 찬송가를 이토록 우렁차게 다시 부를 수 있을 정도라면 얼마든지 또 한번 아이들의 술책에 넘어가 주겠다고 말했다.

톰은 그날 하루 종일 1년 동안 받을 양보다 더 많은 입맞춤을 받았고, 더 많은 꿀밤을 맞았다.

미국의 음식 문화는 여러 이민자들이 가져온 도구로 인해 풍부해지게 되었다. 위에는 덴마크식 쿠키를 만드는 틀이다. 아래는 채소를 다듬는 도구이다.

XVIII

영웅 탄생

그것이 바로 톰의 큰 비밀이자 대단한 계획이었다. 해적놀이를 떠난 친구들과 함께 자신들의 장례식 시간에 맞춰 돌아오는 것이었다. 토요일 해가 저물었을 때, 이미 통나무배를 타고 강을 건넌 소년들은 마을에서 8~10킬로미터 떨어진 하류에 도착했다. 아이들은 근처의 숲에서 새벽까지 눈을 붙이고 인적이 드문 작은 길을 통해 교회에 몰래 숨어들었다. 발코니에 다다르자 쓰지 않는 긴 의자 더미 가운데서 다시 잠이 들었다.

월요일 아침 식사 시간에 폴리 이모는 톰에게 온갖 애정 표현을 다 해 주면서 물었다.

"톰, 넌 일주일 내내 슬픔에 빠져 있던 사람들을 기쁘게 해 주었지만, 엄청난 장난을 저질렀다는 점은 확실해. 나를 이렇게까지 괴롭게 하는 것은 옳지 않은 행동이었어. 배를 타고 네 장례식에 올 수 있었을 정도라면 나에게 미리 와서 네가 죽지 않았고, 모험을 떠난 것뿐이라고 어떻게든 알려 줄 수 있지 않았니?"

"솔직히 잘 모르겠어요. 그렇게 했더라면 모든 계획이 수포로 돌아갔을 거예요."

"나는 네가 나에게 와서 알려 줄 수 있을 정도로 나를 사랑한다고 믿었는데……."

폴리 이모가 슬픈 목소리로 이렇게 말하자 톰도 가슴이 뭉클해졌다.

"네가 실제로 그렇게 하지 않았더라도 생각만이라도 나에게 알리려고 했다면 내 마음이 한층 풀릴 것 같구나."

메리가 애원하듯이 말했다.

"톰을 너무 나무라지 마세요. 얘는 원래 이래요. 아무 생각도 없어요."

"그건 변명이 안 돼. 시드라면 거기까지 생각하고 나에게 알렸을 거야. 톰, 나중에 후회해도 소용없어. 나한테 잘하는 건 별로 어려운 일이 아니잖니?"

"이모, 내가 이모 사랑하는 거 알잖아요."

톰이 말했다.

"네 행동과 말이 같다면 널 더 잘 믿을 수 있을 것 같구나."

"이모께 알릴 생각을 못한 걸 후회하고 있어요."

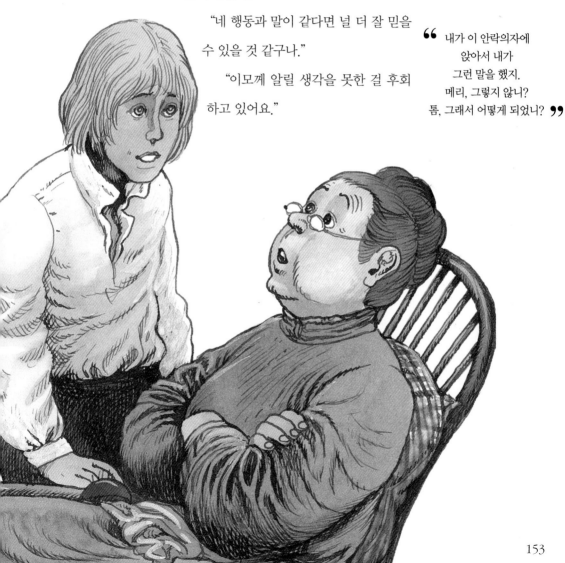

❝ 내가 이 안락의자에
앉아서 내가
그런 말을 했지.
메리, 그렇지 않니?
톰, 그래서 어떻게 되었니? ❞

초를 만드는 틀. 초는 비계나 농장에서 도살한 동물의 지방으로 만들어지기도 하고 상점에서 산 산업용 스테아린으로 만들기도 한다.

톰이 뉘우치는 표정으로 말했다.

"하지만 이모가 나오는 꿈을 꾸었어요. 뭔가 특별하게 생각되지 않나요?"

"꿈이야 누구나 꿀 수 있지. 고양이도 꿈을 꾸지 않니? 그래도 아무것도 없는 것보다는 낫구나. 어떤 꿈을 꾸었니?"

"수요일 밤에 이모가 저기 침대 옆에 앉아 있는 꿈을 꾸었어요. 시드는 나무상자 위에 앉아 있었고, 메리는 시드 옆에 앉아 있었어요.

"그건 우리가 매일 저녁 앉는 방식이지. 나는 네 꿈이 어떤 식으로 실제 상황과 일치하는지 알고 싶구나."

"그리고 꿈속에서 조 하퍼의 어머니가 여기 앉아 계셨어요."

"어머나, 실제로 하퍼 부인이 여기 있었단다. 또 어떤 걸 보았니?"

"많은 것을 봤어요. 하지만 기억이 잘 안나요."

"생각해 보렴."

"바람이 불었던 것 같아요. 바람이 많이 불어서……."

"톰, 실제로 바람이 많이 불었단다."

톰은 기억해 내려고 하는 듯 머리를 긁적였다.

"아, 생각났어요. 바람이 촛불을 꺼지게 했어요."

"세상에, 사실이야. 계속해 봐라, 톰."

"그래서 이모가 이렇게 말씀하셨던 것 같아요. 문이 열려 있는 것 같구나. "

"이 안락의자에 앉아서 내가 그런 말을 했었지. 메리, 그렇지 않니? 톰, 그래서 어떻게 되었니?"

"그러고서 이모가 시드를 어디로 보냈던 것 같은데……."

"맞다, 톰 맞아! 내가 시드에게 뭔가를 하라고 했단다. 그게 무엇이었니?"

"이모가 시드한테…… 이모가 시드한테 문을 닫으라고 했어요."

"세상에 이럴 수가! 이제 꿈은 아무것도 아니라는 말은 하지 말라고 해야겠다. 하퍼 부인에게 모든 걸 말씀드려야겠다. 그건 미신일 뿐이라고 믿지 않겠지. 계속해 봐라, 톰!"

"이제 또렷이 생각나요. 이모는 내가 장난꾸러기이고, 덤벙거리기는 하지만 나쁜 아이는 아니라고 하셨어요. 그리고 좀 생각이 없다고 하셨는데, 고삐 풀린 망아지보다 생각이 없다고 하셨나? 아마 그럴 거예요."

"세상에나! 계속해 봐라, 톰."

"그러다 이모는 울기 시작하셨어요."

"맞단다. 처음 운 게 아니었지. 그러고는 어떻게 되었니?"

"그러니까 하퍼 부인도 울기 시작하셨어요. 하퍼 부인은 조도 마찬가지라고 하셨어요. 그리고 하퍼 부인이 자기가 크림을 버린 것을 깜빡 잊고 조를 때리신 것을 후회하셨어요."

"톰! 정말 마음이 통했나보다. 놀랍구나! 그리고 어떻게 되었니?"

"시드도 무슨 말을 했어요. 무슨 말을 했더라······."

"나는 아무 말도 안한 것 같은데······."

"시드가, 내가 가 있는 곳에서 고생하지 않으면 좋겠다고 했어요. 그리고 내가 조금만 더 착하게 굴었어도······."

"세상에! 실제로 시드가 정확히 그렇게 말했단다."

"그 다음 하퍼 부인이 조가 부인 코앞에서 폭죽을 터뜨리며 놀라게 했다고 했고, 이모는 약에 대한 이야기를 하셨죠."

"정말 그렇단다!"

"이야기는 우리를 찾기 위해 강을 수색하는 일로 넘어 갔고, 일요일 장례식에 대해 이야기한 다음 하퍼 부인이 이모를 껴안고 울다가 나가셨어요."

"기적 같구나! 정말로 그런 일이 있었단다."

"그 다음에는 이모가 저를 위해 기도하셨던 것 같아요. 저는 가슴이 너무 뭉클해져서 백단풍나무 껍질 조각에 이렇게 썼어요. '우리는 죽은 게 아니에요. 해적놀이를 하러 간 것뿐이에요.' 그리고 테이블 위에 놓인 촛불 옆에 그걸 올려놓고는 주무시는 이모의 얼굴을 쳐다보았어요. 제가 이모께 다가가서 입 맞추었던 것 같아요."

"정말이니, 톰? 네가 정말 그랬다면, 네 모든 것을 용서하마!"

폴리 이모는 이렇게 외치면서 톰을 껴안고, 너무나 애정 어린 입맞춤을 하는 바람에 소년의 가슴은 양심의 가책으로 괴로워졌다.

"형이 행동을 아주 잘하긴 했네. 물론 꿈이긴 하지만……."

시드는 혼잣말로 중얼거렸다.

"입 다물어라, 시드! 꿈속에서 사람들은 깨어있을 때와 아주 똑같이 행동한단다. 톰, 혹시 널 찾게 되면 주려고 남겨놓은 사과란다. 이제 학교에 가거라. 은혜와 긍휼이 많으신 하나님께 너를 다시 돌려보내주신 것에 대해 감사드린다. 내가 그분의 은혜를 받기에는 부족한데도 말이다. 시드, 메리, 톰, 가거라! 벌써 출발했어야 하는데 시간이 많이 지났다."

아이들은 학교에 갔고, 폴리 이모는 하퍼 부인을 만나러 갔다. 톰의 꿈 이야기를 들려주고 하퍼 부인의 의심을 없애버릴 생각이었다.

집을 나서면서 시드는 생각했다.

'그렇게 길고, 한 치의 오차도 없는 꿈이라니, 뭔가 수상한걸!'

학교에서 톰은 영웅이 되었다. 톰은 더 이상 말썽꾸러기가 아니었다. 모두의 시선을 받으며 해적답게 의젓하고 당당하게 행동했다. 톰은 남들의 시선과 속삭임을 모르는 체 했지만 사실은 매우 흐뭇해하고 있었다. 하급생들은 톰의 뒤를 따라다니며 함께 있다는 것을 자랑스러워했다. 동갑내기 소년들은 무관심한 척했지만 질투심에 불탔다. 아이들은 햇볕에 그을려서 가무잡잡해진 톰의 피부가 부러웠다. 특히 명성을 얻을 수만 있다면 무엇이든지 할 수 있을 것 같았다. 톰은 제국을 준다 할지라도 그을린 피부와 명성과는 바꾸지 않을 것이다.

두 아이는 자신을 환영하는 청중에게 모험 이야기를 끊임없이 들려주었다. 이야기는 끝이 나지 않았고, 계속해서 과장이 덧붙여졌다. 아이들의 열광은 두 소년이 뒷골목에서 파이프를 꺼내 담배를 피울 때 절정에 달했다.

널빤지 두 개, 상자 하나, 그리고 크고 둥근 돌만 있으면 시소가 만들어진다. 일요일 복장을 차려입은 작은 소녀 네 명이 시소를 타며 즐거워하고 있다.

비오는 날, 집에 혼자 있을 때 권태를 달래기 위해 하는 놀이기구.

이제 톰은 베키 대처 없이도 지낼 수 있었다. 명예를 가진 걸로 족했다. 몇 분이 지난 후, 베키가 왔다. 톰은 베키를 못 본 척했다. 톰은 아이들이 모여 있는 곳으로 가서 거드름을 피우며 말하기 시작했다. 베키는 활기차게 친구들을 쫓아다녔고, 한 명 붙잡으면 크게 웃었다. 베키는 계속해서 곁눈질로 톰은 훔쳐보았지만 이런 행동은 톰의 거만함을 북돋을 뿐이었다. 톰은 베키에게 다가가서 다정하게 말을 걸기는커녕 끈질기게 아무것도 못 본 것처럼 행동했다. 곧 베키는 뛰어다니는 것을 멈추고 우물쭈물하며 주변을 서성이기 시작했다. 그러면서 한숨을 내쉬며 남몰래 비탄어린 시선을 톰에게 던졌다. 특히 톰이 에이미 로렌스에게만 말을 걸자, 베키의 마음은 요동치며 가슴이 죄는 아픔을 느꼈다. 마음 같아서는 그냥 가버리고 싶었지만 꾹 참고 톰 옆에 있는 소녀에게 말을 걸며 쾌활한 척했다.

"메리 오스틴! 너 나쁜 애구나. 주일학교도 나오지 않고."

"나 주일학교 갔었는데, 못 봤니?"

"못 봤어. 너 어디 앉아 있었는데?"

"피터스 선생님 반에 있었어. 나 항상 그 반에 가는데……. 나는 널 봤어."

"정말? 널 못 본 게 이상하구나. 너 소풍 안 갈래?"

"그래? 멋지다. 누구 집에서 하는데?"

"우리 집에서지. 엄마가 소풍 보내 주신대."

"근사하다. 소풍이 언제야?"

"곧 있을 거야. 방학하자마자."

"재미있게 놀 수 있겠다. 아이들을 다 초대하는 거야?"

"응, 내 친구들은 다……. 혹은 친구가 되고 싶은 아이들도……."

베키는 톰에게 슬쩍 눈길을 돌리며 말했다. 하지만 톰은 에이미에게 섬에서 마주친 엄청난 폭풍우에 대해 이야기하느라 정신이 없었

1840년대 후반에 한니발에서는 야구경기의 전성기가 찾아왔다. 알렉산더 조이 카트라이트(Alexander Joy Cartwright)가 본래 영국 크리켓에서 따온 경기 규칙을 조정했다. 카트라이트는 1845년 6월 19일 뉴욕에서 첫 번째 야구경기를 열었다. 철도의 발달로 야구는 곧 미국의 제일 인기종목이 된다. 아래는 야구방망이와 공이다.

다. 톰은 1미터 떨어진 곳에 벼락이 쳐서 백단풍나무가 가루로 되어버린 이야기를 최대한 자세하게 이야기하고 있었다.

"나도 가도 돼?"

그레이시가 물었다.

"응."

"나는?"

샐리 로저스가 물었다.

"응."

"나는? 그리고 조는?"

수지 하퍼가 물었다.

"응."

아이들은 손뼉을 쳤다. 하지만 톰과 에이미는 아무 말도 하지 않았다. 톰은 에이미에게 열변을 토하고 나서 냉담하게 사라져버렸다. 불쌍한 베키는 입술이 떨리며 눈물이 쏟아져 나왔다. 베키는 계속해서 수다를 떨며 애써 명랑한 척하면서 아픔을 숨기려했지만, 사실 소풍에 대한 기대는 날아가고 없었다. 아이들로부터 멀어질 수 있게 되자 구석에 몰래 가서 실컷 울었다. 베키는 상한 자존심을 치료하기로 마음먹고 종이 울리자 일어났다.

화난 눈으로 땋은 머리를 젖히면서

미국 학교에서는 체육이나 단체 스포츠에 큰 비중을 둔다. 아래 판화는 체조 기구 한 세트를 보여주고 있다. 철봉, 평행봉, 그리고 링이다. 광대한 땅을 가진 개척자의 나라 미국에서는 육체적 힘과 재주가 학식보다 우선시된 적이 많았다.

이제 무엇을 할지 알겠다고 중얼거렸다.

　레크리에이션 시간이 되자 톰은 에이미와 친한 척하면서 베키의 질
투심을 유발하려고 했다. 그러나 베키를 본 톰의 기대가 무너지고 말
았다. 학교 뒤 벤치에 다소곳이 앉은 베키는 알프레드 템플과 함께 그
림책을 보고 있었다. 두 아이는 머리를 대고
책에 몰두해 있었다. 톰은 질투심으로 끓어
올랐고 베키가 제의했던 화해의 기회를 놓쳐
버린 것을 후회했

> **❝** 학교 뒤 벤치에
> 다소곳이 앉은 베키는
> 알프레드 템플과 함께
> 그림책을 보고 있었다. **❞**

다. 톰은 분노로 눈물까지 나올 지경이었다. 에이미는 신이 나서 계속 떠들어댔지만 톰은 더 이상 에이미가 자신에게 하는 말이 들리지 않았다. 베키와 알프레드가 이야기하고 있는 광경을 바라보기가 괴로웠지만 그렇다고 눈을 뗄 수도 없었다. 겉으로 보기에 베키는 톰에게 전혀 신경을 쓰지 않았다. 이 점이 톰을 더욱 화나게 만들었다. 그러나 베키는 톰을 분명히 보고 있었다. 아까 자신이 그랬던 것처럼 이제 톰이 괴로워할 차례라는 것 또한 알고 있었다.

톰은 결국 에이미의 수다에 짜증이 났다. 여러 가지 핑계를 대 보았지만 소용이 없었다. 에이미는 계속해서 지껄여댔다.

"베키가 차라리 다른 녀석을 택했더라면!"

톰은 이를 갈며 투덜거렸다.

"좋은 옷이나 자랑하고 다니고, 자칭 귀족 출신이라고 뻐기는 저 비열한 녀석만 아니라도 좀 괜찮을 텐데! 녀석이 이 마을에 온 첫날 내가 흠씬 두들겨 팼지. 이제 널 두 번째로 패줄 사람은 또 나다. 조만간에 너와 대면하겠어."

알프레드와 함께 그림책을 보던 베키는 시간이 가도 톰이 복수하러 오지 않자 재미가 없어졌다. 쾌활함은 온데간데없이 슬픔이 엄습했다. 발자국 소리가 들릴 때마다 귀를 쫑긋 세웠지만 기대는 빗나갔다. 이렇게까지 일을 벌인 것을 후회했다. 불쌍한 알프레드는 베키가 자기에게 더 이상 관심이 없다는 것을 알아챘지만 계속 말했다.

"베키 이 그림 봐, 멋지지 않니?"

베키는 인내심을 잃고 말았다.

"너와 함께 있으면 지루해. 그 그림들 이제 지겨워."

베키는 울음을 터뜨리고는 일어나서 가버렸다. 알프레드가 뒤를 쫓아가서 베키를 위로하려 했지만 소용없었다.

"가 버려! 날 내버려 두라고! 나 네가 싫어."

세심하게 단계를 나누어 만든 교과서. 어린 아이들이 사용하는 《철자법 첫걸음》 책이다. 학교에서 자주 여는 행사로 철자법 경연대회가 있었다. 여기서 아이들은 단어 철자를 말해야 한다. 더 나이가 많은 아이들은 최초의 미국 사전인 《미국 영어사전》으로 공부하기도 했다. 이 사전은 노아 웹스터(Noah Webster, 1758~1843)가 1828년 출간했다.

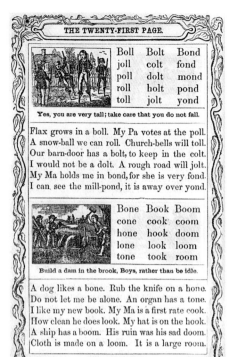

철자 교과서의 내부 표지. 영어에서 철자 'o'는 어떤 때는 짧은 'o'로 발음되고, 어떤 때는 이중모음화된 'o-ou'로 발음되며, 어떤 때는 길고, 무성음화된 'oo'로 발음된다. 이 철자 연습 삽화의 설명으로 격언이 적혀 있다. 이는 학교들이 배포한 엄격한 교육방식에 따른 것이다.

불쌍한 알프레드는 멈춰 서서 왜 자신이 그렇게 깎아내려졌는지 의아해했다. 알프레드는 기분이 상해서 교실로 들어갔다. 그리고 곧 톰 소여에 대한 복수에 자신이 이용당한 것을 깨달았다. 알프레드는 큰 위험을 감수하지 않고 톰에게 대항할 수 있는 방법을 찾아보았다. 그러다가 톰의 철자법 교과서를 발견했다. 알프레드는 그날 배울 페이지를 펼치고는 그 위에 잉크병을 엎질렀다.

바로 그때, 베키가 알프레드 뒤에서 창문 너머로 그 광경을 보고 있었다. 베키는 톰에게 찾아가서 모든 것을 이야기하려고 발걸음을 옮겼다. 그러면 불화는 끝날 수 있을 것이다. 그러나 집에 도착하기 전에 베키는 생각을 바꾸었다. 곰곰이 생각하니 톰이 원망스러웠다.

'책을 망쳐놓은 것에 대해 톰이 매를 맞도록 내버려 둘까? 그래, 할 수 없지.'

결정적으로 베키는 톰이 미웠다.

XIX

나무껍질의 진실

톰은 무척 기분이 상하여 집에 돌아왔다. 그런데 폴리 이모까지 골치 아프게 했다.

"하퍼 부인 댁에 갔었다. 네 꿈 이야기를 해 주려고 상냥하게 부인께 말을 꺼냈는데 내가 무슨 말을 들었는지 아니? 수요일 저녁에 네가여기 와서 우리가 말하는 것을 전부 들었다며? 조가 부인께 말했더구나. 톰, 이런 일을 할 정도의 아이에게 무슨 일이 생길지 의문이다. 나를 하퍼 부인 댁에 가게 내버려 두고 바보로 만들다니 너무 하는구나."

상황이 점점 꼬이고 있었다. 톰은 그동안 마을 전체를 속이는 것이 매우 재치 있는 일이고 재미있다고 생각했는데, 이제 그 환상을 버려야 했다. 톰은 나쁜 행동을 한 것이다. 톰은 당황하여 어떤 말부터 해야 할지 몰랐다.

"이모, 제가 한 행동을 뉘우치고 있어요. 제가 생각이 짧았어요."

"그래서 내가 너를 야단치는 거야. 너는 아무 생각 없이 네 생각만 하지. 너는 한밤중에 와서 우리를 골탕 먹이고 꾸지도 않은 꿈에 대한 황당무계한 이야기를 늘어놓을 생각만 했어. 우리가 당하는 슬픔을 생각해 보지 않았잖니. 그리고 그 슬픔을 달래 주기 위해 조치를 취할 생각도 하지 않았던 거고."

미시시피 강변의 섬

163

"이모 제가 잘못했다는 것을 알아요. 하지만 제가 나쁜 의도로 그렇게 행동한 건 정말 아니에요. 그날 여기 왔던 것은 이모를 골탕 먹이기 위해서가 아니라고요."

"그럼 왜 왔었니?"

"우리에 대해 걱정하지 말라고 이모께 말씀드리려고 왔어요. 우리가 빠져 죽은 게 아니라고 말씀드리려고요."

"톰, 네 말대로라면 나는 이 세상에서 가장 행복한 이모일 거다. 하지만 사실을 고백하렴. 너도 알잖니? 그리고 나도 알고."

"아니에요, 이모. 정말 그렇게 말씀드리려고 했어요."

"톰, 거짓말하지 말거라. 그러면 너만 힘들어진다."

"거짓말하는 거 아니에요, 이모. 저는 진실을 말하고 있는 거예요. 저는 이모가 슬퍼하지 않도록 해드리고 싶었어요. 그래서 여기 왔던 거예요."

"어떻게 해서라도 너를 믿고 싶구나, 톰. 그렇다면 네 죄가 많이 용서될 거다. 사실 네가 그런 모험을 한 것이 대견하기까지

하구나. 하지만 네 말은 앞뒤가 맞지 않아."

"이모도 아시겠지만, 제가 친구들과 교회에 숨을 생각을 하게 된 건 이모가 장례식 예배 이야기를 하실 때였어요. 그 생각이 머리에 들어오자, 그 계획을 포기할 수 없더라고요. 그래서 나무껍질을 주머니에 넣고, 아무 말도 안한 거예요."

"어떤 나무껍질 말이냐?"

"우리가 해적놀이를 하러 간 거라고 썼던 나무껍질 말이에요. 제가 입을 맞추었을 때, 이모가 깨셨으면 좋았을 텐데, 정말이에요."

노부인의 얼굴은 밝아졌고, 눈빛은 한층 누그러져 있었다.

"그게 정말이냐? 나에게 입을 맞추었다고, 톰?"

"그럼요."

"확실하니?"

"물론 확실하죠, 이모."

"왜 나에게 입을 맞추었니?"

"이모를 사랑하니까요. 그리고 이모가 주무시면서 괴로워하시는 모습을 보는 게 마음이 아파서요."

톰의 말투에는 진실이 담겨 있었다.

"잠시 후 폴리 이모는 나무껍질 조각에 쓴 톰의 메시지를 읽고는 눈물을 글썽이며 중얼거렸다. "이제 이 녀석이 한 모든 잘못을 용서할 거야!""

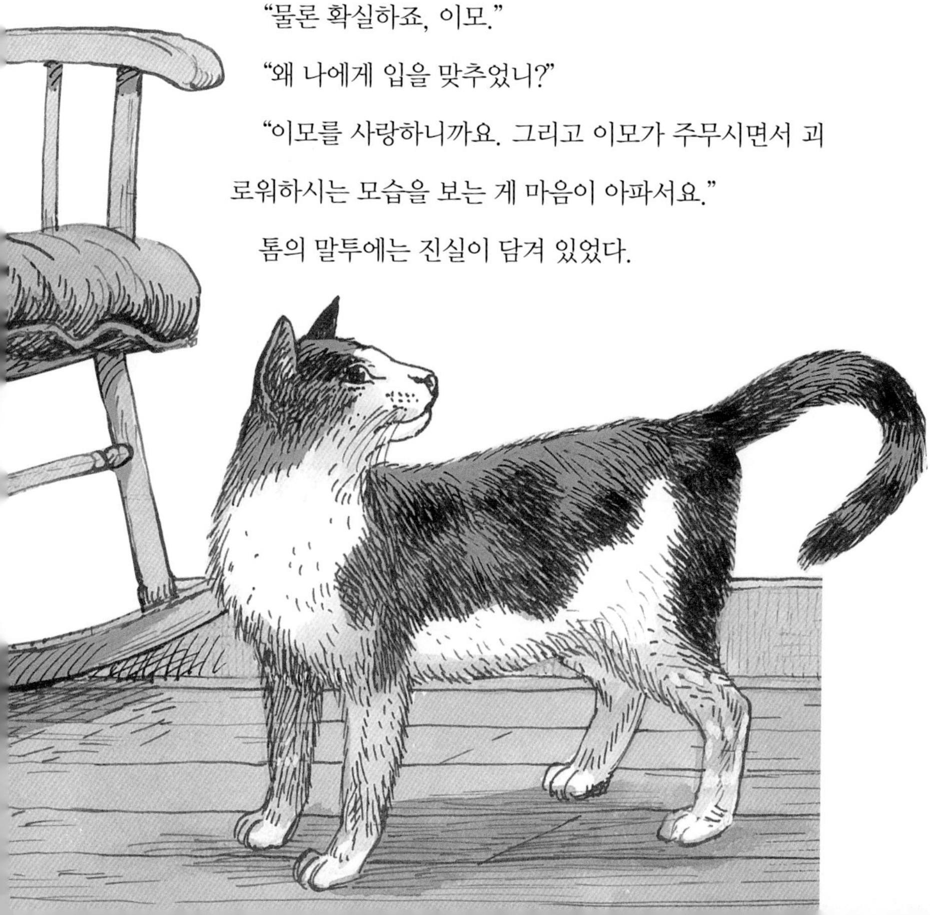

마크 트웨인의 어머니 제인 클레멘스(Jane Clemens)는 폴리 이모의 모델이 되었다. 클레멘스 부인은 쾌활하고, 독창적이고, 신앙심이 깊은 사람이었다. 클레멘스 부인의 이러한 활기는 자유사상가였던 남편의 엄격함과 대조되었다. 클레멘스 가족은 플로리다의 미시시피 강변에 정착했고, 마크 트웨인은 이곳에서 1835년 태어났다. 클레멘스 가족이 이곳에 정착한 것은 먼저 이주하여 성공했던 제인 클레멘스 가족과 합류하기 위해서였다.

"그럼, 다시 한번 나에게 입맞춤해 주겠니? 이모는 쉬고 있을게."

톰이 나가자마자 폴리 이모는 톰이 해적놀이를 하면서 입었던 웃옷이 걸려있는 옷장으로 달려갔다. 폴리 이모는 누더기를 손에 들고 망설이다 혼잣말을 했다.

"차마 못 보겠네. 어쩌면 나에게 거짓말을 했을지도 모르지만 그건 나를 위한 선의의 거짓말이니 하나님도 용서해 주실 거야. 하지만 그게 거짓말인지 확인하고 싶지는 않아."

폴리 이모는 웃옷을 옷걸이에 다시 걸고 난처해했다. 그랬다가 다시 꺼내 들기를 세 번째 반복하고 나서야 폴리 이모는 절대 거짓말로 인해 상심하지 않겠다고 되뇌며 톰의 옷 주머니 속을 뒤졌다. 주머니 속에는 정말 나무껍질이 들어 있었다. 폴리 이모는 조각에 쓴 톰의 메시지를 읽고는 눈물을 글썽이며 중얼거렸다.

"이제 이 녀석이 한 모든 잘못을 용서할 거야!"

❝ 《해부학 개론》이라는 제목만 봐서는 책에 대해 알 수가 없었다. 베키는 과감히 페이지를 넘겼다. **❞**

베키와의 화해

톰은 폴리 이모의 다정한 입맞춤에 다시 평온과 활기를 되찾고 학교로 갔다. 그리고 운 좋게도 베키를 만났다. 기분이 좋아진 톰은 망설이는 기색 없이 베키에게로 달려갔다.

"베키, 오늘 내가 잘못했어. 내 행동을 후회하고 있어. 다시는 그러지 않을게. 우리 화해하자, 응?"

베키는 멈춰 서서 경멸적인 시선으로 톰을 훑어 보았다.

"톰 소여 씨, 가던 길을 가시죠. 당신한테는 더 이상 말도 하기 싫으니."

베키는 고개를 올리고 가던 길을 가버렸다. 톰은 너무나 얼이 빠져서 맞받아칠 생각조차 하지 못했다. 정신을 차려보니 때는 이미 늦어 있었다. 톰은 화가 치밀어 오르는 것을 참을 수 없었다. 만약 베키가 남자 아이였다면 흠씬 두들겨 패 주었을 것이다. 톰은 베키를 따라가

가혹하게 쏘아 붙였다. 베키도 같은 어조로 응수했다. 둘 사이의 불화는 풀어지지 않았다. 베키는 너무나 감정이 치밀어 올라 어서 수업이 시작돼 톰이 매를 맞는 꼴을 보고 싶어 견딜 수가 없었다. 불쌍한 베키는 곧 자신도 똑같은 위험에 처하게 되리라는 것을 모르고 있었다.

도빈스 선생님은 의사가 되고 싶었지만 경제적 여건 때문에 포부를 접고 마을 초등학교 교사가 되었다. 도빈스 선생님은 매일 자습시간에 잠겨진 서랍 속에서 이상한 책을 꺼내보곤 했다. 학생들은 모두들 이 책을 보고 싶어서 미칠 지경이었다. 도대체 무슨 책일까? 아이들마다 추측이 난무했다. 그런데 베키가 선생님 책상을 지나가다가 서랍에 열쇠가 꽂혀 있는 것을 발견했다. 기회가 온 것이다.

베키는 주위를 둘러보았다. 아무도 없었다. 잠시 후, 베키는 책을 손에 쥐었다. 《해부학 개론》이라는 제목만 봐서는 책에 대해 알 수가 없었다. 베키는 과감히 페이지를 넘겼다. 컬러인 앞 페이지에 발가벗은 사람 몸이 그려져 있었다. 그런데 페이지 위로 그림자가 드리워졌다. 톰 소여가 들어와 그림을 본 것이다. 베키는 서둘러 책을 덮다가 공교롭게도 그림이 있는 페이지를 가운데까지 찢고 말았다. 베키는 책을 다시 서랍 속에 넣고 나서는 창피하고 속이 상해서 울음을 터뜨렸다.

"몰래 훔쳐보기나 하고, 너 나빠."

"네가 무얼 보고 있는지 내가 어떻게 알 수 있었겠어?"

"이제 너는 나를 일러바치겠지? 나는 매를 맞게 될 거야. 학교에서 한 번도 매를 맞은 적이 없는데 어떡해."

베키는 발을 동동 구르며 덧붙였다.

"네 마음대로 해. 나는 잠시 후 어떤 일이 벌어질지 알아. 너도 알게 될 거야. 나 네가 미워, 네가 밉다고!"

베키는 다시 한번 울음을 터뜨리며 교실을 나갔다. 베

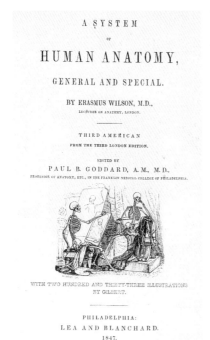

《해부학 개론》은 금지된 과일의 매력으로 둘러싸여 있다. 벗은 몸과 성 기관이 묘사된 그림을 보는 것은 '좋은 집안'에서는 금기시되었기 때문이다.

A SYSTEM
OF
HUMAN ANATOMY,
GENERAL AND SPECIAL.

BY ERASMUS WILSON, M.D.,
LECTURER ON ANATOMY, LONDON.

THIRD AMERICAN
FROM THE THIRD LONDON EDITION.

EDITED BY
PAUL B. GODDARD, A.M., M.D.
PROFESSOR OF ANATOMY, ETC., IN THE FRANKLIN MEDICAL COLLEGE OF PHILADELPHIA.

WITH TWO HUNDRED AND THIRTY-THREE ILLUSTRATIONS
BY GILBERT.

PHILADELPHIA:
LEA AND BLANCHARD.
1847.

키의 쏘아붙임에 당황한 톰은 혼잣말을 했다.

"여자 아이들이란 참 이상해. 수업시간에 맞은 적이 한 번도 없다고? 이제 맞을 일이 생겼네. 하여튼 여자 아이들은 감상적이고 겁이 많아 탈이야. 물론 나는 이 일을 도빈스 선생님께 일러바치지 않을 거야. 내가 이렇게 치사한 방법으로 복수를 하겠어? 도빈스 선생님은 누가 책을 찢었는지 물어 보시겠지. 그러면 아무도 대답하지 않을 거야. 그러면 항상 하시던 대로 한 사람 한 사람 돌아가며 물어 보실 거야. 그러다가 선생님은 일을 저지른 애가 입을 열지 않아도 아시겠지. 여자 아이들은 표정에 다 나타나니까."

66 베키는 다시 한번 울음을 터뜨리며 교실을 나갔다. 99

톰은 잠깐 생각하다가 이렇게 말했다.

"할 수 없지. 베키도 내가 궁지에 빠지는 것을 원할 거야. 꼴 좋다."

톰은 운동장에서 친구들과 어울렸다. 잠시 후, 선생님이 수업 시작 종을 쳤다. 톰은 수업에 별 관심이 없었다. 흘깃흘깃 베키를 쳐다보며 베키의 절망스러운 표정에 마음 아파했다. 머리로는 베키를 동정할 생각이 없었지만 어쩔 수 없었다. 베키의 마음을 달래 줄 수 있는 것은 아무것도 없었다.

그러다가 철자 교과 사건이 일어났다. 베키는 톰이 자기가 교과서를 망쳐

놓지 않았다고 발뺌하지 않으리라고 생각했다. 베키의 예상대로 톰은 변명하지 않았다. 베키는 자기 마음을 알 수가 없었다. 베키는 자기도 모르게 일어서서 알프레드 템플을 일러바칠 뻔 했지만, 그러지 않았다.

'톰은 내가 그림을 찢었다고 일러바칠 거야. 그러니 나도 톰을 위해 아무 말 안 해야지. 목숨이 달렸다고 해도 하지 않을 거야.'

톰은 매를 맞으며 초연한 태도로 상황을 받아들였다. 교실이 소란스러울 때, 자신도 모르게 책에 잉크를 엎질렀을지도 모를 일이라고 생각했다.

한 시간이 꼬박 지났다 공부하는 아이들의 웅성거리는 소리로 분위기는 진지했다. 도빈스 선생님은 일어나서 하품을 하고는 책상을 열어서 책을 꺼냈다. 아이들 대부분은 선생님을 무관심한 눈으로 쳐다보았지만, 두 아이는 선생님의 동작을 긴장하며 주목했다. 일단 선생님은 멍한 표정으로 책장을 넘기고는 책을 읽기 위해 편안하게 의자에 앉았다.

톰은 베키를 힐끗 보았다. 베키는 마치 누군가 자기에게 총을 겨누기라도 한 것처럼, 쫓기는 짐승마냥 겁에 질린 눈을 하고 있었다. 그 순간 톰은 베키와 싸웠던 일을 잊어버렸다. 당장 무언가 조치를 취해야 했다. 그런데 무엇을 할 것인가? 달려가서 책을 빼앗아 운동장으로 달아나? 톰은 주저하면서 기회를 엿보았다. 그러나 이미 선생님은 책을 펼치고 말았다. 베키에게는 더 이상 희망이 없었다. 잠시 후, 선생님은 노한 얼굴로 교실 전체를 훑어보았다. 아이들은 전부 시선을 내렸고, 잘못하지 않은 아이들조차 공포에 떨고 있었다. 침묵이 흘렀다. 도빈스 선생님은 화가 치밀어 올랐다.

"누가 이 책을 찢었지?"

선생님이 고함을 쳤다.

아무도 대답하지 않았다. 파리 나는 소리가 들릴 정도로 교실은 조용했다. 침묵은 계속되었다. 선생님은 죄책감이 어린 표정을 찾기 위해 아이들 얼굴을 하나하나 유심히 살펴보았다.

"벤자민 로저스, 이 책을 찢은 게 너냐?"

"아닙니다, 선생님."

심문이 느리게 진행되는 동안 톰의 조급함은 더해만 갔다. 선생님의 질문은 이제 여자 아이들 첫 번째 줄로 넘어갔다.

"에이미 로렌스?"

아니라는 대답이 나왔다.

"그레이시 밀러?"

같은 대답이었다.

교훈을 주는 책을 읽는 것은 어린 소녀들에게 권장되었다. 아래는 〈Marma-duke Multiply〉 (1841) 책에 수록된 삽화이다.

"수잔 하퍼, 너냐?"

같은 대답이었다. 이제 베키 대처 차례였다. 상황은 절망적이었다. 톰은 초조함으로 머리부터 발까지 떨고 있었다.

"레베카 대처?"

톰은 베키를 보았다. 베키는 공포로 파랗게 질려있었다.

"네가 했냐? 내 얼굴을 똑바로 봐라."

베키의 얼굴이 애원으로 가득했다.

"이 책을 찢은 게 너냐?"

그때 용수철로 튕겨져 나온 것처럼 톰이 벌떡 일어났다.

"제가 했습니다."

예상을 벗어나는 톰의 놀라운 행동 앞에 교실 전체는 멍하니 입을 벌리고 있었다. 톰이 벌을 받기

171

위해 자리에서 일어났을 때, 불쌍한 베키의 눈에 비친 놀라움, 고마움, 그리고 감동은 실로 대단한 것이어서 톰은 베키 대신에 백 번이라도 매를 맞을 수 있을 정도였다. 톰은 자신이 한 행동이 너무나 자랑스러워서 아무 불평 없이 호된 매를 달게 맞았다. 그리고 방과 후에 두 시간 동안 남아 추가로 벌을 받아야 하는 것도 오히려 즐겁게 느껴졌다. 왜냐하면 톰이 교문을 나설 때 누군가가 기다렸다가 반갑게 맞아 주리라는 것을 알고 있었기 때문이었다.

그날 밤 잠자리에 든 톰은 알프레드 템플에게 어떻게 복수할 것인지 곰곰이 생각해 보았다. 양심의 가책을 느낀 베키가 자신이 목격한 바를 톰에게 털어놓았던 것이다. 또 톰은 베키가 헤어지기 전에 남긴 말을 되새기며 잠이 들었다. 그 말은 꿈에서도 맴돌고 있었다.

"톰, 네가 한 행동은 대단히 멋졌어!"

66 톰은 용수철로 튕겨져 나온 것처럼 벌떡 일어났다. "제가 했습니다." 99

XXI

악동들의 장난

방학이 다가오고 있었다. 평소에도 엄격하던 선생님의 엄격함이 배가되었다. 학교 전체가 우수한 시험 성적을 거두기를 바랐기 때문이었다. 선생님의 몽둥이와 회초리는 쉴 틈이 없었다. 열여덟 살이 된 큰 소년과 소녀들만이 매질에서 제외되었다.

중요한 결전의 날이 다가옴에 따라, 선생님은 사소한 잘못조차 호되게 벌했고 그 자체를 즐기는 것 같았다. 결과적으로 어린 학생들은 너무나 큰 고통과 공포에 떨며 하루하루를 보내면서 어떻게 하면 선생님에게 복수할 수 있을까 궁리했다.

아이들은 선생님을 골탕 먹일 기회를 놓치지 않았지만, 선생님은 항상 아이들보다 한발 앞섰다. 선생님의 방어는 너무나 철저해서 남자 아이들은 시작도 하기 전에 기가 죽었다. 결국 아이들은 대대적인 음모를 계획하면서 자신들의 승리를 확신했다.

아이들은 간판에 그림을 그리는 화가의 아들을 끌어들였다. 선서를 한후 자신들의 생각을 설명하고 협력을 요청했다. 그런데 뜻밖에 그 아이도 선생님을 개인적으로 싫어하고 있었기에 제안을 기꺼이 받아들였다. 선생님의 부인은 며칠 후에 친구들을 만나러 집을 비우게 되니 계획에 방해되는 것은 하나도 없었다.

큰 행사를 준비할 때면 선생님은 반드시 술을 마시곤 했다. 화가의 아들은 시험일 저녁 선생님이 적당히 취해 안락의자에서 졸고 있는 동안 일을 처리하기로 했다. 그리고 적절한 때에 선생을 깨워 급히 학교

미국 내에서 간판은 유럽에서처럼 인기를 끌지는 못했다.
부츠 한 짝이 지친 여행자를 여관 겸 주점으로 맞이들인다. 또한 약국의 활판 인쇄 표시가 된 약사의 발이 의료 준비를 알리고 있다.

에 가도록 하겠다고 약속했다.

　드디어 기회가 왔다. 저녁 8시, 환히 불이 밝혀진 학교는 화환으로 장식되었다. 높은 연단에서 선생님은 화려한 안락의자에 당당히 자리 잡고 있었고, 선생님 뒤에는 칠판이 있었다. 좌우로 각각 세 줄과 선생님 앞의 여섯 줄은 도시의 고위 관직자와 학부모들에게 배정되었다. 선생님 왼쪽편 일반인들이 앉는 의자 뒤에는 넓은 플랫폼이 설치돼 있었다. 그날 저녁 행사에 참여하는 학생들이 이곳에 앉았다.

　나들이옷을 차려 입은 꼬마 아이들의 줄도 있었다. 평소와는 다른 답답한 옷차림은 꼬마들을 못 견디게 만들고 있었다. 모슬린으로 된 옷을 입은 여자 아이들이 모여 앉은 긴 의자는 막 내린 눈으로 덮힌 화단 같았다. 소녀들은 팔을 드러내는 것을 자랑스러워했고, 알록달록한 장식품과 머리에 꽂은 꽃을 자랑했다. 나머지 자리는 행사에서 주된 역할을 하지 않는 학생들로 채워졌다.

미국에서 연말 행사 및 학위 수여식은 특별히 화려했다. 연설, 학위 및 메달 수여, 팡파르가 축하연 전에 있었다. 축하연은 교복을 입은 학생들과 그들의 가족들을 위해 진행되었다.

행사가 시작되었다. 어린 소년 하나가 앞에 서서 마네킹처럼 어색하게 몸을 움직이며 서툴게 말했다.

"이렇게 어린 나이에 제가 이 연단에서 여러분에게 이야기하게 된 것을 영광으로 생각합니다."

아이의 동작은 짜인 그대로 정확하게 하려다 보니 힘들어 보였다. 기계적인 동작, 그것도 약간 고장 난 기계가 연설하는 것 같았다. 긴장했지만 큰 실수 없이 말을 마친 아이는 공손히 절을 하고 나서 박수 갈채를 받으며 퇴장했다.

이번에는 아주 작은 소녀가 떨리는 모습으로 발표를 했다.

"메리는 작은 양이……."

소녀 역시 박수를 받았고, 얼굴이 새빨개져서 다시 자리에 앉았다.

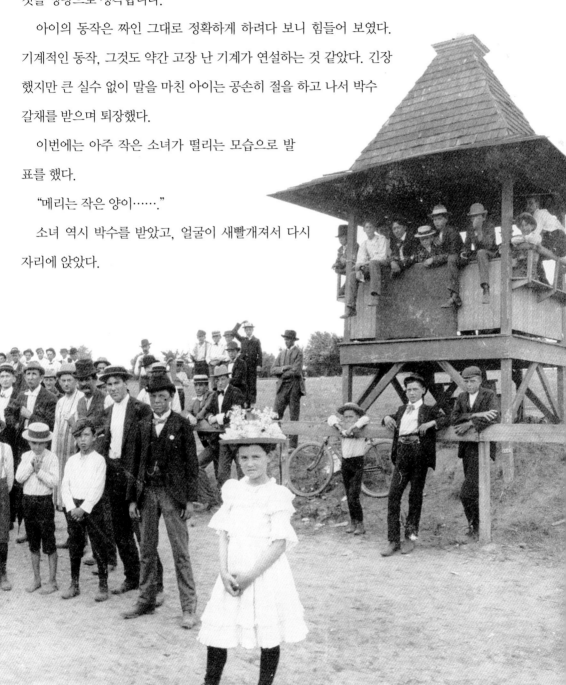

톰 소여는 거드름을 피우면서 자신 있게 앞으로 나가 과장된 몸짓으로 긴 낭독을 시작했다. 제목은 〈자유 아니면 죽음을 달라〉였다. 지치지 않을 것 같던 톰의 연설이 갑자기 멈췄다. 엄청난 긴장감으로 다리에서 기운이 쭉 빠졌다. 톰은 숨이 막힐 것 같았다. 선생님은 눈살을 찌푸렸다. 약하게 박수 소리가 들렸지만 박수는 오래가지 않았다.

뒤이어 화려한 제목의 낭송이 뒤를 이었고 큰 소리로 글을 읽는 순서 다음에는 철자법 경연대회가 열렸다. 적은 수의 라틴어 반 학생들은 이 일을 잘 해냈다.

이제 소녀들의 작문 낭독 순서가 되었다. 소녀들은 하나하나 플랫폼 가장자리로 나와서 목소리를 가다듬기 위해 헛기침을 하면서 작문이 쓰인 종이를 올려놓았다. 작문 종이는 리본으로 묶여 있었다. 소녀들은 구두점을 정확히 표현하려고 노력하면서 글을 읽었다.

개중에는 고심을 하였으나 별로 신통치 않은 작품들은 있었다. 〈꿈의 나라〉, 〈문화의 이점〉, 〈여러 형태 정부의 비슷한 점과 차이점〉, 〈우울함〉, 〈자식 사랑〉, 〈사랑스런 기다림〉 등 구태의연한 것들이 많았다. 이런 작품들은 아이들의 어머니 또 어머니의 어머니들이 썼던, 누구나가 흔하게 썼던 글들이었다.

이 지루한 작문 설교는 아량이 넓은 청중들조차도 참을성을 잃게

아이들의 행사는 많은 경우 캠프와 비슷하다. 선교사들이 여기에 와서 설교를 한다. 대자연 속에서 텐트를 치고 진행되는 이 모임은 인디언의 모임을 연상하게도 한다.

만들었다. 아이들은 주제가 무엇이건 간에 자신의 작품에 어떤 방식으로든지 복음서 해설을 추가했다. 이를 통해 도덕적이거나 종교적인 관점에서 독자의 계몽에 기여할 수 있다고 생각했기 때문이다. 세상이 존재하는 한 이러한 위선은 계속될 것이다.

우리는 소녀들이 설교로 작문을 끝내지 않게 할 방법이 없다. 정말 웃기는 것은 신앙심이 없는 여학생의 설교가 항상 가장 길고 준엄하며 신비주의적이라는 점이다. 하지만 그것으로 끝이다. 설교에 나오는 진실은 대부분 환영받지 못한다.

첫 작문의 제목은 '이것이 삶이다!' 였다. 독자 여러분은 그 일부를 여기 싣는 것을 양해해 주기 바란다.

인생 여정에서 젊은 영혼은 일반적으로 달콤한 감정의 지배를 받는 기쁜 순간들을 기대할 것이다. 상상은 분주하게 기쁨의 장밋빛 그림을 그린다. 상상 속에서 소녀는 축제에 참석한 모든 이들의 시선을 받는다. 흰 드레스로 치장한 그녀의 우아한 실루엣은 즐거운 춤동작과 함께 소용돌이친다. 눈은 활기에 넘치고, 발걸음은 행복함으로 군중들 속에서 가장 가볍다. 이러한 달콤한 상상 속에서 시간은 빨리 가고, 도취되고 만다. 도취는 아름다운 꿈을 불러일으킨다. 모든 것이 요정 같아 보인다. 새로운 상상은 더 매력적이다.

그러나 시간이 지나면 소녀는 아름다운 겉모습이 무도회장 밖에서는 허영이라는 것을 깨닫고, 이전에 그녀의 영혼을 매혹시켰던 아첨은 불쾌하게 귀에서 울린다. 소녀는 마음 깊은 상처를 입은 채 이 세상의 기쁨은 영혼의 갈증을 해소할 수 없다는 확신을 가지고 돌아선다!

설교자들은 시골 사람들을 개종한다. 이러한 '선교'는 많은 경우 캠프 형태를 띤다. 이러한 모임은 대부분 시장 분위기가 나며 대중의 즐거움이 설교와 복음서 해설의 지루함을 완화시킨다. 이러한 설교와 복음서해설은 죄인들에 대한 하나님의 분노를 선포한다.

글이 낭송되는 동안 숨죽인 한숨이 새어나오기도 했다.

❝ 글이 낭송되는 동안
숨죽인 한숨이
새어나왔다.
"정말 섬세하다!",
"정말 웅변적이다!",
"그래 맞아!" 등이었다. **❞**

"정말 섬세하다!"

"정말 웅변적이다!"

"그래 맞아!"

이 설교는 열광적인 박수로 끝났다.

그 다음에 날씬한 소녀가 일어났다. 소녀의 얼굴은 창백했다. 소화가 안 돼 약을 먹은 것 같은 창백함이었다. 소녀는 시를 낭송했다. 두 개의 절이면 어떤 시인지 알기에 충분할 것이다.

알라바마여 잘 있거라, 나는 너를 사랑한다!

그러나 지금 나는 너를 떠난다.

슬픈 생각이 든다.

너에 대한 슬픈 생각에 나의 마음은 부풀어 오른다.

그리고 타오르는 추억은 이마를 짓누른다.

나는 꽃이 피어나는 숲을 방황했고

숲을 거닐었으며

시내 근처에서 책을 읽었기 때문이다.

나는 탈라스의 격정적인 파도 소리에 귀를 기울였다.

나는 내 안에서 펄떡이는 심장을 느끼는 것이 부끄럽지 않다.

내가 떠나야 하는 곳은 낯선 땅이 아니다.

나는 이방인들에게 한숨을 내쉬지 않는다.

나는 이 나라의 계곡을 떠난다.

이 나라의 종은 나에게서 멀리 사라진다.

추위는 내 눈이고, 나의 심장이고, 나의 머리이다.

다음으로 검은색 눈에 검은색 머리를 하고 어두운 피부빛을 한 소녀가 나타났다. 소녀는 잠시 동안 인상적인 침묵을 지켰다. 그러고 나서 비극적인 표정을 지으며 단호하고 장엄한 어조로 낭송을 시작했다.

환영

밤은 검고 폭우가 치고 있었다. 별 하나도 반짝이지 않았다. 그러나 천둥의 거센 으르렁거림은 계속 귓가에 울려 퍼졌다. 공포스런 번개는 구름의 벽에 분노로 줄을 그어 놓았다. 그 유명한 프랭클린이 만든 번개에 대항하는 힘을 비웃는 것 같았다. 거센 바람은 신비로운 소굴에서 불어져 나와 광풍으로 몰아쳤다. 비극성을 돋우었다.

그때 아주 어둡고 음울한 나의 정신은 인간적인 연민을 기다리며 한숨 쉬었다. 하지만 대신에 나의 친구이자 조언자, 나의 위로이자 안내자, 슬플 때 나의 기쁨이자 행복인 그녀가 나의 곁에 왔다.

그녀는 낭만적인 젊은이들의 상상 속에 존재하는 에덴의 햇빛 비치는 길에 있는 밝게 빛나는 존재 중 하나처럼 움직였다. 그녀는 자신만의 숭고한 찬란함 외에는 아무 치장도 하지 않았다. 그녀의 움직임은 너무나 부드러웠다. 그녀는 어떤 소리도 내지 않았다. 그녀의 사랑스러운 손길에서 마법에 찬 떨림이 느껴지지 않았다면 그녀 역시 주

철학자이자 저널리스트이고, 정치가이기도 했으며 석학이자 독학자인 벤자민 프랭클린(Benjamin Franklin, 1706~1790)은 1776년에 미국 독립 선언문을 작성한 세 사람 중 하나였다. 그리고 프랑스 극작가 보마르셰(Beaumar chais, 1732~1799)와 함께 독립전쟁시 프랑스-미국 동맹을 이끈 장본인 중 하나였다. 미국에서 프랭클린은 또한 번개와 전기에 대한 연구로 유명하다(그는 피뢰침을 발명했다). 뿐만 아니라 '자본주의 교훈'으로도 유명하다. 이 교훈은 〈가난한 리처드의 달력〉에서 제창된 바 있다.

목을 끌지 못하고 사라졌을 것이다. 마치 녹아버리듯이…….

그녀가 내 주의를 끌었을 때, 그리고 나를 상념에 잠기게 했을 때 묘한 슬픔이 그녀의 모습에 배어 있었다. 마치 12월 드레스에 얼음으로 된 눈물과도 같았다.

이 10여 페이지의 뜻 모를 말들이 대상을 차지했다. 이 작문은 그날 저녁의 가장 좋은 작품으로 인정되었다. 시장은 수줍어하는 소녀에게 상을 주면서 따뜻한 격려를 했다. 시장은 이 작품이 탁월하게 '웅변적인' 작품이며, 다니엘 웹스터도 자랑스러워할 것이라고 했다.

그때 선생님은 취기가 기분 좋은 정도에 이르렀다. 의자를 옆에 젖혀놓고, 대중을 향해 등을 돌리고는 칠판에 미국 지도를 그리기 시작했다. 사람들에게 지리수업의 예를 보여 주기 위해서였다.

그러나 그림은 제대로 그려지지 않았고, 청중들의 웃음을 참는 소리가 들렸다. 선생님은 자신의 실수를 깨닫고 다시 그리기 시작했지만 첫번째 보다 더 엉망이 될 뿐이었다. 웃음소리는 배로 늘어났다. 이제 선생님은 모든 정신을 그림 그리는 데 집중했다. 그는 청중의 폭소에 당황하지 않으려고 애썼으나 집중된 시선을 느꼈고, 그리면 그릴수록 웃음은 계속 커졌다.

거기에는 다른 이유가 있었다. 강당 천장에는 다락방이 있었다. 다락방의 마루에는 구멍이 나 있었다. 구멍은 선생 머리 위에 있었는데, 이 구멍으로 고양이가 줄에 달려 내려온 것이다. 고양이의 엉덩이는 줄에 묶여 있었고 머리와 턱에는 붕대가 감겨져 있어서 우는 소리가 나지 않았다.

고양이는 줄을 잡으려고 몸을 올리기도 하고, 발을 허공에 허우적거리면서 선생님 머리 위로 다가왔다. 점점 더 웃음소리는 커졌다. 고양이는 그림에 열중하고 있는 선생님 머리로 계속 내려와 발톱으로 무

다니엘 웹스터(Daniel Webster)는 뉴 햄프셔의 상원의원으로 남부 대표인들이 수호하는 권리에 대항하는 연방헌법의 강력한 지지자였다. 웹스터는 유명한 연설가였고, 그는 '자유와 연합 지금 그리고 영원히'라는 공식을 만들어 냈다. 이 공식은 1830년 1월 27일 워싱턴에서 제창되었다. 노예제도 문제에 대한 그의 위치는 더 불안정했다.

엇인가를 집으려고 했다. 그러다 고양이는 선생의 가발을 집고 거기에 매달렸다. 곧 고양이는 다락방 위로 끌어 올려졌다. 고양이는 발에 전리품을 계속 쥐고 있었다. 화가의 아들이 선생의 대머리에 금칠을 해 놓은 상태였다.

드디어 아이들은 복수를 했다. 방학이 다가오고 있었다.

※이 장에 실린 가상의 작문 샘플은 《어느 서부 여인이 지은 시와 산문(Prose and Poetry, by a Western Lady)》라는 책에서 발췌된 것입니다. 이 글은 '학생' 식 작문 스타일을 정확하고 충실하게 보여 주고 있습니다.)

XXII

금지된 열매

톰은 '금연금주운동학생회'에 가입했다. 그 화려함에 이끌린 것이다. 톰은 이 모임의 회원으로 있는 한 어떤 담배도 피우지 않고 술을 마시지 않으며 신성모독적인 말을 하거나 욕도 하지 않겠다고 맹세했다.

마크 트웨인과 학교 친구들은 '금연금주운동학생회'에 참가했다. 이러한 부류의 단체는 알코올 중독 뿐 아니라 게으름과 범죄도 퇴치하는 역할을 했다. 학생들은 어떤 종류든 술을 마시지 않을 뿐 아니라 알코올류의 사용과 거래를 억누르기 위하여 모든 수단을 동원한다는 선서도 했다.

그러면서 톰은 한 가지 사실을 알게 되었다. 하지 않겠다고 약속을 하면 더 하고 싶어지는 법이라는 것을……. 맹세를 하자 술을 마시고 욕을 하고 싶은 강한 욕구를 느꼈다. 톰은 대중 앞에서 빨간색 허리띠를 두르고 으스댈 수 있다는 생각에 이틀은 견뎠다.

7월 4일 '독립기념일'에는 단복을 입고 으스댈 수 있겠지만 톰은 그때까지 기다릴 수 없었다. 톰은 치안 판사인 프레이저 씨에게 기대를 걸고 있었다.

PLEDGE of the
Woman's Christian Temperance Union

PLEDGE

I hereby solemnly promise, GOD HELPING ME, to abstain from all distilled, fermented and malt liquors, including wine, beer and cider; and to employ all proper means to discourage the use of, and traffic in the same.

Name ....

Date ....

After signing this Pledge, retain it, but send name to Mrs. Geo. F. Pashley, 629 McDonough St., Brooklyn, N. Y., State Supt. work among Soldiers and Sailors.

알코올은 건강과 일, 윤리와 관련이 있다. 위는 기독교 여성들의 금욕 금주 운동단체의 선서이다.

이 판사는 위독한 상태였고 만약 죽는다면 높은 관직 때문에 성대한 장례식을 거행할 것임에 틀림없었다. 3일이 지났고, 톰은 판사의 건강 상태에 주목했다.

조급증이 난 톰은 단복을 꺼내어 거울 앞에서 입어보기까지 했다. 그러나 판사의 병세는 계속해서 바뀌면서 예상을 넘어섰다. 어느 날 그의 병세가 호전되고 있다는 것이었다. 그건 반칙이었다. 톰은 당장

학생회를 탈퇴했다. 그런데 다음 날 밤 판사의 병이 재발해서 판사가 죽고 말았다.

장례식은 성대했다. 금연금주운동학생회 단원들은 근사한 옷을 입고 행진을 했고, 탈퇴한 톰은 질투심으로 죽을 것만 같았다. 톰은 마음 대로 마시고 담배를 피울 자유를 얻었지만, 그 행위가 금지되지 않자 흥미가 없어지는 것을 깨달았다. 분명 금지된 열매가 주는 매력은 공허한 말이 아니었다.

톰은 어서 방학이 되기를 간절히 바랐다. 그러나 막상 방학이 되자 무엇을 해야 좋을지 몰랐다. 톰은 일기를 쓰려고 해보았지만 삼일 연속 아무 일도 일어나지 않았다.

어느 날 거리의 악단이 마을에 와 공연하는 것을 본 톰과 조는 악단을 조직해서 48시간 동안 연주했다. 그러나 비가 억수로 왔고, 행진은

미국의 독립기념일인 7월 4일에는 미국 국기가 많이 눈에 띈다. 이 날은 미국 의회가 독립을 선언한 1776년을 기리는 날이다. 미국에서는 이날 연설, 군 퍼레이드, 애국 행렬, 공연, 그리고 불꽃놀를 한다.

중단되었다.

그 다음은 서커스가 자리를 잡았다. 3일 동안의 공연이 끝나고 나자, 남자 아이들은 낡은 양탄자와 누더기로 만든 텐트 안에서 서커스 놀이를 했다. 입장료는 남자 아이들은 핀 세 개였고, 여자 아이들은 두 개였다. 서커스 놀이도 시들해졌다. 그 후 공연이 몇 번 더 있었지만 이들이 마을을 떠나자 마을은 이전보다 더 슬프고 침울해졌다.

가끔 아이들을 초대하는 행사가 있었지만 그 사이를 잇는 공백은 더욱더 우울하기만 했다. 베키 대처는 콘스탄티노플에서 부모님과 방학을 보내기 위해 떠나고 없었다. 다시 말해서 톰의 일상생활은 무료했다.

문득 잊고 지냈던 의사 살인 사건이 되살아나 톰에게 고통을 주었다. 설상가상으로 홍역이 마을에 퍼졌다. 이 주 동안 톰은 방에 갇혀

당시 유행했던 '소녀' 옷을 입은 이 어린 소년은 피리, 플루트, 그리고 국기를 들고 국경일을 기리고 있다.

있었고, 세상에서 어떤 일이 벌어지고 있는지 알 길이 없었다. 톰은 너무 아파 아무것에도 관심이 없었다. 겨우 일어나서 동네 친구 몇을 만날 수 있게 되었을 때, 톰은 주위의 많은 것이 변한 것처럼 느껴졌다.

마을에 신앙 부흥 운동이 일어나서 모든 사람들이 경건해졌다. 어른들 뿐만 아니라 어린이와 청년들도 마찬가지였다. 톰은 여기저기를 방황하면서 자기와 마음이 통하는 신앙심이 없는 아이를 찾아다녔다. 그러나 톰은 가는 데마다 실망했다.

조는 성경공부를 하고 불쌍한 사람들에게 책자를 나누어 주고 있었다. 짐 홀리스의 생각은 온통 하나님의 특별한 은총에 가 있었다. 하나님께서 경고의 메시지를 전달하기 위해 톰이 홍역에 걸리게 하셨다고 했다.

절망에 빠진 톰은 허클베리 핀을 찾아가서 마지막 안식처를 찾으려고 했다. 그러나 허크 역시 성경 구절을 인용했고, 낙담한 톰은 홀로 세상에서 배척당하는 느낌을 받았다.

그날 밤, 호우와 번개 그리고 천둥을 동반한 무서운 폭풍이 몰아쳤다. 톰은 머리를 겉옷 안에 숨기고 마지막 종이 치기를 기다렸다. 톰은 하나님이 가진 힘을 시험해서 그 힘의 분노를 산 것이라고 생각했다. 자연의 힘이 벌레 같은 자신의 나날을 끝내려는 것 같았다. 결국 폭우는 진정되었고, 톰은 여전히 살아있었다. 먼저 톰은 하나님의 섭리에 감사하면서 행실을 고치기로 마음먹었다.

다음 날 의사들이 다시 찾아왔다. 톰의 병이 재발했던 것이다. 삼주 동안 톰은 침대에 있었고, 이러한 나날은 영원할 것만 같았다. 마침내 홍역이 떨어지자, 톰은 하나님께 자신을 살려주신 것에 대하여 감사했다.

톰의 눈에는 다른 것들은 모두 불행하고 고독해 보였다. 길가에 나가서 판사 역할을 하며 법원 놀이를 하고 있는 짐 홀리스를 만났다. 짐은 고양이에게 새를 살해한 죄를 선언하고 있었다. 톰은 훔친 멜론을 맛보고 있는 조 하퍼와 허크 핀을 만났다. 불쌍한 것들! 그 아이들 역시 다시 병이 재발되었다.

66 절망에 빠진 톰은
허클베리 핀을 찾아가서
마지막 안식처를 찾으려고 했다.
그러나 허크 역시 성경 구절을
인용했고, 낙담한 톰은 홀로 세상에서
배척당하는 느낌을 받았다. 99

XXIII

목숨을 건 증언

의사 살인 사건이 표면 위에 떠올라 법정에 제기되었다. 또 다시 모두 이 사건 이야기만 했다. 예민해진 톰은 사람들이 그 이야기를 할 때마다 몸을 부르르 떨었다.

사람들의 증언은 마치 자신을 함정으로 던지려고 하는 것만 같았다. 하지만 그 누구도 톰이 이 사건의 진실을 알고 있으리라고는 생각하지 않았다.

소름이 돋는 이런 대화 속에서 톰은 식은땀을 흘리다 견디지 못하고 아무도 없는 곳으로 허크를 찾아갔다. 힘든 짐을 나눌 친구가 있는 것만으로도 다행이었다. 톰은 허크가 맹세를 지킨 것에 대해 안도감을 느꼈다.

"허크, 너 그 말 아무에게도 하지 않았지?"

"무슨 말?"

"그거 알잖아."

"아! 알지. 물론 아무 말도 안 했지."

"아무 말도?"

"아무 말도 안 했어. 왜 묻는데?"

"나도 모르겠어. 난 두려워."

"생각해 봐, 톰. 너와 내가 이 말을 해버리면 우리는 이틀도 못 살 거야. 너 그거 잘 알잖아."

톰은 깊이 숨을 내쉬고는 침묵을 지키다가 말했다.

"허크."

톰이 말했다.

"누군가 너에게 억지로 말하라고 할 수도 있지 않을까?"

"나에게 억지로 말하게 한다고? 인디언 조가 나를 물에 던지려고 한다면 몰라도 절대로 말 안 할 거야."

"좋았어. 어떤 경우에도 말 안 하는 거야. 우리 말 안 한다는 약속을 한 번 더 하자. 그래야 확실하지.

"네가 원한다면."

두 아이는 맹세를 다시 했고, 약속을 어길 경우 가장 심한 벌을 받기로 했다.

"허크, 마을 사람들은 요즘 그 이야기밖에 안 해."

"맞아. 여기도 머프 포터 씨, 저기도 머프 포터 씨, 항상 그 이야기뿐이야. 그것 때문에 다른 데 가 있고 싶은 심정이야."

"나도 마찬가지야. 포터 아저씨가 잘못 될까봐 걱정이야. 포터 씨는 아무에게도 잘못하지 않았어. 포터 씨는 가끔 낚시를 하러 가는데 먹을 만큼만 물고기를 잡아. 포터 씨는 내면은 용감한 사람이야. 하루는 아저씨가 가진 물고기가 두 사람이 먹기에는 부족한 양이었는데도 반이나 내게 주었어. 그리고 내가 어려울 때 여러 번 궁지에서 벗어나게 해주었고."

"포터 씨는 내 연을 자주 고쳐 주었어. 또 내 낚싯줄에 갈고리를 달아 주기도 했어. 우리가 그를 감옥에서 꺼내 주었으면 좋겠어."

"우리가 어떻게 그렇게 하니, 톰? 그리고 그게 무슨 소용이겠어? 다시 잡힐 텐데."

"물론 그렇겠지. 하지만 아무 잘못도 하지 않았는데 모두들 그 아저씨만 의심하는 게 안타까워."

"나도 마찬가지야. 사람들은 이 나라에는 포터 씨보다 더 나쁜 짓을

《미국 어린이 실용서》에 나와 있는 낙하산 모양의 연을 만드는 방법

189

한 사람들이 훨씬 많다는 말을 서슴없이 하면서도 아저씨가 교수형을
당해야 한다고 생각해."

"맞아. 아저씨를 석방시키면 자기가 직접 사형시키겠다는 사람들
도 있어."

"정말 그렇게 할 수 있는 사람들이야."

결론이 나지 않은 채 대화는 오래 계속되었다. 밤이 되었다. 아이들
의 걸음은 어느새 감옥으로 향하고 있었다. 기적적으로 포터 씨가 풀
려나는 것을 보고 싶었는지 모른다. 하지만 그런 기적은 일어나지 않
았다. 천사도 요정도 불행한 수감자에게 관심을 보이지 않았다.

둘은 익숙하게 1층의 수감실에 있는 창살이 쳐진 창으로 다가갔다.
간수는 없었다. 포터 씨는 아이들이 가져온 물건을 고마워했고, 아이
들은 죄책감에 시달렸다. 오늘은 죄책감이 여느 때보다도 더 심했다.
포터 씨의 말을 들으면서 자신들의 비겁함과 나약함을 깨달았기 때문
이다.

"너희는 나에게 정말 잘 해 주는구나, 얘들아. 너희는 이 마을 사람
들 누구보다도 멋져. 나는 너희를 잊을 수 없을 거야. 나는 이 마을 아
이들의 연과 장난감을 고쳐 주었고, 물고기가 잘 낚이는 곳도 가르쳐
주곤 했다. 그런데 내가 이 사건에 휘말려들자 사람들은 나를 못 본 척
하는구나. 하지만 너희들은 나를 잊지 않았어. 아이들아, 나는 끔찍한
짓을 저질렀단다. 내가 술에 취해 정신이 나갔음에 틀림없어. 이해할
수 없는 일이지만 난 나의 죄 값을 치르고 있다. 그건 공정한 일이고,
그렇게 되어야 옳아. 이제 그 이야기는 그만하자. 나는 너희에게 어두
운 생각을 심어 주고 싶지는 않다. 너희는 나에게 매우 친절했어. 내가
너희에게 해 주고 싶은 말은 감옥에 가고 싶지 않으면 술을 마셔서는
안 된다는 거다. 좀 더 가까이에서 너희를 보고 싶구나. 어려운 처지에
있을 때 다정하게 대해 줘서 정말 고맙다. 너희는 정말 다정한 얼굴을

가지고 있어. 내가 너희와 악수해도 되겠니? 그래, 머프 포터를 도와
준 선한 작은 손이구나."

그날 밤 톰은 계속 악몽을 꾸었다. 그리고 다음 날도 그 다음 날도
법정 근처에서 서성였다. 톰은 저항할 수 없는 힘에 의해서 이끌렸고
허크도 마찬가지였다. 톰과 허크는 서로 만나지 않으려고 애썼지만 매
번 같은 장소에서 마주치고 말았다.

재판이 있는 날이면 참관한 사람들의 말을 귀를 쫑긋 세우고 들었
지만 매번 나쁜 소식이 들려왔다. 포터 씨의 상황은 더욱 악화되고 있
었다.

두 번째 재판이 끝났다. 사람들은 공개적으로 인디언 조의 증언을
인정했고 배심원의 판결에 대해서 아무도 의심할 여지가 없다고 했다.

판결이 있기 전날, 톰은 끔찍한 불안 상태에 빠져 몇 시간이나 잠을
이루지 못했다. 다음 날 아침 마을 전체는 법정에 갔다. 청중은 남녀가

〈정치와 시가〉라는 제목의 이 풍
자화는 선동적이고, 말주변 좋고,
부패한 정치가를 우롱하는 국경
지대의 유머이다. 개척자들은 이
정치가와 신화적 미국인을 대립
시킨다. 그는 사람들이 선출한 용
감하고 사심 없는 인물이다.

법정은 각 도시마다 있지 않았다.
따라서 헛간이 방청석을 대신할
때도 있었다.

거의 같은 비율로 와 있었다.

배심원들이 한 사람씩 자리에 와서 앉았다. 얼마 되지 않아 수갑이 채워진 포터 씨가 창백하고 얼이 빠진 표정으로 절망한 채 들어왔다. 인디언 조는 여느 때처럼 태평하게 사람들의 시선을 집중시켰다.

마침내 판사가 왔고, 보안관이 재판의 시작을 알렸다. 엄숙한 분위기 속에 소곤거림이나 종이가 바스락거리는 소리 등이 긴장감을 부추기고 있었다.

증인이 나왔다. 증인은 죄수가 범죄가 일어난 날 아침 일찍 시냇가에서 몸을 씻는 것을 보았다고 했다. 다른 몇몇 질문이 있은 후, 다른 증인이 불려졌다.

"질문 없습니다."

변호사가 말했다. 죄수는 눈을 들었다가 다시 고개를 떨어뜨렸다.

세 번째 증인은 포터의 손에서 그 칼을 자주 보았다고 했다. 변호사는 다시 질문이 없다고 했고, 청중은 항의했다. 이 변호사는 의뢰인의 목숨을 살리기 위해 성의를 다하고 있는 것인가? 다른 증인들이 차례로 왔다. 모두들 그가 보인 태도는 자신의 유죄를 인정할 수밖에 없게 만든다고 했다.

> 66 죄수는 눈을 들었다가 다시 고개를 떨어뜨렸다. 99

그날 아침 묘지에서 보았던 엄청난 상황을 사람들은 자세하게 기억하고 있었고, 포터의 변호사는 그 누구에게도 질문하지 않았다. 청중이 불만과 실망을 표시하자, 재판장은 질서를 지켜줄 것을 당부했다. 검사가 일어섰다.

"배심원님, 이 시민들의 말은 의심의 여지가 없으며 이들의 증언을 종합해 보았을 때, 이 범죄는 포터 씨의 소행임이 틀림없습니다. 더 이상 할 말이 없습니다."

불쌍한 포터는 신음 소리를 내며 손

으로 얼굴을 가렸다. 그때 포터의 변호사가 일어서서 말했다.

"존경하는 재판장님, 이 사건 초기에 우리는 의뢰인 이 술에 취해서 이성을 잃 고 범죄를 저질렀다고 생각 했습니다. 그런데 이제 의견을 바꾸려고 합니다."

포터의 변호사는 서기에게로 눈을 돌리며 이렇게 말했다.

"토머스 소여를 증인으로 부를 것을 요청합니다."

모두들 놀랐다. 포터도 마찬가지였다. 모든 시선은 호기심에 차서 톰 소여에게로 쏠렸다. 톰은 막 일어나서 증인석에 선 상태였다. 톰은 불안해 보였다. 사실 경악한 상 태였다. 톰이 선서를 하고 난 후, 판사가 물었다.

마크 트웨인의 아버지인 존 마셜 클레멘스(John Marshall Clemens)는 치안판사였다. 오늘 날 수만 명의 관광객들이 그의 사 무실 내부(위)와 집의 정면을 보 러 온다. 집에는 그의 이름이 새 겨진 간판이 있다(아래).

"토머스 소여, 6월 17일 자정 경에 어디에 있었 죠?"

톰은 인디언 조의 태연한 얼굴을 보자 말문이 막혔다. 청중은 톰이 말을 꺼내기만을 애가 타게 기다렸으나 말은 쉽게 나오지 않았다. 괴로운 침묵 이 흐른 후, 아이는 정신을 차리고 기어들어가는 목소리로 말하기 시작했다.

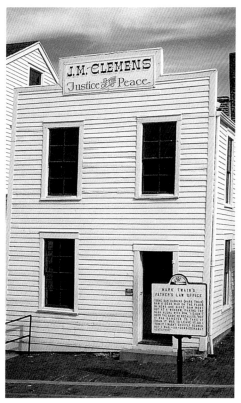

"묘지에 있었습니다."

"조금 더 크게 말하세요. 겁먹지 말고요. 어디에 있었나요?"

"묘지에 있었습니다, 재판장님."

인디언 조의 입술에서 경멸의 미소가 지나갔다.

“ 반전이었다!
그 순간 번개처럼 인디언은
지나가는 자리에 있는 모든
사람들을 밀치고 창문을
뛰어넘어 사라졌다. **”**

“호스 윌리엄스의 묘 근처에 있었나요?”

“예, 재판장님.”

“조금 더 크게 말하세요. 어느 정도의 거리에 있었죠?”

“지금 재판장님과 저 정도의 거리였습니다.”

“숨어 있었나요?”

“숨어 있었습니다, 재판장님.”

“어디 있었죠?”

“묘 옆에 있는 느릅나무 뒤에 있었습니다.”

인디언 조가 미세하게 떨었다.

“옆에 누군가가 같이 있었나요?”

“예, 재판장님. 저는…….”

“잠시만, 친구 이름은 말하지 마세요. 필요하면 증인으로 부르겠습니다. 무언가 가지고 있었나요?”

톰은 망설였다.

“말하세요. 겁먹지 마시고요. 진실을 존중해야 합니다. 무엇을 가지고 있었죠?”

“그것은…… 그것은…… 죽은 고양이였습니다.”

방청석에서 웃음소리가 났고, 판사는 방청객을 진정시켰다.

“우리는 고양이의 뼈를 증거로 제시합니다. 증인은 이제 어떤 일이 일어났는지 이야기해 보세요. 아무것도 빠뜨리지 말고요. 그리고 겁먹지 마세요.”

톰은 처음에는 우물거리며 말을 시작했으나, 점점 자신감을 되찾고 분명하게 말하기 시작했다. 잠시 후, 재판장에는 톰의 목소리밖에 들리지 않았다.

모든 시선은 톰에게 집중되어 있었고, 모두들 숨을 죽이며 시간이 가는 줄 모르고 입을 벌린 채로 무시무시한 이야기를 들었다. 이 장면

195

에서 톰의 감정은 극에 달했다.

"그리고 나무판으로 의사가 포터를 넘어뜨렸을 때, 인디언 조가 뛰어들어서 칼을 손에 쥐고……."

반전이었다! 그 순간 번개처럼 인디언은 지나가는 자리에 있는 모든 사람들을 밀치고 순식간에 창문을 뛰어넘어 사라졌다.

XXIV

영광의 나날, 공포의 밤들

톰은 또다시 마을의 영웅이 되었다. 어른들은 톰을 치켜세웠고, 아이들은 톰을 부러워했다. 톰의 이름은 후손에 남을 것이다. 왜냐하면 지역 신문이 톰을 칭송했기 때문이었다. 혹자는 톰이 교수형만 당하지 않는다면 어느 날 미국 대통령이 될 것이라고도 했다.

언제나 그러하듯이 사람들은 변덕스럽고 불합리적이다. 포터를 경멸하고 무시했던 사람들이 이제는 팔을 벌려 따뜻하게 대했다. 결국 사람들이 실수를 인정했으니 굳이 흠잡을 필요는 없을 것이다.

톰은 낮에는 진정한 영웅이었으나 밤에는 악몽에 시달렸다. 밤마다 인디언 조의 꿈만 꾸었다. 꿈속에서 인디언 조는 톰을 죽이겠다고 위협했다. 톰은 밤이 되면 절대 나가지 않았다.

톰은 재판이 있기 전날 변호사에게 모든 것을 말했다. 불쌍한 허크도 같은 고통을 겪었다. 허크는 이 사건에서 자신이 할 역할에 떨

아래는 〈프리 엔터프라이즈(Free Enterprise)〉 소유의 편집실이다. 이는 마크 트웨인이 처음 리포터로 활동했던 지역 신문이다.

었지만 인디언 조가 도망치는 바람에 법정에서 증언을 하지 않아도 되었다.

변호사는 비밀을 지키겠다고 약속했으나 과연 그를 믿을 수 있을까? 톰은 가장 엄숙하고 두려운 맹세로 지키기로 했던 비밀을 누설한 것이었다. 허크는 이제 아무도 믿을 수 없게 되었다.

낮에는 톰은 진실을 밝히기를 정말 잘 했다고 생각했다. 그러나 밤에는 아무 말도 하지 말걸 하고 후회했다. 어떤 때는 인디언 조가 영영 잡히지 않을까 봐 겁이 났고, 어떤 때는 그가 잡힐까 봐 걱정이 되었다. 톰은 인디언 조가 죽는 것을 보지 않으면 결코 편히 숨쉬지 못할 것만 같았다.

지역 신문 구독은 농산물로 지불되기도 했다. 이는 현금이 아닌 현물로 이루어지는 다른 물물교환과 마찬가지이다.

활자 케이스이다. 1847년 아버지가 세상을 떠난 후 마크 트웨인(당시 11세)은 형 오리온 클레멘스(OrionClemens)의 신문사 인쇄소에 취직했다. 오리온 클레멘스는 1840년대에 주간지인 서부연합 잡지(Journal and Western Union)를 매입하여 운영했다. 이것을 계기로 트웨인은 저널리스트로서의 초기 경험을 쌓게 되었다.

현상금이 걸렸다. 나라 전체를 뒤졌지만 인디언 조를 찾을 수는 없었다. 세인트루이스에서 뛰어난 탐정 하나가 왔다. 그는 여기저기를 뒤지고 고개를 갸우뚱거렸다. 그리곤 알았다는 표정을 짓고는 결국 여느 탐정들이 하는 말을 되풀이했다. '실마리'를 찾은 것이다.

그러나 살인자 대신 '실마리'를 교수형에 처할 수는 없었다. 탐정이 떠나고 나자 톰은 더 불안해졌다. 그러나 시간이 흘렀고, 톰의 마음은 점차 안정을 되찾아갔다.

66 그는 여기저기를 뒤지고
고개를 갸우뚱거렸다.
그리곤 알았다는 표정을 짓고는
결국 여느 탐정들이 하는 말을 했다.
'실마리'를 찾은 것이다. **99**

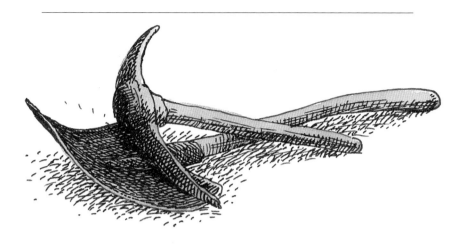

XXV

보물을 찾아서

숨겨진 보물을 찾는 모험은 모든 소년들의 마음을 사로잡는 놀이다. 톰도 예외는 아니었다. 그날은 조 하퍼도 집에 없었고 벤 로저도 낚시를 떠나고 없었다. 벤의 집에서 나오면서 톰은 허크 핀을 만났다. 허크라면 제안을 받아들일 것이다. 톰은 허크를 멀리 데려가 계획을 이야기했다. 허크는 받아들였다. 남은 시간에 무엇을 할지 궁리하던 참이었기 때문이다.

"보물을 어디서 찾지?"

허크가 물었다.

"여기저기서."

"뭐라고? 보물이 아무 데나 있단 말이야?"

"물론 그건 아니지, 허크. 보물은 외진 곳에 있어. 때로는 섬에 있고, 때로는 죽은 나무 밑동에 숨겨 놓은 낡은 상자 속에 있기도 해. 자

정에 그림자가 멈추는 곳이지. 그리고 유령의 집에 숨겨 놓기도 한대. 바로 마루 아래."

"누가 숨겨 놓는데?"

"물론, 도둑들이지. 주일학교 선생님들은 아니겠지."

"나라면 보물을 숨겨 놓지 않을 거야. 써 버리고 말지!"

"나도 마찬가지야. 하지만 도둑들은 그렇게 하지 않아. 보물을 숨기고 그곳에 내버려 두지."

"그걸 찾으러 다시 오지 않을까?"

"안 와. 숨겨 놓은 곳을 잊어버리거나 죽기도 하니까. 어쨌든 보물은 오랫동안 은신처에 숨겨져 있어. 상자는 녹이 슬지. 운이 좋으면 보물이 숨겨진 곳을 표시해 놓은 낡은 지도가 발견되기도 해. 하지만 지도를 해독하려면 시간이 걸려. 왜냐하면 아무나 알아볼 수 없게 암호로 그려져 있거든."

"그럼 톰, 너 그런 지도 있어?"

"없지."

"그러면 어떻게 위치를 찾아?"

"걱정 마. 지도는 필요 없어. 대부분 유령의 집이나 섬, 죽은 나무 아래에 숨겨져 있으니까. 우리는 이미 잭슨 섬을 뒤져 봤잖아. 이제 다시 시작하지 말라는 법은 없지. 언덕 아래에 낡은 유령의 집이 있어. 죽은 나무라면 얼마든지 있고."

"죽은 나무 아래마다 숨겨져 있어?"

"바보 같은 소리 마. 물론 아니지."

"그럼 어디를 파야할지 어떻게 알아?"

"아 그거! 모두 다 시도해 봐야지."

"톰, 그러다 여름 다 가겠다."

"하지만 찾는다면 어떨까? 우리가 오래된 100달러가 있는 낡은 냄비나 다이아몬드가 가득한 낡은 상자를 발견한다고 생각해 봐. 시도해볼만한 가치가 있지 않니?"

허크의 눈이 빛났다.

"그거 괜찮겠는데. 나한테는 100달러를 줘. 난 다이아몬드는 필요 없어."

"알았어. 난 다이아몬드를 가질 거야. 한 개에 20불하는 것도 있어. 아무리 작은 것이라도 하나에 75센트나 1달러는 할걸."

"정말? 진짜야?"

"모두들 그렇게 말해. 너 한번도 못 봤니?"

"본 기억이 없어."

"왕들은 다이아몬드를 왕창 가지고 있어."

"그렇지만 나는 왕을 만난 적이 없어."

"그럴 줄 알았어. 유럽에 가면 씨를 뿌려놓은 것처럼 왕이 많아."

"우리 어디부터 파헤치기 시작해야 할까?"

"모르겠어. 강 건너에 있는 오래된

인디언 부족들은 서로 다른 언어와 문자 체계를 가지고 있다. 오늘날 대부분은 해독이 되었다. 동물 가죽에 그려진 그림을 발견하기도 하고, 직물에 수놓인 것도 있다. 혹은 문자 형태의 것도 있다. 위의 돌에는 인디언의 상형문자가 새겨져 있다. 이 신성한 문자의 신비성은 어김없이 상상력을 불러일으킨다.

> “도둑들이 이렇게 깊이 보물을 숨겨 놓았을까?” 허크가 물었다.

나무에 가볼까 하는데.”

“그래 가자.”

둘은 삽과 곡괭이를 들고 길을 떠났다. 거리는 5킬로미터 정도였다. 아이들은 땀에 흠뻑 젖어서 숨을 헐떡이며 도착했다. 그리곤 느릅나무 그늘에 앉아 휴식을 취했다.

“여기야.”

톰이 말했다.

“아주 좋아.”

“허크, 우리 여기서 보물을 찾으면 네 몫으로는 뭘 할 거야?”

“나는 매일 파이를 먹고 레모네이드를 마실 거야. 그리고 마을에 서커스가 올 때마다 구경하러 갈 거야. 걱정 마, 나는 즐거운 시간을 가질 거니까.”

“저축은 안할 거야?”

“그걸 왜 하는데?”

“나중을 위해서 아껴 두는 거지.”

“그거 별 소용없어. 아빠가 와서 홀랑 가져 가실 거야. 틀림없어. 톰, 넌 뭘 할 거야?”

“나는 새 북과 진짜 검을 사고, 빨간 넥타이, 그리고 개를 살 거야. 그리고 결혼할 거야.”

“결혼할 거라고?”

“응.”

“톰, 너 정상이 아니구나. 결혼은 가장 바보 같은 짓이야. 우리 엄마, 아빠를 봐. 두 분은 만날 싸우시기만 했어. 나는 생생히 기억해.”

“그건 나랑 상관없어. 나는 결혼하면 싸우지 않을 거야.”

“말은 쉽지만, 여자들은 다 똑같아. 항상 바가지만 긁는다니까. 결정하기 전에 잘 생각해 봐. 내가 친구로서 하는 충고야. 그 계집애 이름은 뭔데?"

"계집애 아니야. 여자 애야."

"그게 그거지 뭐. 어쨌든 누구야?"

"나중에 알려 줄게. 지금은 안 돼."

"좋을 대로 해. 하지만 네가 결혼해 버리면 난 외톨이가 되겠구나."

"아니야. 우리 집에 와서 살면 되니까, 걱정하지 마. 이제 일하자."

아이들은 30분은 족히 팠지만 성과는 없었다. 또 다시 30분을 팠지만 아무 것도 나오지 않았다.

"도둑들이 이렇게 깊이 보물을 숨겨 놓았을까?"

허크가 물었다.

"어떤 때는. 항상 그런 건 아니야. 우리가 위치를 잘못 집은 것 같아."

새로운 장소를 찾아 아이들은 다시 파기 시작했다. 이번에는 좀 더디긴 했지만 그래도 열심이었다. 어느 순간 아이들은 말없이 땅을 파고 있었다. 그러다 허크가 삽질을 멈추고 삽에 기대어 소매로 이마의 방울진 땀을 닦으며

물었다.

"여기도 아니면 또 어디를 팔 거야?"

"카디프 언덕의 오래된 나무를 공략할 거야. 과부 집 뒤에 있는 거 말야."

"그래, 거기가 좋겠다. 하지만 거긴 과부 땅이잖아."

"땅이 누구 건지는 중요치 않아. 보물은 찾는 사람이 임자지."

대답은 단호했고, 일은 다시 시작되었다. 다시 허크가 말했다.

"됐어. 우리가 헛수고 한 거 같아. 너 그렇게 생각 안 해?"

"이상하네. 정말 모를 일이야. 마녀가 지나가서 안 되는 건지도 몰라."

"네 말이 맞아. 그 생각을 못했네. 아, 알겠다. 부서진 나뭇가지 그림자가 자정에 어디에 비치는지 봐야 했어. 거기를 파야 돼."

"그럼 지금까지 헛고생을 했단 말이야? 게다가 오늘 밤에 다시 와야 하잖아. 그거 너무 힘들어. 너 집에서 나올 수 있어?"

"물론이지. 꼭 오늘 밤에 해야 돼. 누가 그 구멍을 보고 보물을 발견한다면 우린 코앞에서 보물을 놓치는 거야."

"좋았어. 그러면 항상 그러던 것처럼 네 창문 아래 가서 고양이 울음소리로 신호를 할게."

"알았어. 우리 연장을 덤불 뒤에 숨겨 놓자."

약속한 시간에 아이들은 약속한 장소에 있었다. 나뭇잎이 살랑대는 가운데 영혼들이 속삭이는 시간이었다. 유령들은 어두운 구석을 찾아 나뭇잎에 몸을 감춘다. 멀리서 개 짖는 소리와 부엉이 울음소리가 들려오고 있었다. 아이들은 입을 다물고 있다가 자정이라고 생각되는 순

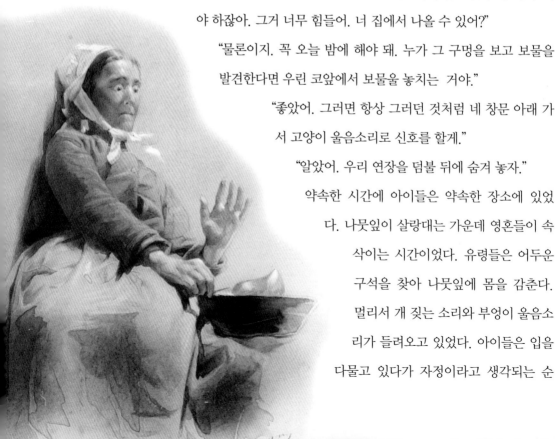

마녀는 미국에서 항상 인기가 있었다. 아래에서 보듯이 소심장의 저주는 프랑스 시골에서 직접 온 것이다. 지역 미신에 대한 신봉은 미주리 주를 묘사하는 특징이며, 마크 트웨인 자신도 이 특징을 《톰 소여의 모험》의 서두에서 강조한다.

간, 그림자의 경계선을 파기 시작했다. 아이들은 희망에 부풀어 곡괭이질에 몰두했고, 구멍은 점점 더 깊어졌다. 그러나 곡괭이가 무언가에 닿을 때마다 실망하지 않을 수 없었다. 그것은 보물 상자가 아니라 돌이나 나무뿌리였던 것이다. 톰은 결국 이렇게 말했다.

"계속할 필요가 없겠다, 허크. 우리 또 잘못 짚었나봐."

"그럴 리가 없어. 그림자가 멈추는 곳은 정확히 여기야."

"하지만 분명치 않은 게 있어."

"뭔데?"

"시간이야. 우리는 그때가 자정이라고 생각했지만, 좀 이르거나 늦었는지도 몰라."

허크는 삽을 떨어뜨렸다.

마크 트웨인은 어린 시절 외삼촌인 존 콰를(John Quarles)의 농장에서 오랜 시간을 머물곤 했다. 외삼촌은 농부로서 가족과 노예를 가지고 있었다. 노예가 하는 일은 주로 아이들을 재미있게 해 주는 일이었다. 작가 마크 트웨인은 미신을 신봉하는 한 늙은 흑인 장애인에 대한 추억을 이야기한다. 그녀는 항상 분명치 않은 신앙, 마법, 그리고 흑인들의 민간 전승에 속하는 아프리카 의식에서 영감을 받은 이야기를 들려줄 준비가 되어 있었다.

"그런 것이 분명해. 그래서 어려운 거야. 여기선 정확한 시간을 알 수가 없잖아. 그리고 한밤중에 돌아다니는 유령과 마녀와 함께 있는 게 기분 나빠. 계속 뒤에 누군가 있는 것만 같아서 돌아보지를 못하겠어. 여기 온 이후 계속 소름이 돋아."

"그리고 말이야."

톰이 말했다.

"너도 알겠지만 나무 밑에 보물을 묻을 때는 그걸 감시하기 위해서 시체도 같이 묻는대."

"아! 저런 톰, 나는 시체가 있는 곳을 뒤지고 싶지 않아. 안 좋은 일을 당할 수도 있어."

"나도 시체를 모욕하고 싶지 않아. 불쑥 머리를 내밀고 우리에게 소리치면 어떡해?"

"그만해, 톰. 소름끼쳐."

"그런 일이 일어날 수도 있다는 거지."

〈음산한 춤〉은 낫을 든 죽음의 사신이 부유한 왕, 아름다운 부인, 그리고 위대한 성직자뿐만 아니라 가난한 농부도 데려간다고 증언한다. 유럽 중세시대부터 흔히 사용되었던 이 미신을 이주민들은 미국 대륙 전체에 전파시켰다.

"우리 여기 말고 다른 데서 해 보자."

"그래, 그게 낫겠다."

"어디서?"

톰은 잠시 생각했다.

"유령의 집으로 가자."

"이런, 나는 유령의 집을 별로 안 좋아해. 유령들은 시체보다 더 싫어. 죽은 사람은 유령들처럼 수위를 입고 주변을 돌아다니지는 않잖아. 그리고 어깨 너머로 넘겨다보며 이빨을 갈지도 않고. 그건 참을 수가 없어."

"하지만 유령들은 밤에만 돌아다녀. 낮에 가서 파면 돼."

"맞아. 하지만 낮이건 밤이건 아무도 그 유령의 집에 가까이 가지 않아."

"사람들은 누군가 암살당한 곳을 싫어하기 때문이야. 밤만 아니면 그 집은 이상할 게 없어. 밤에도 창문 뒤에 푸른빛이 비쳤을 뿐 진짜 유령이 아니었어."

"바로 그거야, 톰. 푸른빛이 춤추면 그건 유령이 멀지 않은 곳에 있다는 증거야. 그런 빛을 달고 다니는 건 유령밖에 없어."

"그건 그렇지만 어쨌든 유령은 대낮에 나타나지 않아. 그러면 겁낼 이유가 뭐야?"

"좋아. 네가 원한다면 유령의 집으로 가자. 난 단념하지 않아. 위험은 있겠지만."

이야기를 하면서 아이들은 언덕 아래로 내려갔다. 달빛이 비추는 계곡 중앙에 '유령의 집'이 보였다. 그 집은 외진 곳에 있었다. 집을 둘러싼 울타리는 이미 없어진지 오래였고, 문지방에 잡초만이 무성히 나 있었다. 굴뚝은 무너졌고, 창문에는 유리가 없었다. 지붕 한구석은 패여 있었다. 아이들은 조심스럽게 쳐다보며 너무 집 가까이 지나가지 않기 위해 오른쪽으로 돌아서 갔다. 그리고 카디프 언덕의 비탈을 덮는 숲을 따라 톰은 자신의 집에 허크는 자신의 거처에 도착했다.

XXVI

유령의 집

다음 날 낮에 두 아이는 연장을 찾으러 그 장소에 다시 갔다. 톰은 유령의 집에 가고 싶어 안절부절 못했다. 허크가 물었다.

"그런데 말이야, 톰. 오늘이 무슨 요일인지 알아?"

톰은 질겁한 눈을 들어 친구를 바라보았다.

"이런! 미처 그 생각을 못했네."

"나도 마찬가지야. 갑자기 오늘이 금요일이라는 생각이 났어. 다른 날에는 모르겠지만 금요일은 안 돼."

"어떤 바보라도 그건 알 거야."

"그리고 마음에 걸리는 건 오늘이 금요일이라는 점만이 아니야. 어젯밤 꿈자리가 사나웠어. 쥐가 나오는 꿈을 꿨거든."

"정말? 좋지 않은 징조인걸. 쥐들이 싸웠어?"

"아니."

"그럼 됐어. 쥐들이 싸우면 나쁜 일이 일어날 수 있으니 그런 일에 말려들지 않도록 주의하라는 뜻이야. 오늘은 그만 포기하자. 허크, 로빈 후드 알아?"

"아니. 로빈 후드가 누군데?"

"로빈 후드를 모른다고? 영국에서 가장 위대한 인물 중 하나야. 의적이지."

"멋지다. 나도 그렇게 되고 싶은데. 로빈 후드는 누구를 공격했니?"

"영주와 주교, 부자, 왕 같은 부류의 사람만 공격했어. 절대 가난한 사람은 공격하지 않았어. 가난한 사람들을 좋아해서 훔친 물건을 그들에게 나눠 주었어."

"아주 멋진 사람이구나!"

"내가 장담컨대 지금도 그처럼 멋진 인생을 살 수 있는 사람은 없어. 그는 한 손을 등 뒤에 묶어 놓고, 한 손만 사용해도 누구든지 쓰러뜨릴 수 있었어. 그리고 2킬로미터도 더 떨어진 곳에서 활로 10센트짜리 동전을 명중시켰어."

로빈 후드는 활을 쏘며 잘못된 것을 바로잡는 소명을 거졌다. 막대기로 하는 싸움은 노예 사이에서 특히 인기가 많았다. 노예들은 무기를 소유할 권리가 없었기 때문이었다. 이러한 싸움은 카리브해 사육제에서 볼 수 있다.

두 아이는 오후 내내 로빈 후드 놀이를 했다. 그리고 이따금씩 유령의 집에 호기심 어린 눈길을 돌리며 다음을 기약했다. 토요일 이른 오후, 아이들은 다시 죽은 나무 밑으로 갔다. 잠시 그늘에 앉아서 수다를 떨다가 큰 기대 없이 지난번에 파던 구멍을 계속해서 파기 시작했다. 톰이 20센티미터만 더 파면 보물이 나오는데 많은 사람들이 중간에 포기해서 보물을 얻지 못하고 다른 사람이 첫 삽으로 보물을 캐내는 경우가 있다고 말했기 때문이었다. 이번에도 실패한 아이들은 연장을 어깨에 메고 그 자리를 떠났다. 소년들은 어떤 것도 포기하지 않았다는 생각에 만족해하고 있었다.

뙤약볕이 내려쬘 때, 아이들은 유령의 집에 도착했다. 너무 조용해서 아이들은 기가 죽었다. 그러나 곧 대담해져서 문까지 기어가서는 조심스럽게 안을 살펴보았다. 집 안에는 마루는 없었고 잡초만이 무성하게 자라있었다. 낡은 굴뚝과 계단은 완전히 폐허가 되었고, 창문에는 유리가 없었다. 여기저기 거미줄이 가득 쳐져있었다. 아이들은 발끝을 들고 가끔씩 낮은 소리로만 말을 주고받았다. 귀는 경계태세로 쫑긋 세우고, 가슴은 두근거리는 상태로 집으로 들어갔다. 아이들은 하나라도 이상한 게 나오면 바로 달아날 준비가 되어 있었다. 잠시 후, 두려움이 누그러지자 자세히 그 장소를 살펴보았다. 그러면서 아이들은 자신들의 용기가 자랑스러웠다. 2층에도 올라가 보고 싶었지만, 그러면 달아날 수 있는 가능성이 사라진다. 아이들은 잠시 망설이다 연장을 구석에 던져 두고는 대담하게 계단을 올라갔다. 한쪽 구석에 있는 문을 열자 신비해 보이는 장소로 연결되었다. 그 공간은 비어있었고, 이제 아이들은 안심했다. 아이들은 아래층으로 내려가서 보물찾기를 시작하려고 했다. 그때였다.

《미국 어린이의 실용서》는 노루의 눈(buckeyebow)이라 불린 활을 만드는 법을 소개하고 있다. 화살은 밤, 작은 사과 혹은 점토로 된 작은 공으로 채운다. 이는 활을 더 쉽게 다시 찾기 위해서였다.

"쉿!"

"무슨 일이야, 톰?"

공포에 질린 허크가 물었다.

"조용히 해. 움직이지 마! 사람들이 문으로 다가오고 있어."

두 아이는 공포로 반쯤 죽은 것처럼 바닥에 엎드렸다. 아이들은 눈을 구멍에 바싹 붙인 채 기다렸다.

두 남자가 들어왔다. 아이들은 모두 이렇게 생각했다.

"저 사람은 귀가 먹고 벙어리인 스페인 사람이네. 최근에 우리 마을에 한두 번 왔었지. 다른 사람은 한 번도 본 적이 없는걸."

'다른 사람'은 더러운 누더기를 걸치고 있었으며, 험상궂은 얼굴이었다. 스페인 사람은 큰 코트로 몸을 감싸고 있었다. 그는 허연 수염이 무성하고 긴 머리가 모자 아래로 나와 있었으며 초록색 안경을 쓰고 있었다.

　그들은 방으로 들어와 등을 벽에 기대고 문을 마주보고 앉았다. '다른 사람'이 큰소리로 말했다.

　"아냐. 나 잘 생각해 봤어. 그건 위험해, 맘에 들지 않아."

　"위험하다고?"

　스페인 사람이 중얼거렸다. 그 남자가 귀머거리에 벙어리인 줄 알았던 아이들은 깜짝 놀랐다.

　"겁쟁이 같으니라고. 가!"

　이 목소리는…… 인디언 조의 목소리였다. 아이들은 몸을 떨었다. 잠시 침묵이 흐른 뒤, 스페인 남자 아니 조가 말했다.

　"우리가 저 위에서 한 일보다 위험한 일이 뭐가 있어? 그러고도 아무 일도 일어나지 않았잖아."

　"그건 달라. 거기는 강에서 더 올라간 데였고, 시야에 다른 집이 없었어. 아무도 우리가 시도한 것을 모를 거야. 위험한 것은 여기를 대낮에 오는 거야. 누구라도 우리를 보면 뭔가 낌새를 챌 테니까."

66 조용히 해 움직이지 마, 사람들이 문으로 다가오고 있어. 99

"나도 알아. 하지만 지난 번 일이 있고 나서 더 좋은 장소는 없었어. 나는 이 너절한 집을 가능한 빨리 떠나고 싶어. 어제 이 일을 끝내고 싶었지만, 바로 눈앞에서 놀고 있던 몹쓸 놈들 때문에 끝낼 수가 없었어."

이 말에 '몹쓸 놈들'은 몸을 떨었다. 어제가 금요일이라는 것을 상기하고 기다린 것이 얼마나 다행인가.

두 남자는 식량을 꺼내 먹었다. 긴 침묵이 흐른 후, 인디언 조가 말했다.

"이봐, 강을 따라 올라가서 내 소식을 기다려. 나는 마을까지 내려가서 상황을 살필 테니까. 모든 것이 괜찮다고 판단되면 우리는 그 일을 해치우고 나서 둘 다 텍사스로 가면 되는 거야."

다른 남자도 동의했다. 두 남자는 하품을 했다.

"졸려 죽겠네."

인디언 조가 말했다.

"이제 자네가 보초를 설 차례야."

조는 폐허가 된 건물의 무성히 자라난 잡초 위에 길게 누웠다. 보초를 서던 사람도 고개를 끄덕이며 졸기 시작했고, 그러다가 잠이 들었다. 곧 두 남자는 함께 코를 골았다. 두 아이는 긴 안도의 한숨을 내쉬었다. 톰이 속삭였다.

"이때야. 달아나자!"

"난 못하겠어."

허크가 말했다.

톰은 계속 도망치자고 했으나 허크는 굽히지 않았다. 톰은 혼자라도 도망칠 생각에 조심스럽게 일어났다. 하지만, 첫 걸음을 옮기자마자, 낡은 바닥이 너무 크게 삐걱거려서 톰은 겁에 질려 도로 바닥에 주저앉아 버리고 말았다. 아이들은 그 자리에서 영원히 끝날 것 같지 않은 시간을 세고 있었다. 해가 지기 시작하고 있었다.

한 사람이 코를 고는 것을 멈추었다. 인디언 조가 잠에서 깼다. 그는 앉아서 주위를 둘러보고는 얼굴을 무릎에 묻은 채 잠든 동료를 보았다. 인디언 조는 동료를 발길로 차면서 외쳤다.

"이런 나쁜 보초 같으니라고! 다행히 아무 일도 일어나지는 않았지만 말이야."

"내가 잠들었나?"

"반쯤 졸고 있는 정도도 아니었어. 이봐, 이제 떠날 시간이야. 숨겨둔 돈으로 무얼 하지?

"모르겠어. 그냥 여기 두는 게 어때? 남쪽으로 떠나기 전에 가지고 다닐 필요는 없잖아. 650달러면 꽤 무겁지."

"좋았어. 하지만 항상 우발적인 사고를 염두에 둬야 해. 돈을 지금 있는 곳에 두지 말고 묻어야 해. 그것도 깊이."

그들은 방을 가로질러 가서 무릎을 꿇고 타일 하나를 치우고는 자루를 꺼내 들었다. 그 안에서 기분 좋게 짤랑거리는 소리가 났다. 당장에 쓸 20달러를 꺼냈다. 인디언 조는 단검을 가지고 구석으로 가서 바닥을 팠다. 그 모습을 훔쳐보는 순간 톰과 허크는 모든 두려움과 거북함을 잊어버렸다. 현실은 아이들이 기대한 것 그 이상이었다. 600달러라니! 그 돈이면 그와 대여섯 명의 친구들을 부자로 만들 수 있을 것이다. 이제 아이들은 어디를 파야 할지 알게 된 것이다. 둘은 계속해서 팔꿈치로 서로를 찔렀다. 그것은 이러한 의미였다.

"이봐! 여기 온 거 잘 했다는 생각이 들지 않아?"

조의 단도가 장애물에 걸렸다.

"반 쯤 썩은 나무판자, 아니 상자가 있는 것 같아. 나를 도와줘. 그게 뭔지 보자고. 아니야, 움직이지 마. 그럴 필요 없어. 내가 구멍을 뚫었어."

조는 손을 뻗었다.

금화로 된 역사적인 보물이다. 위에서 아래 순서로 1849년에 제조된 최초의 달러(뒷면), 인도 공주의 초상이 있는 1854년 달러(앞면), 자유의 형상이 그려진 1789년에 나온 2달러 50센트(앞면), 날개를 펼친 독수리가 새겨진 1811년의 5달러(뒷면)

"이봐, 돈이야!"

조가 꺼낸 것은 한줌의 돈이었다. 그것도 금화였다. 두 남자도 아이들도 흥분하지 않을 수 없었다.

조의 동료가 말했다.

"저기 굴뚝 반대편 숲 안에 낡은 곡괭이가 있어. 내가 좀 전에 봤어."

그는 구석에 가서 아이들의 삽과 곡괭이를 가져왔다. 인디언 조는 곡괭이를 들어서 자세히 살펴보고는 고개를 끄덕이고 무언가 중얼거리고 나서 일을 하기 시작했다. 곧 상자가 나타났다. 상자는 더 컸지만 철로 둘러싸여 있었고, 낡기 전에는 상당히 단단했을 것임에 틀림없었다. 좋아서 말문이 막힌 두 사람은 보물을 응시했다.

"이 안에 수천 달러 정도가 들어있을지 알아?"

인디언 조가 말했다.

"뮤럴 일당이 여름 내내 여기서 배회한다는 소문이 떠돌았어."

"이제 넌 다른 건수가 필요 없겠네."

"너는 나를 몰라."

인디언은 인상을 찌푸리며 말했다.

"이건 단순히 도둑질이 아니라 복수야!"

인디언 조는 눈에 기분 나쁜 빛을 띠며 이렇게 말했다.

"복수를 위해서는 네가 필요해. 그리고 나서 우리는 텍사스로 떠날 거야. 넌 아내와 자식들이 있는 곳으로 가서 내 연락을 기다려."

"좋을 대로 해. 그럼 이걸 다 어떻게 하지? 다시 땅에 묻을까?"

"그래. (2층에서는 열광적인 기쁨이 넘쳤다) 아니야, 그렇게 하지 말자. (아이들은 실망했다) 잊어버릴 뻔 했어. 이 곡괭이에는 새로운 흙이 있어. 왜 여기 새 흙이 있지? 누가 이 연장을 가져왔지? 이 사람들은 어디 있는 거야? 너 누가 오는 소리 들었어? 누군가를 못 봤어?

여기 돈을 묻어서는 안 돼! 이걸 내 은신처로 가져가야겠어."

"왜 내가 미처 그런 생각을 못했지? 지금 1호 말하는 거야?"

"아니야, 2호야. 십자가 아래. 1호는 너무 찾기 쉬워."

인디언 조는 일어나서 걸어 다니면서 주변에 아무 것도 의심할 것이 없는지 살폈다.

"도대체 이 삽과 곡괭이를 누가 가져왔을까?"

그는 다시 말했다.

"누가 위층에 있는 것 같지 않아?"

블랙 호크(Black Hawk) 인디언은 한니발이 세워진 곳에 같은 이름을 가지고 있던 부족 족장의 후손이다. 그는 아내와 아이에 둘러싸여 있다.

톰과 허크는 숨이 멎는 듯 했다. 인디언 조는 단검을 꺼냈고 잠시 망설이다가 계단으로 발걸음을 옮겼다. 두 아이는 옷장으로 피하려고 했지만 용기가 나지 않았다. 인디언이 발걸음을 내딛자 계단은 삐걱거렸다. 위험이 임박해 아이들이 옷장으로 피하려는 순간 갑자기 계단이 심하게 삐걱거리더니 무너져 내렸다. 인디언 조는 썩은 나무의 잔해 위로 넘어졌다. 조가 욕을 하며 일어나자, 그의 동료가 말했다.

"누가 있든지 무슨 상관이야. 별 문제가 안 돼. 15분 후면 해가 질 거야. 녀석들이 누구든 우리를 따라오고 싶으면 그렇게 하라고 해. 내 생각에는 이 연장을 가져온 사람들이 만약 우리를 봤다면 악마나 유령으로 생각하고 벌써 도망쳤을지도 몰라."

조는 처음에는 투덜댔지만 얼마 남지 않은 시간은 떠날 채비를 하는데 써야 한다는 동료의 의견을 받아들였다. 몇 분이 지난 후, 밖이 어둑해졌고, 두 사람은 집 밖으로 빠져나가서 그들의 소중한 꾸러미를 가지고 강 쪽으로 향했다.

톰과 허크는 여전히 떨리는 채로 "휴" 하고 한숨을 내쉬었다. 아이들은 두 사람이 멀어지는 것을 기둥 사이로 바라보았다. 그들을 쫓아갈 것인가? 아이들은 그럴 엄두를 내지 못했다. 무사한 것만으로도 안심을 하면서 언덕길을 따라 마을로 돌아왔다. 아이들은 아무 말도 하지 않았다. 마음속으로 자신들에 대해 화가 나 있었다. 연장을 아래층에 놓고 온 것이 원망스러웠다. 그렇지 않았다면 인디언 조는 아무 의심도 하지 않았을 것이고, 모든 전리품을 그 자리에 묻었을 것이다. 그가 복수를 하고 돌아왔을 때, 돈은 없어지고 때늦은 후회만 남았을 것이다. 아무리 생각해 봐도 연장을 거기 둔 것이 너무나 후회되었다.

아이들은 스페인 사람으로 변장한 조가 불길한 계획을 저지르기 위해 기회를 넘볼 때, 그를 감시하기로 서로 약속했다. 그리고 아지트가 어디가 되었건 2호까지 그를 미행하기로 했다. 갑자기 톰에게 무시무시한 생각이 떠올랐다.

"그가 복수를 하러 온 거라고? 행여나 우리에게 복수를 하려는 게 아닐까?"

"야, 그런 말 하지 마."

허크가 기절할 것 같은 표정으로 중얼거렸다.

미시시피 강변에 있는 인디언 캠프. 마크 트웨인이 살던 시기에 미시시피 강변에 사는 사람들에게는 두 가지 위험이 있었다. 즉, 해적과 인디언의 침입이었다.

아이들은 인디언 조의 복수가 다른 사람을 향한 것임에 틀림없다고 판단을 내렸다. 설사 그렇지 않다고 해도 복수극에 휘말려든 것은 톰 혼자일 것이다. 왜냐하면 법정에서 조에 대해 불리한 증언을 한 것은 톰이었기 때문이었다. 톰은 이 상황에 친구가 옆에 있다는 것이 정말 다행스러웠다.

XXVII

포기할 수 없는 꿈

그날의 일 때문에 톰은 잠을 설치며 악몽을 꾸었다. 톰은 꿈속에서 네 번이나 그 근사한 보물을 만져 보았고, 매번 보물은 손에서 녹아버렸다. 톰은 실망한 채로 잠에서 깼다. 그 다음 날 아침, 말똥한 정신으로 전날의 일을 회상했다. 모든 모험이 오래 전에 다른 세상에서 벌어진 꿈처럼 느껴졌다. 톰은 그렇게 어마어마한 양의 돈이 실감이 나지 않았다. 지금까지 한 번에 50달러 이상을 본 적이 없었다. 수백 혹은 수천 달러는 그저 하는 말인 줄만 알았다. 그리고 100달러 이상, 더욱이 수백만 달러를 가지고 있는 사람은 존재하지 않는 줄 알았다. 숨겨진 보물이라 해도 '10센트' 짜리 동전 한줌일 줄 알았던 것이다.

아무리 생각해도 꿈은 아니었다. 톰은 일어나서 재빨리 아침을 먹고 허크를 만나러 갔다. 허크는 평저선의 가장자리에 멍하니 앉아서 물에 발을 담근 채 흔들거리고 있었다. 톰은 그 문제를 먼저 꺼내지 않

평저선(flatboats)은 바닥이 평평한 배이다. 물의 깊이가 변하는 미시시피 강에 적합하다. 이 배는 노나 장대로 저어서 움직이며, 주로 식량 운송에 사용된다.

기로 했다. 허크가 말하지 않는다면 꿈을 꾸었다는 증거일 테니까.

"안녕, 허크!"

"안녕, 친구."

침묵이 뒤따랐다.

"톰, 우리가 그놈의 연장을 아래층에 놓지 않았다면 그 돈은 우리 것이 되었을 거야. 정말 아쉽다."

"후, 꿈이 아니었구나! 차라리 꿈이면 좋았을 텐데. 그렇지 않니, 허크?"

"꿈이 아니라니?"

"어제 있었던 일 말이야."

"꿈이라고? 계단이 튼튼했다면 더 꿈같은 일이 벌어질 수도 있었을 거야. 꿈이라면 지긋지긋해. 밤새 꿈을 꾸었거든. 나는 그 스페인 놈이 나를 계속해서 따라다니는 꿈을 꿨어. 이런 망할 놈!"

"무슨 수를 써서라도 인디언 조를 찾아내야 해. 아니면 어떻게 그 돈을 찾겠어?"

"우리는 꿈에서나 한번 일어날 기회를 얻었는데, 그 기회를 놓쳤어. 다시 그들과 맞닥뜨려도 자신이 없어."

"나도 마찬가지야. 하지만 여하튼 조를 찾
았으면 좋겠어. 그리고 2호까지 쫓아가는 게
어때?"

"2호, 바로 그거야. 나도 생각을 해 보았지
만 뭔지 모르겠어. 그게 뭘까?"

"있잖아, 집 주소가 아닐까?"

"그건 아니야. 설사 맞더라도 우리 마을은
아닐 거야. 여기는 그런 번호가 없으니까."

"맞아. 그럼 여관 방 번호가 아닐까?"

"그럴지도 몰라. 만약 그렇다면 찾기 쉽겠
다. 마을에는 여관이 두 개 밖에 없으니까."

"내가 가 볼게. 허크, 넌 내가 올 때까지 여기서 기다려."

톰은 달려갔다. 톰은 사람들이 많은 곳에서 허크와 같이 있는 모습
을 보이고 싶지 않았다. 고급스런 첫 번째 여관의 2호실은 한 변호사
가 오래 전부터 묵는 곳이었다. 그리고 두 번째 싸구려 여관의 2호실
은 베일에 싸여 있었다. 여관집 아들은 그 방이 계속 닫혀져 있다고 했
다. 그리고 사람이 드나드는 것을 본 적이 없는데 왜 그런지는 모른다
고 하면서, 어제 밤에는 불빛을 보았다고 했다.

"허크, 내가 알아봤는데 그 방이 맞는 것 같아."

"내 생각도 그래, 톰. 그럼 이제 어떻게 하지?"

"생각해 볼게. 기다려 봐."

톰은 한참 생각하다가 이렇게 말했다.

"2호에는 입구가 두 개가 있어. 그 중 하나는 여관과 벽돌 창고 사
이의 골목으로 통하게 되어 있어. 우리 갖가지 열쇠를 죄다 모아 보자.
달이 뜨지 않는 밤에 열쇠들을 가지고 그 방을 열어보는 거야. 그리고
인디언 조를 조심해. 그는 복수하기 위해 마을에 올 거니까. 그를 보면

미주리의 애로우 록(Arrow
Rock)의 여관 객실. 당시 미국
에서는 여관을 tavern이라고
불렀고 이는 여행자들이 묵는
방이 있는 괜찮은 수준의 여관
을 말했다.

219

뒤를 밟아. 그가 2호에 오지 않으면 위치가 거기가 아니라는 의미야."

"나 혼자 뒤를 밟고 싶지 않아."

"밤에 올 테니까 너를 볼 수 없을 거야. 혹시 널 보더라도 아무 말도 안 할 거야."

"어두워지면 내가 미행할 수도 있겠지만 확실하지는 않아. 자신 없지만 시도는 해 볼게."

"걱정 마. 나도 뒤를 밟을 거야. 복수하는 게 어려워지면 결국 돈이 있는 곳으로 갈 거야."

"그건 확실해, 톰. 내가 꼭 그의 뒤를 밟을게."

"좋았어, 허크. 용기를 가지고 나를 믿어."

경제적으로 여유가 있는 손님은 애로우 록(Arrow Rock) 여관의 식당에 드나든다. 원래 이 식당에서 여행자는 '주인 테이블'에 앉곤 했다. 여행자는 여관 주인과 함께 식사를 하곤 했다.

XXVIII

2호실의 비밀

그날 저녁, 톰과 허크는 큰 모험을 준비했다. 아이들은 9시가 넘도록 여관 주변을 서성였다. 한 명은 골목을 살폈고, 한 명은 입구를 살폈다. 골목길은 한적했다. 가짜 스페인 비슷한 사람도 여관으로 들어가지 않았고, 여관에서 나오는 사람도 없었다. 그날 밤은 달이 밝았다. 허크가 고양이 울음소리를 내면 톰은 밖으로 빠져나와 열쇠를 하나하나 시험해 볼 것이다. 하지만 달빛은 가려지지 않았고 대략 자정 즈음에 허크는 망보는 것을 포기하고 자러 갔다.

다음 날도 그 다음 날도 상황은 별로 좋지 않았다. 하지만 목요일은 징조가 좋았다. 톰은 폴리 이모의 낡은 등잔과 등잔의 불빛을 가리기 위한 큰 수건을 가지고 나왔다. 일찍 집에서 나온 톰은 허크가 침실로 사용하는 통에 등잔을 숨겼다. 두 아이는 망을 보기 시작했다. 11시에 여관 1층에 있는 식당이 문을 닫자, 그 동네의 유일한 불빛이 꺼졌다. 여전히 스페인 사람은 보이지 않았다. 캄캄한 밤이었고, 멀리서 들려오는 천둥소리만이 정적을 깨뜨렸다. 모험을 시도할 때가 온 것이다.

톰은 통 속에서 전등을 켜고 수건으로 세심하게 감쌌다. 그리고 어둠을 가로질러 두 아이는 여관으로 향했다. 허크는 망을 보고, 톰은 골목 안으로 들어갔다. 허크는 기다리는 시간이 영원처럼 느껴졌다. 톰이 기절한 건 아니겠지? 설마 죽은 건 아니겠지? 이따금씩 전등 빛을 볼 수만 있다면, 그러면 겁은 나겠지만 적어도 톰이 아직 살아 있다는

미국 내 기독교 여성 연합을 풍자적으로 보여 주고 있다. 무릎을 꿇은 여성들이 카페의 문과 창문에서 누더기를 걸친 무기력한 술주정뱅이들에게 애원하고 있다.

> 66 허크는 망을 봤고, 톰은 골목길 안으로 들어갔다. 99

증거는 될 것이다. 허크는 무슨 큰일이 난 것은 아닌지 걱정을 하면서 조금씩 골목으로 다가갔다. 허크의 심장은 너무나 두근거려서 터질 것만 같았다. 갑자기 등잔이 나타났다. 톰이 전속력으로 달려오면서 허크에게 외쳤다.

"빨리 달아나!"

허크는 더 이상 물어 볼 것도 없이 톰의 뒤를 따라 전속력으로 달렸다. 두 아이는 마을의 반대편 끝에 있는 폐허가 된 도살장에 다다라서야 멈추었다. 아이들이 도착하자마자 뇌우가 치기 시작했고, 비가 주룩주룩 내렸다. 톰은 숨을 돌리고 허크에게 상황을 설명했다.

"너무나 끔찍했어, 허크! 내가 열쇠 두 개를 시험해 보았어. 조심하려고 했지만 소리가 너무 크게 나는데다 열쇠가 구멍에 들어가지 조차 않는 거야. 그래서 나는 무의식적으로 손잡이를 돌려 보았어. 그랬더니 문이 열리는 거야. 문이 열려 있었던 거지. 나는 재빨리 안으로 들어가서 등잔에 있던 수건을 벗겼는데, 세상에……."

"뭔데, 톰?"

"인디언 조의 팔을 밟을 뻔 했어. 제때 동작을 멈추지 않았다면 말

이야."

"정말?"

"인디언 조가 팔을 십자가처럼 벌리고 마루에 길게 누워 있었어. 눈에 눈가리개를 하고 주먹을 쥔 채 잠들어 있었어."

"그래서 너 어떻게 했어? 인디언 조가 깬 거야?"

"아니야, 움직이지 않았어. 술에 취했나 봐. 난 수건을 쥐고 재빨리 달아났지."

"나였다면 수건 생각은 못했을 거야."

"내가 그걸 잃어버리면 이모가 어떻게 하실지 아니까."

"너 보물 상자 봤어?"

"시간이 없어서 상자도 못 보고, 십자가도 못 봤어. 내가 본 건 조 옆에서 굴러다니는 술병하고 양철 컵이었어. 방에는 두 개의 술통하고 여러 개의 술병이 있었어. 이제 왜 그 방을 유령방이라고 하는지 알겠니?"

이 위스키 라벨은 증류공장 내부를 보여 준다. 증류기는 알코올이 연속적인 냉각관을 지나면서 맑아지게 한다.

"아니."

"위스키가 있기 때문이야. 여관에서는 금주를 하도록 돼 있잖아. 그래서 여관마다 유령 방이 하나씩은 있는 거야. 그렇지 않니, 허크?"

"어쨌든 톰, 조가 술이 취했다면 상자를 꺼내올 기회잖아."

"너 그렇게 할 수 있어?"

허크는 몸을 떨었다.

"음……. 아무래도 안 될 것 같아."

"맞아, 나도 그건 너무 위험하다고 생각해. 조는 완전히 취하지 않았을 거야."

톰은 잠시 생각한 후 덧붙였다.

"조가 밖으로 나가기 전까지는 더 이상 아무것도 하지 말자. 너무 위험해. 매일 밤 망을 보면서 조가 나가는 것을 확인하고 나면 행동을 개시하는 거야."

"좋았어. 나는 매일 밤 망을 볼게. 나머지는 네가 해."

"좋아. 알려 줄 것이 있으면 내 창문 아래서 고양이 울음소리를 내. 내가 깊이 잠들어 있으면 창문에 돌을 던져. 그러면 내가 깰 테니까."

"알았어."

"이제 비가 그쳤으니 나는 집에 갈게. 한두 시간 후면 동이 틀 거야. 그때까지 넌 망을 보는 거지?"

"내가 한다고 했으면 하는 거야. 해야 한다면 1년도 망을 볼 수 있어. 낮에 잠을 자면 밤을 샐 수 있으니까."

"넌 어디서 잘 건데?"

"벤 로저스의 헛간에서 잘 거야. 벤과 잭 영감이 허락했어. 내가 물을 가져다 주면 나에게 먹을 것을 주기도 해. 잭 영감은 좋은 사람이야. 그 사람은 내가 백인이라고 거드름을 피우지 않으니까 나를 좋아해. 어떤 때는 같이 저녁을 먹기도 해."

"좋았어. 뭔가 수상한 게 보이면 내 창문 아래서 고양이 울음소리로 신호해 줘야 해."

XXIX

아이들만의 소풍

금요일 아침 톰은 대처 판사 가족이 어제 집으로 돌아왔다는 소식을 들었다. 즉시 인디언 조와 보물보다는 베키 대처가 그의 관심으로 들어왔다. 톰은 베키가 많은 친구들에게 둘러싸여 있는 것을 보았고, 여러 가지 놀이를 하면서 재미있게 놀았다. 그날은 행복하게 끝났다. 베키는 엄마를 졸라서 오랫동안 미뤄왔던 소풍을 다음 날 가기로 결정했다. 베키는 신이 났고, 톰도 마찬가지였다. 그날 저녁 모든 마을 아이들은 소풍 준비에 바빴다. 톰도 설레는 마음에 밤늦게야 잠이 들었다. 허크가 몇 시간 안에 창문 아래 와서 고양이 울음소리를 낸다면, 보물을 가져와 베키와 모든 친구들을 기쁘게 해 줄 수 있을 것이다. 그러나 기대와 달리 그날 밤은 아무 신호도 없었다.

다음 날 아침, 10시에서 11시 사이에 아이들은 대처 판사 집 앞에 모였다. 아이들이 노는 데는 어른들이 끼지 않는 것이 관례였다. 18세에서 20세 정도의 여자들 몇 명과 20세에서 23세 사이의 청년들 몇 명이 아이들을 보호해 주는 것으로 충분했다. 소풍을 위한 낡은 증기선이 준비되어 있었다. 소풍 바구니를 들고 신이 난 아이들은 마을의 큰길로 나갔다. 시드는 아파서 소풍에 갈 수 없었다. 메리는 시드 옆을 지키기 위해 집에 남았다. 출발 전 대처 부인은 베키에게 말했다.

"늦게 돌아올 수도 있으니 부두 근처에 사는 친구 집에서 자고 오렴."

"알았어요, 엄마. 수지 하퍼 집에서 자고 올게요."

"그렇게 해라. 예의바르게 행동하고 누구에게도 불편을 끼치지 말거라."

소풍을 가면서 톰은 베키에게 이렇게 말했다.

"베키, 이렇게 하자. 수지 하퍼 집에 가는 대신 더글러스 부인 댁에서 자고 오자. 더글러스 부인은 항상 부엌에 아이스크림이 가득 있거든. 부인은 우리를 반가워하실 거야."

"그래. 재미있겠다."

잠시 생각한 후, 베키가 덧붙였다.

"그런데 엄마가 뭐라고 하실까?"

"걱정 마! 아무것도 모르실 거야."

그래도 베키는 안심이 되지 않았다.

"잘못될 것이 뭐가 있겠니? 엄마가 원하는 것은 네가 안전하게 있는 거야. 미리 말했다면 분명히 그렇게 하라고 하셨을 거야."

목사가 여는 종교적 야유회에 가족들은 빵, 잼, 그리고 다른 과자류를 먹을 수 있다. 이 전통적인 사회적 모임은 남자 아이들이나 여자 아이들에게 귀중한 만남의 장이 된다.

더글러스 부인께서 항상 따뜻하게 맞아 주시던 것을 생각하니 베키도 그 집에 가는 것이 좋게 생각되었다. 두 아이는 그날 저녁 계획에 대해 아무에게도 귀띔하지 않기로 했다. 그런데 갑자기 허크가 오늘 밤 창문 아래에서 고양이 울음소리를 낼 수도 있다는 생각이 들자, 들떠 있던 톰은 찬물을 맞은 기분이 되었다. 어떻게 할 것인가? 더글러스 부인 댁에 가는 것을 포기할 용기는 없었다. 그리고 왜 그 계획을 포기하겠는가? 허크가 오늘 밤에 와서 보물을 찾는다는 보장도 없는데……. 그 나이 또래가 그러하듯이 톰은 가벼운 마음으로 지금 당장 가장 하고 싶은 것을 하기로 했다. 그날 톰은 더 이상 보물 상자에 대한 생각을 하지 않았다.

배는 마을 하류에서 5킬로미터 떨어진 숲으로 둘러싸인 한적한 포구에 정박했다. 잠시 후, 아이들의 웃음과 환호성이 메아리가 되어 울려 퍼졌다. 아이들의 식욕은 왕성했다. 챙겨온 음식은 금방 없어졌다.

식사가 끝난 후 아이들은 큰 나무 그늘 아래서 휴식을 취했다. 그러다 누군가 이렇게 물었다.

"동굴에 가 보고 싶은 사람?"

모두들 동굴에 가고 싶어 했다. 그래서 초를 나눠 가지고 언덕을 올라갔다. 작은 언덕 허리에 동굴 입구가 에이 (A) 모양으로 나 있었다. 동굴 문은 큰 떡갈나무로 되어 있었다. 문은 열려 있었다. 안으로 들어가니 여러 크기의 입구가 있었고 내부는 얼음 창고만큼 차가운데다 석회암 벽에 물방울들이 맺혀 있었다. 햇빛이 비치는 언덕과 어두운 내부는 상당한 대조를 이루고 있었다. 눈앞에 펼쳐진 광경을 보느라 조용했던 아이들은 다시 떠들기 시작했다. 한 남자 아이가 촛불을 켰다. 모두들 그 아이에게 몰려 갔다. 그 아이는 초를 뺏기지 않으려다가 그만 촛불을 꺼트렸다. 모두들 웃음을 터뜨렸고, 서로 쫓고 쫓기기 시작했다. 하지만 그런 놀이도 끝이 나고 잠시 후 아이들은 동굴 깊이 들어가는 길을 따라 내려갔다. 촛불은 치솟은 바위벽을 약하게 비추고 있었다. 통로는 길어봤자 3미터밖에 되지 않았다. 군데군데 좁은 통로가 오른쪽, 왼쪽으로 뻗어 있었다. 동굴은 좁은 길이 구불구불 사방으로 엉켜 있는 거대한 미로 같았다. 그래서 어

> **잠시 후 아이들은 동굴 깊이 들어가는 주된 길을 따라 내려갔다.**

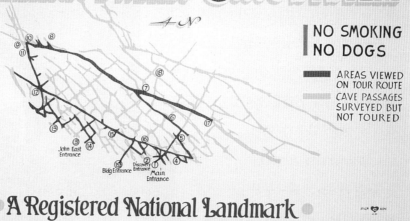

베키의 피크닉 동안 아이들이 가는 동굴의 모델이 된 실제 동굴은 한니발에서 2킬로미터 떨어진 곳에 있는 원래 '심(Simm)의 동굴'이라고 부르는 곳이다. 이곳은 《톰 소여의 모험》이 출간된 후 '마크 트웨인 동굴'이 되어 특별히 지정된 지역이 되었다. 1880년부터 방문객들이 이 동굴을 찾고 있다. 위의 그림은 이 지역의 지도로서 100헥타르의 목초지 아래 있는 10킬로미터의 갱도이다. 오늘날에도 이곳을 그대로 방문할 수 있다.

디가 어딘지 길을 찾을 수가 없었다. 이곳에서는 며칠 동안 돌아다녀도 끝을 못 보았다는 말도 있었다. 계속해서 미로가 나타났다. 아무도 동굴 안을 구석까지 알지 못했다. 아이들은 대부분 동굴 깊이 들어가지 않았다. 아이들은 서로 멀리 흩어졌다. 샛길에 접어든 아이들은 교차로에서 마주쳤다. 서로 마주치지 않고 30분 동안 돌아다닐 수 있었으나, 이미 알고 있는 곳을 벗어나지는 않았다.

이따금씩 아이들은 머리부터 발끝까지 촛농과 진흙을 뒤집어쓴 채 동굴 입구로 돌아왔다. 아이들은 피곤했지만 즐거웠다. 아무도 몇 시인지 신경 쓰지 않는 사이 어둑해지고 있었다. 30분전부터 증기선의 종소리가 울리고 있었다. 모두들 만족스럽게 그날 일정을 마무리했다. 아이들을 실은 증기선이 연안을 떠날 때, 선장 말고는 아무도 시간이 늦은 것에 대해 신경 쓰지 않았다.

불빛이 밝혀진 증기선이 멈추지 않고 부두 앞을 지나쳤다. 그때 허크는 망을 보고 있다가 저 배는 왜 부두에 멈추지 않고, 그냥 지나치는지 궁금했다. 배에서는 아무 소리도 들리지 않았다. 피로에 지친 아이들이 잠이 들었기 때문이었다. 허크는 다시 자신의 일에만 집중했다. 밤은 더욱더 깊어가고 있었다. 구름이 많이 몰려왔다. 10시 종이 울리고 나자 주변은 더 조용해지고 불빛은 꺼져가고 있었다. 마을은 잠이 들었고, 허크는 고요함과 유령들만 돌아다니는 거리에 혼자 남았다.

11시가 되었다. 여관의 불빛이 차례로 꺼졌고, 어두움은 계속 번졌다. 허크는 잠을 자지 않고 계속 버텼다. 아무 일도 일어나지 않았다. 시간이 아주 길게 느껴졌다. 허크는 지루한 나머지 지금 이러고 있는다고 뭐가 달라질까 하는 생각마저 들었다.

갑자기 작은 소리가 들렸다. 허크는 바짝 긴장했다. 누군가 골목길을 향해 나 있는 여관 문을 열었다가 살짝 닫았다. 허크는 벽돌 창고 구석까지 뛰어가서 숨었다. 사람들 중 한 명은 팔에 무언가를 끼고 있었다. 보물 상자였다. 이제 톰을 불러야 하나? 아니다. 그 사이 저들은 보물을 가지고 사라질 것이고, 그러면 다시는 그들을 볼 수 없을 것이다. 허크는 일당의 뒤를 쫓아야 했다. 밤이 깊었으니 저들을 뒤쫓아 가는 것은 쉬울 거라 혼잣말을 하면서 맨발로 숨어 있던 곳에서 나와서 고양이처럼 조용하게 악당들의 뒤를 따라갔다.

그들은 우선 강으로 향했다가 세 블록 쯤 올라가 사거리에서 왼쪽으로 돌아서는 계속 걸어갔고, 카디프 언덕에 이르는 길에 도착했다. 악당들은 망설이지 않고 언덕 중턱에 위치한 웨일즈 노인이 살고 있는 집을 따라 걸어갔다. 허크는 혼잣말을 했다.

"저들은 상자를 채석장에 숨길 거야."

하지만 악당들은 채석장에서 멈추지 않고 언덕 위 잡목 속으로 사라졌다. 허크는 위험을 느낄 겨를이 없었다. 발걸음을 재촉하다가 너무 빨리 간다는 생각이 들자 걸음을 늦추고 멈춰 서서 주변의 소리에 귀를 기울였다. 자신의 심장 뛰는 소리 외에는 아무 소리도 들리지 않았다. 멀리서 부엉이 울음소리가 들렸다. 불길한 조짐이었다. 발걸음 소리는 전혀 들리지 않았다. 결국 놓친 것인가? 허크가 걸음을 돌리려는데 1미터 정도 떨어진 곳에서 기침하는 소리가 들렸다. 허크의 심장

은 마구 방망이질치고 있었고, 마치 한꺼번에 고열이 나는 것만 같았다. 허크는 다리가 후들거려서 그 자리에서 쓰러질 것만 같았다. 그곳이 어디인지 알았다. 다섯 발자국만 가면 더글러스 부인 댁의 작은 울타리가 있다는 것을 알고 있었다.

'잘됐어. 여기다 보물을 묻으려나 보네. 보물을 다시 찾는 것은 어렵지가 않겠어.'

그때 낮은 목소리가 들렸다. 인디언 조의 목소리였다.

"빌어먹을! 창문에 불빛이 보이는 건 손님이 있다는 거잖아."

"나는 아무것도 안 보이는데?"

이 목소리는 유령의 집에서 들었던 모르는 사람의 목소리였다. 허크는 몸이 떨렸다. 조가 여기 있다는 것은 복수를 하기 위해서였던 것이다. 이런 생각이 들자 일단 도망가고 싶어졌다. 그 순간 인자한 더글러스 부인이 생각났다. 어쩌면 이 사람들은 더글러스 부인을 죽일지도 모른다. 이걸 부인께 알릴까? 그러다가 잡힐지도 모른다. 이러한 생각들이 낯선 사람과 인디언 조가 말하는 사이에 허크의 머릿속을 지나갔다.

"아무것도 보이지 않는 것은 덤불에 가려졌기 때문이야. 이쪽으로 와서 봐. 이제 보이나?"

"그래. 사람이 있나 보다. 포기하는 게 낫겠어."

"포기하고 완전히 이곳을 떠난다고? 이게 마지막 기회일지도 모르는데 이걸 포기한다고? 다시 한번 말하지만 난 돈을 뺏으려는 게 아냐. 치안판사인 저 여자의 남편이 몇 번씩이나 내 삶을 힘들게 만들었어. 그 판사는 부랑자라며 나를 감옥에 쳐 넣고 채찍질 당하게 했어. 마을 사람들이 다 보는 앞에서 말이야. 알겠어? 그 판사는 복수하기 전에 죽었으니 그의 아내에게 복수할 거야."

"아, 그 여자를 죽이지는 마! 설마 그러려는 건 아니지?"

"누가 죽인다고 했나? 판사가 있었다면 죽였을 거야. 하지만 그 아내는 아니지. 우리는 여자를 죽이지 않아. 여자의 얼굴을 뭉개버리는 거지. 코와 귀를 잘라버리는 거야."

"이런, 그렇게 끔찍하게 복수하다니!"

"넌 참견하지 않는 게 좋을 거야. 나는 그 여자를 침대에 묶을 거야. 피를 흘리다가 죽어버린다면 할 수 없지. 그런다고 해도 나는 눈물 한 방울 안 흘릴 거야. 나를 도와줘. 넌 나를 도와주기 위해 여기 있는 거야. 만일 겁이 나서 도망가 버리면 너도 가만 안 둘 거야. 알았어? 그리고 내가 너를 죽인다면 그 여자도 죽일 거야. 그러면 아무도 누가 그랬는지 모르겠지."

"그래야 한다면 바로 하자. 될 수 있는 한 빨리…… 이 일 때문에 겁나 죽겠어."

"사람들이 있는데 하라고? 지금 제정신이야? 너 계속 그러면 난 너를 의심할 거야. 사람들이 없어지는 걸 기다려. 서두를 것 없어."

허크는 침묵이 이어지는 걸 느꼈다. 악당들이 하는 말보다 한층 더 끔찍했다. 허크는 숨을 멈추고 조심스럽게 뒤로 물러났다. 허크는 땅을 발로 눌러보고 나서야 발걸음을 완전히 내디뎠고, 수없이 이쪽저쪽

8월에서 9월, 옻나무는 열매를 맺는다. 이는 빨간 핵과로 털이 있는 것과 없는 것이 있으며, 잔 가지의 끝에 난다.

가을에 옻나무의 잎은 색깔이 엷은 노란색에서 진홍색으로 변하며, 짙은 보라색 열매가 돋보인다. 이 소관목은 캐나다에서 미국 남부에 이르기까지 볼 수 있다. 모든 토양에 적응하기 때문이다.

으로 넘어질 뻔 했다. 뒤로 발걸음을 내딛을 때마다 항상 조심했다. 허크의 발 아래서 작은 나뭇가지가 부러졌다. 허크는 멈춰 서서 다시 한 번 숨을 멈추고는 주변의 소리에 귀를 기울였다. 아무 소리도 나지 않았고, 아무것도 움직이지 않았다. 하나님에 대한 허크의 감사는 그칠 줄을 몰랐다. 허크는 옻나무 덤불 사이에서 몸을 돌렸다. 배가 움직이는 것만큼 조심스럽게 움직인 다음 왔던 길을 되돌아 다시 따라갔다. 허크는 채석장에 이르러서야 안심이 되었다. 웨일즈 사람의 집까지 빠른 속도로 달렸다. 문을 두드리자 노인과 건장한 청년인 두 아들의 얼굴이 창문에 나타났다.

"무슨 일이냐? 이 시간에 문을 두드리는 게 누구야?"

"빨리 문을 열어 주세요. 드릴 말씀이 있어요."

"이걸 말씀드린 것이 저라고 이야기하면 절대 안 돼요. 절대로요. 그들이 저를 죽일 거예요. 더글러스 부인께서는 저에게 여러 번 잘 해 주셨어요. 제가 일렀다는 걸 아무에게도 말하지 않는다고 약속하시면 말씀드릴게요."

노인이 말했다.

"무슨 일이 있는 모양이구나. 아무에게도 말하지 않으마."

3분 후에 노인과 아들들은 완전 무장을 하고 언덕을 올라가서 살금 살금 오솔길에 이르렀다. 허크는 멀리가지는 않았고, 장미나무 뒤에 숨어서 주변의 소리를 들었다. 가슴을 죄는 고요함이 흐른 후, 총소리가 들렸고, 그 다음에 비명 소리가 들렸다.

허크는 두말 할 필요 없이 뒤도 안 돌아보고 언덕을 급히 달려 내려 갔다.

XXX

사라진 아이들

일요일 아침, 새벽이 되자마자 허크는 다시 언덕을 올라가 웨일즈 노인의 집 문을 살짝 두드렸다. 세 남자는 밤 사이 사건이 있은 후 선잠을 자고 있었다. 창문이 열렸다.

"낮이나 밤이나 항상 문을 열어 줘야 할 아이가 왔구나. 어서 와라."

부랑자에게는 익숙하지 않은 말이었고, 기분 좋게 들렸다. 웨일즈 노인과 아들은 옷을 입었다.

"애야, 네가 입맛이 있었으면 좋겠구나. 해가 뜨면 따뜻한 아침식사가 준비될 거다. 여기서 편안하게 있으렴. 오늘밤 네가 이곳에 있을 거라고 기대했단다."

"저는 매우 두려웠어요."

허크가 말했다.

"그래서 도망쳤어요. 처음 총성이 들리자 저는 재빨리 그곳을 떠나서 5킬로미터를 멈추지 않고 달렸어요. 악당들을 보게 될까 두려웠기 때문이죠. 그들이 죽었다 할지라도 말이에요. 하지만 소식이 들리지 않아서 저는 동이 트기 전에 다시 왔어요."

"불쌍한 녀석, 밤에 잠을 제대로 못잔 모양이구나. 여기 침대에서 아침 먹고 한숨 자려무나. 안타깝게도 그 자들은 죽지 않았단다. 네가 자세히 말해 주어서 우리는 그들이 어디 있는지 알고 있었단다. 우리는 그들과 3, 4미터 정도 떨어진 곳까지 조용히 다가갔지. 옻나무가 국경 근처에 사는 아이들은 어릴 때부터 총을 사용하는데 익숙해 진다. 사냥을 하고, 강도나 인디언들의 공격에 방어하기 위해서이다. 일반적으로 새총, 수중총, 그리고 소총의 중간 단계인 고무총이 있었다. 이는 《미국 어린이들의 실용서》에 나와 있다.

있는 어두운 오솔길에서 마침 재채기가 나오려고 하더구나. 운도 정말 없었다. 재채기를 참으려고 했지만 어쩔 수가 없었다. 나는 총을 들고 앞장을 서고 있었는데, 내가 재채기를 하자 그 자들이 오솔길에서 나왔단다. 나는 소릴 질렀지. "얘들아, 쏴라." 그리고 아들들과 동시에 소리가 난 방향으로 총을 쏘았단다. 하지만 그 놈들은 지체하지 않고 도망쳤고, 총에 맞지도 않았단다. 우리는 놈들을 추격하는 것을 그만 두고, 보안관에게 알렸지. 수색대가 강둑에 보초를 섰고, 날이 밝으면 다른 수색대를 지휘하는 보안관이 숲을 샅샅이 뒤질 거야. 아들들은 수색대를 따라 나설 거야. 놈들의 인상착의를 알게 되면 수사에 상당한 도움이 될 것 같구나. 내게 말해 주렴. 어두워서 보이지 않았을 수도 있겠지만 말이야.

"봤어요. 그 사람들을 마을에서 보고 뒤쫓아 간 거였어요."

"잘됐구나! 그들이 어떻게 생겼는지 말해보렴."

"한 명은 마을에 한두 번 왔던 벙어리 스페인 사람이었어요. 다른 사람은 처음 보는데, 아주 무섭게 생겼고요."

"그 정도면 충분하다, 애야. 누군지 알만하구나. 더글러스 부인의 집 뒤 숲 속에서 본 적이 있단다. 그때도 슬쩍 달아나 버리더구나. 얘들아, 나가서 이걸 보안관에게 알려라. 아침식사는 다녀 와서 먹고."

웨일즈 노인의 아들들은 곧 떠났다. 허크는 벌떡 일어나 그 뒤에 대고 소리쳤다.

"제발 부탁인데요. 그 사람들을 제가 따라갔다고 아무에게도 말하지 마세요. 간곡히 부탁할게요."

"그래 좋다. 네 부탁이라니 들어주지. 하지만 네가 훌륭한 일을 했다는 것을 사람들이 알기를 왜 원치 않는 거니?"

"제발 부탁이에요. 아무 말씀도 하지 말아 주세요!"

청년들이 떠난 후 웨일즈 노인이 말했다.

"내 아들들도 나도 아무 말도 안할 거란다. 하지만 왜 아무도 그걸 알아서는 안 된다는 거니?"

허크는 말문이 막혀서 주저하다가 단지 두 명 중 한 명을 오래 전부터 너무 잘 알고 있으며, 특히 그 사람이 한 나쁜 짓을 자신이 알고 있다는 것을 알리기를 원하지 않는다고 했다. 보복할지도 모르기 때문이었고 그것은 분명했다.

웨일즈 노인은 비밀을 지킬 것을 다시 약속하면서 이렇게 덧붙였다.

"어떻게 그자들의 뒤를 밟게 되었니? 뭔가 수상해 보였니?"

허크는 잠시 생각했다. 너무 많은 것을 이야기하지 않기 위해서였다.

"있잖아요. 저는 힘든 삶을 살아요. 모두들 그렇게 말하고, 저도 그런 것 같아요. 때때로 그 점에 대해 생각을 하고, 힘든 상황에서 벗어날 방법을 찾으면 잠이 안 와요. 어젯밤도 그랬어요. 눈을 붙일 수가 없었어요. 그래서 자정쯤 거닐다가 템퍼런스 여관 근처의 벽돌 창고에 이르게 되었어요. 저는 생각을 하기 위해 벽에 기댔어요. 바

> **❝** 그 사람들을 마을에서 보고 뒤쫓아간 거였어요. **❞**

235

로 그때 그 두 사람이 지나가는 거예요. 한 사람은 팔에 뭔가를 끼고 있었어요. 저는 그 사람들이 어떤 물건을 훔쳤다고 생각했어요. 한명이 담배를 피웠고, 다른 사람은 불을 달라고 했어요. 담배 불빛이 얼굴을 비추어서 저는 체구가 큰 남자가 전에 본 스페인 사람이라는 걸 알수 있었죠. 하얀 수염을 하고 눈에 안대를 한 걸 보고 그 사람인 줄 알았어요. 다른 사람은 누더기를 걸치고 있었어요."

"담배 불빛으로 누더기를 걸친 것까지 보았단 말이니?"

허크는 잠깐 할 말을 잃었다. 그러다가 다시 말했다.

"잘 모르겠지만 그런 것 같아요."

"그리고 어떻게 되었니?"

"저는 그들을 따라갔어요. 악당들이 무엇을 할지 알고 싶었거든요. 저는 더글러스 부인 댁 울타리까지 그들을 쫓아갔죠. 어둠 속에서 작은 사람이 부인을 손봐 주자고 하고, 스페인 사람은 부인 얼굴을 뭉개버리겠다며 욕을 하는 걸 들었어요. 제가 할아버지와 아드님께 말씀드렸던 그대로 말이에요."

"귀머거리에 벙어리인 자가 그런 대화를 했단 말이냐?"

허크는 다시 한번 할 말을 잃었다. 그 스페인 사람의 실체를 밝히지 않기 위해 얼버무리려고 노력했다. 자기도 모르게 말이 나와 어려운 상황에 빠진 것이었다. 허크는 그 상황에서 빠져나오려고 안간힘을 썼지만, 웨일즈 노인은 집요하게 질문했다.

"애야, 나를 두려워하지 말렴."

허크는 노인을 향해 몸을 숙이고 귓속말로 말했다. "그자는 스페인 사람이 아니라 인디언 조예요."

"절대로 너의 머리카락 하나도 다치지 않게 지켜 주겠다. 스페인 사람은 귀머거리도, 벙어리도 아니구나. 얼버무리려고 애쓸 필요 없다. 숨기고 싶은 일이 있는 모양이구나. 나를 믿어라. 나에게 사실을 말해 주렴. 난 널 배신하지 않는단다."

허크는 노인의 얼굴을 정면으로 바라보았다. 노인의 얼굴에는 선함과 진심이 어려 있었다. 허크는 노인을 향해 몸을 숙이고 귓속말로 말했다.

"그자는 스페인 사람이 아니라 인디언 조예요."

웨일즈 노인은 놀라서 펄쩍 뛸 뻔했다.

"이제 이해가 가는구나. 그자가 코와 귀를 베어버린다는 이야기를 네가 했을 때, 나는 네가 지어 낸 이야기인 줄 알았다. 왜냐하면 백인들은 그런 식으로 복수하지 않거든. 하지만 인디언이라면 상황은 다르지."

아침식사를 하면서 이야기는 계속되었다. 노인은 그날 밤 더글러스 부인의 울타리 주변에 핏자국이 없는지 살피러 갔다고 했다. 핏자국은 발견되지 않았지만 큰 자루가 발견되었다. 그 자루 속에는……

"그 자루 속에는 무엇이 있었나요?"

허크는 눈을 크게 뜨고, 숨을 멈춘 채 노인의 대답을 기다렸다. 웨일즈 노인은 놀라서 허크를 잠시 바라보다가 대답했다.

"도둑질을 하기 위한 연장이었단다. 그런데 왜 그렇게 놀라는 거냐?"

허크는 소파 위에 털썩 앉아서 안도의 한숨을 내쉬었다. 웨일즈 노인은 허크를 유심히 쳐다보다가 의아해하며 물었다.

"그 말을 들으니 안심이 되는 모양이구나. 뭔가 걸리는 것이 있는 거냐? 그게 무엇이라고 생각했

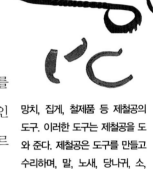

망치, 집게, 철제품 등 제철공의 도구. 이러한 도구는 제철공을 도와 준다. 제철공은 도구를 만들고 수리하며, 말, 노새, 당나귀, 소, 젖소 등의 수레를 끄는 동물들에 편자를 박는다.

불꽃을 튀기는 송풍 장치와 모루에 닿는 망치 소리와 함께 대장관의 광경은 아이들의 시선을 사로잡는다.

니?"

허크는 또 뭐라고 답해야 할지 몰랐다. 노인은 의심에 찬 눈빛으로 허크를 바라보았다. 허크는 대답을 찾을 수가 없었다. 결국 허크는 이렇게 중얼거리며 말해 버렸다.

"주일학교 책인 줄 알았어요!"

결코 웃기려는 생각은 없었지만 노인은 머리부터 발끝까지 흔들릴 정도로 즐거운 웃음을 터뜨렸다. 이런 웃음은 의사의 어떤 처방보다도 좋은 약이 될 것이다.

"불쌍한 녀석, 네 얼굴이 창백하고 피곤한 기색이구나. 그러니까 그렇게 엉뚱한 말을 하지. 잘 쉬고 나면 괜찮아질 거야."

허크는 그렇게 바보같이 말하고, 다른 사람이 의심을 품게 할 만큼 흥분한 것에 대해 자신에게 화가 났다. 사실 허크는 울타리 근처에서 들은 이야기로 남자들이 여관에서 가져간 물건이 보물이 아니라는 것을 짐작하고 있었다. 그런데 자루가 발견되었다는 말을 듣자 이성을 잃었던 것이었다. 허크는 이제 그 자루가 보물이 아니라는 것을 확인하게 되자 마음이 진정되었다. 모든 것이 잘 진행되고 있었다. 보물은 여전히 2호에 있을 것이다. 악당들은 머지않아 잡힐 것이고, 바로 감옥에 가게 될 것이다. 그러면 톰과 허크는 방해받지 않고, 보물을 꺼내 올 수 있을 것이다.

아침식사가 끝나자마자 문을 두드리는 소리가 들렸다. 허크는 구석에 숨었다. 허크는 그 전날 사건에 어떤 식으로든 말려들고 싶지 않았다. 몇 사람이 들어왔는데, 그 중에는 더글러스 부인도 있었다. 집 밖에는 궁금해 하는 사람들이 언덕을 올라오고 있었고, 웅성거리는 소리가 났다. 웨일즈 노인은 찾아오는 사람들에게 그 전날의 일에 대해 이야기해 주어야 했다. 더글러스 부인은 깊은 감사의 뜻을 표했다.

"그런 말씀 안 하셔도 됩니다, 부인. 저의 아들들과 저보다 더 고마워하셔야 할 사람이 있습니다. 그런데 그 사람은 저에게 이름을 말하지 말라고 하더군요. 그 사람이 아니었다면 우리는 제 시간에 도착하지 못했을 겁니다."

이 말을 들은 방문객들은 호기심에 가득 찼고 화제의 중심으로 삼으려고 했다. 그러나 웨일즈 노인은 끝까지 비밀을 지켰다. 화젯거리가 떨어지자 더글러스부인이 말했다.

"저는 침대에서 책을 읽다가 잠이 들었어요. 왜 저를 깨우지 않으셨어요?"

"그럴 필요가 없다는 생각이 들었습니다. 놈들이 다시 올 가능성이 없었고요. 일을 저지를 연장도 가지고 있지 않았으니까요. 그래서 부인을 깨워서 놀라게 할 이유가 없었답니다. 우리 집에서 일하는 하인세 명을 보내 부인 댁 앞을 지키도록 했지요."

방문객들이 계속 몰려들었고, 노인은 사람들에게 계속 이야기를 반복해서 해 주었다. 여름 방학 동안에는 주일학교가 없었지만 모두들 아침 일찍 교회에 갔다. 마을은 이 사건으로 떠들썩했다.

대처 부인이 하퍼 부인에게 물었다.

"우리 베키는 하루 종일 자는 모양이죠? 많이 피곤했나 보네요."

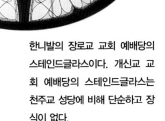

한니발의 장로교 교회 예배당의 스테인드글라스이다. 개신교 교회 예배당의 스테인드글라스는 천주교 성당에 비해 단순하고 장식이 없다.

"베키요?"

"예. 베키가 부인 댁에서 자지 않았나요?"

"아닌데요."

대처 부인은 창백해져서 그 자리에 쓰러지듯 앉았다. 그때 폴리 이모가 친구와 재미있게 대화를 나누며 그 옆에 왔다. 폴리 이모가 말했다.

"안녕하세요, 대처 부인. 안녕하세요, 하퍼 부인. 제 조카 하나가 소식이 없네요. 톰이 두 분 중 한 분 댁에서 자지 않았나요? 교회에도 안

나타난 것을 보니 야단 좀 쳐야겠네요."

대처 부인은 약하게 고개를 저었고, 점점 더 창백해졌다.

"톰은 저희 집에서 자지 않았어요."

하퍼 부인이 걱정하기 시작했다. 폴리 부인의 얼굴에도 근심이 드리우기 시작했다.

"조 하퍼, 오늘 아침 톰을 봤니?"

"못 봤는데요."

"마지막으로 본 게 언제지?"

조는 기억해 내려고 했지만 확실하지가 않았다. 교회에 다녀온 사람들을 통해 소문은 입에서 입으로 퍼져서 마을 전체가 근심에 휩싸였다. 아무도 톰과 베키가 돌아오는 날 배에 올랐는지 신경을 쓰지 않았던 것이었다. 그때는 시간이 너무 늦고 어두워 아무도 빠진 사람이 없는지 확인해 보지 않았던 것이다. 한 청년이 걱정스럽게 아이들이 아직 동굴 안에 있을지도 모른다고 했다. 대처 부인은 이 말에 정신을 잃을 지경이었다. 폴리 이모는 눈물을 흘리며 두 손을 쥐었다. 이 때문에 카디프 언덕의 악당 사건은 뒷전으로 밀려나고 말았다. 사람들은 말에 안장을 채우고 소형보트에 올라탔다. 증기선도 마련되었다. 곧 200명 정도가 되는 사람들이 동굴로 향했다.

오후 내내 마을은 텅 빈 것 같았다. 많은 여자들이 대처 부인과 폴리 이모 집에 들러 위로를 해 주고 함께 울었다. 밤새 마을 사람들은 소식을 기다렸다. 그러나 날이 밝았을 때, 사람들이 받은 소식은 이것뿐이었다.

"더 많은 촛불과 식량을 보내시오."

대처 부인은 근심으로 거의 정신이 나갈 지경이었고, 폴리 이모도 마찬가지였다. 동굴에 갔던 대처 판사는 희망과 용기를 주는 말을 했지만 어느 것도 위로가 되지는 못했다.

웨일즈 노인은 새벽에 집으로 돌아왔다. 옷은 촛농과 진흙으로 범벅이 돼 있었고 피로로 지친 상태였다. 허크는 침대에 계속 누워있었는데 열이 나서 정신이 없었다. 의사들은 모두 동굴에 갔기에 더글러스 부인이 아픈 허크를 돌봐 주게 되었다. 더글러스 부인은 허크가 좋은 아이든 나쁜 아이든 하나님의 피조물로 소중한 아이라면서 최선을 다했다. 웨일즈 노인이 허크가 좋은 아이라고 말해자 더글러스 부인은 거들었다.

"그건 확신하셔도 됩니다. 하나님께서 보살펴주신다는 증거니까요."

오후에 일부 수색대가 마을로 돌아왔다. 건강한 사람들은 아직 동굴에서 수색을 계속하고 있었다. 사람 발길이 닿지 않은 구석구석을 뒤졌다. 미로로 이루어진 동굴 속은 어떤 길로 들어가도 움직이는 불빛이 사방으로 비추고 어두운 통로를 따라 아이들을 찾는 고함과 총소리가 뒤엉켜 울리고 있었다. 수색대가 드디어 촛불의 그을음으로 '베키와 톰'이라고 써 놓은 벽을 발견했다. 그리고 그곳에서 가까운 곳에 촛농이 묻은 리본 조각을 찾았다. 대처 부인은 그 리본을 알아보고는 울음을 터뜨렸다. 어떤 것도 이보다 더 소중할 수는 없었다. 수색은 희망과 절망을 거듭했다.

66 드디어 촛불의 그을음으로 '베키와 톰'이라고 써 놓은 벽을 발견했다. 99

사흘 낮과 사흘 밤이 흘러갔다. 마을 전체는 희망을 잃고 얼이 빠져 의욕과 의지를 잃어갔다. 템퍼런스 여관 주인이 술을 몰래 숨겨 두었다가 들켰지만, 사람들은 전혀 관심을 갖지 않았다. 잠시 정신을 차린 허크는 막연히 최악의 사태가 두려워졌다. 그래서 더글러스 부인에게 자기가 아픈 이후로 여관에서 무엇인가 발견되었는지 물었다.

"그렇단다."

부인이 말했다.

허크는 눈이 휘둥그레져 침대에서 벌떡 일어나 앉았다.

"그게 뭐였어요? 뭐예요?"

"술이었단다. 이제 여관 문을 닫았지. 가만히 있어라, 애야. 너 때문에 나까지 놀랐구나!"

"하나만 더 이야기해 주세요. 더 이상 묻지 않겠다고 다짐할게요. 톰이 그걸 발견했나요?"

부인은 울음을 터뜨렸다.

"쉿, 쉿! 애야, 너는 아프니까 더 이상 말하지 마라."

'발견된 것이 술뿐이라니……. 금이 발견되었다면 얼마나 소란을 피웠을 것인가! 결국 보물은 사라졌고, 이젠 단념해야 하는 것이다. 그런데 더글러스 부인은 왜 우셨던 걸까?

허크는 같은 생각을 계속해서 되씹었다. 그러다 피곤해진 허크는 다시 잠에 빠져들었다.

"이제 자는구나. 불쌍한 녀석!"

더글러스 부인이 말했다.

"톰 소여가 술을 발견했냐고 묻다니……. 지금 톰을 찾아야 하는데……. 희망과 힘이 아직 남아 있어 수색할 수 있는 사람들도 이제는 그리 많지 않은 것 같으니 이를 어째."

> 66 허크는 같은 생각을
> 계속해서 되씹었다.
> 그러다 피곤해진 허크는
> 다시 잠에
> 빠져들었다. 99

XXXI

동굴 속에서

66 톰과 베키는
선반처럼 돌출해 있는
바위 위에 촛불의 그을음으로
자신들의 이름을 썼다.
그리고서 계속 앞으로
나아갔다. 99

이제 베키와 톰이 소풍을 떠났던 때로 돌아가 보자. 아이들은 어두운 내부를 돌아다니며 '응접실', '성당', 그리고 '알라딘의 궁전' 등 원래보다 과장된 이름을 가진 볼거리를 구경하며 돌아다녔다. 조금 있다가 아이들은 숨바꼭질을 시작했고, 톰과 베키도 재미있게 어울려 놀았다. 그러다 싫증이 나자, 두 아이는 촛불을 가지고 구불구불 나있는 길을 따라갔다. 톰과 베키는 이곳저곳에 누군가 동굴 벽에 촛불의 그을음으로 써 놓은 이름, 날짜, 주소 등의 글을 보면서 나아갔다. 이런저런 이야기를 나누면서 동굴 안을 돌아다니다 보니 낙서가 전혀 없는 곳에 와 있었다. 톰과 베키는 선반처럼 돌출해 있는 바위 위에 촛불의 그을음으로 자신들의 이름을 썼다. 그러고서 계속 앞으로 나아갔다.

잠시 후, 둘은 반짝거리는 바위를 발견했다. 그 바위는 벽에서 흐르는 석회 성분의 물줄기가 오랜 세월 동안 방울져 떨어지며 만들어진 것이었다. 바위는 구불구불한 레이스가 있는 나이아가라 폭포 모양이었다. 톰은 작은 체구로 그 물줄기 뒤로 들어가서 촛불로 폭포를 밝혀서 베키가 들어올 수 있게 해 주었다. 폭포 뒤는 커튼처럼 가려져 있었고, 가파른 계단이 좁은 벽 사이에 위치해 있었다. 탐험가를 꿈꾸던 톰의 마음이 단번에 사로잡혔다. 두 아이는 촛불의 그을음으로 표시를 하며 앞으로 나아갔다. 나중에 다시 길을 찾을 수 있도록 하기 위함이었다. 아이들은 구불구불 나있는 길을 따라 가며 동굴 속으로 계속 내

려갔다. 동굴의 깊이는 아무도 알 수 없었다.

샛길로 들어가자 멋진 광경이 펼쳐졌다. 넓은 공터가 있었고 천장에는 종유석이 수없이 달려 있었다. 그 종유석들은 어른 다리만큼이나 굵었다. 공터에는 많은 갈림길이 연결되어 있었는데 둘은 그 중 한 길로 들어갔다. 그 길을 따라가니 샘이 하나 나왔다. 커다란 종유석과 석순 기둥이 솟아 있는 굴 한가운데에 샘이 위치해 있었다. 마음을 사로잡을 만한 신비한 샘이었다. 샘 바닥에는 수정처럼 반짝거리는 돌들이 깔려 있었다. 박쥐 수천 마리가 웅크린 자세로 천장에 매달려 있었다. 불빛 때문에 잠이 깬 박쥐들은 수백 마리씩 무리를 지어 날카로운 소리를 지르며 초를 향해 빠르게 날아들었다. 톰은 박쥐들이 어떤 습성을 가지고 있는지 잘 알고 있었기에 베키의 손을 잡고 가장 가까운 샛길로 피신했다. 그러나 굴에서 막 나가려는 찰나에 박쥐 한 마리가 베키가 가지고 있던 초를 날개로 치는 바람에 촛불이 꺼졌다. 두 아이들은 박쥐를 피해 달아나며 아무 길이나 눈에 띄는 데로 접어들었다. 박쥐들을 따돌리자 지하 호수가 나왔다. 호수는 어둠 때문에 끝이 보이지 않을 정도로 길었다. 톰은 호숫가 탐험에 나서고 싶었지만 앉아서 휴식을 취하는 것이 더 낫겠다고 생각했다. 그때 처음으로 두 아이는 동굴 속의 어두움에서 불길한 징조를 느꼈다. 베키가 말했다.

"지금까지 몰랐는데, 아이들의 소리가 들리지 않는 곳까지 와버린 것 같아."

"맞아. 너무 많이 내려왔나 봐. 너무 내려와서 어디인지 방향감각도 잃어버렸다."

베키는 불안해했다.

날개가 있음에도 불구하고(사실 날개는 박쥐의 피부의 일부이다), 박쥐는 새가 아니라 포유류이다. 박쥐는 곤충을 먹고살며 밤이나 황혼 때 사냥을 한다. 그리고 상당히 발달된 초음파 탐지 방법으로 이동한다. 박쥐는 후두와 코의 돌기를 이용하여 초음파를 내보내 귀로 메아리를 듣는다. 박쥐는 떼를 지어 겨울잠을 자며, 낯선 생명체가 나타나면 공격적이 될 수 있다.

"톰, 길을 찾을 수 있겠어? 이 길이 저 길 같고, 저 길이 이 길 같고 헷갈리는걸."

"찾을 수 있어. 하지만 박쥐 때문에 걱정이야. 내가 가진 촛불마저 꺼지면 정말 큰일이니까 박쥐를 피해서 가 보자."

베키는 겁이 나는지 몸을 떨었다. 길을 잃을지도 모른다는 생각이 든 것이다. 두 아이는 아무 말도 하지 않고, 꽤 오랜 시간 동안 걸어갔다. 모든 길이 낯설게 느껴졌다. 톰이 길을 살필 때마다 베키는 톰의 얼굴을 살폈다. 톰은 그때마다 명랑하게 말했다.

"괜찮아. 이 길은 아니지만 곧 길을 찾게 될 거야."

그러나 계속 길을 잘못 들자 톰도 희망을 잃어갔다. 톰은 아무 생각 하지 않고, 아무 길이나 들어갔다. 그 길이 맞길 바라며 "괜찮다"는 말이 "이제 끝장이야."라는 말로 들릴까봐 조마조마했다. 겁이 난 베키는 톰의 옆에서 떨어지지 않았다. 베키는 눈물을 참다가 결국 울음을 터뜨렸다.

"톰, 박쥐가 있는 곳이라도 좋으니까 저쪽으로 가보자. 계속 더 빠져 나가기가 어려워지는 것만 같아."

갑자기 톰이 발걸음을 멈추었다.

"잠깐만!"

주변에는 정적만이 흘렀다. 너무나 조용해서 아이들의 숨소리까지 들렸다. 톰은 소리를 질러 보았다. 소리는 비어있는 통로를 따라 메아리치다가 희미하게 사라졌다.

베키가 말했다.

"톰, 다시는 그렇게 소리 지르지

미시시피 강가에 절벽의 침식으로 생긴 동굴은 인디언과 해적들이 사용한다. 하천을 따라 돌아다니며 장사를 하는 인디언들은 동굴을 본거지나 저장소로 사용한다. 이러한 동굴은 증기선을 공격하고 모피 장사에게 도둑질을 하는 해적이나 강도에 둘러싸이기도 한다.

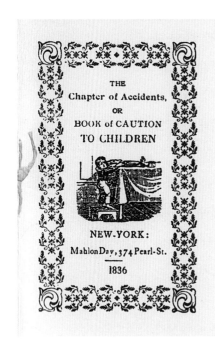

어린이들의 사고를 막기 위한 지침서. 다른 대중적인 지침서와 마찬가지로 이러한 종류의 책은 편집자들이 배포하며 행상인이 판매한다.

마. 정말 무서워."

"물론 무섭겠지만 이렇게 해야 해, 베키. 어쩌면 사람들이 이 소리를 들으면 우리를 찾아낼지도 모르잖아."

톰은 이렇게 말하고 다시 외쳐보았다. '어쩌면'이라는 말에 등골이 오싹해졌다. 유령의 웃음소리보다도 더 무서운 말이었다. 두 아이의 희망이 점점 희미해진다는 의미였다. 아이들은 가만히 멈춰 서서 주변의 소리를 들어보았다. 그러나 아무 소리도 들리지 않았다. 톰이 발걸음을 재촉했지만 갈피를 잡지 못하자 베키는 끔찍한 사실을 알게 되었다. 길을 잃은 것이다.

"톰, 표시를 해 놓은 게 아니었어?"

"베키, 내가 바보였어. 언젠가부터 되돌아갈 생각은 못했거든. 어디가 어딘지 도무지 감이 안 잡혀."

베키는 그 자리에 주저앉아 정신을 잃은 사람처럼 흐느꼈다. 톰은 저러다가 베키가 죽거나 정신이 나가는 것은 아닌지 너무나 두려웠다. 톰은 베키 곁에 앉아서 베키의 어깨를 안아주었다. 베키는 톰의 가슴에 안겨서 후회의 말을 하며 눈물을 흘렸다. 톰은 베키를 이렇게 끔찍한 상황으로 몰아넣은 자신을 원망하며 넋두리를 했다. 그렇게 말하자 뜻밖에도 효과가 있었다. 베키가 희망을 잃지 않겠다고 말했다. 베키는 톰에게 그렇게 자책하는 말을 하지 말라며, 그런 말만 하지 않으면 일어나서 톰이 가자는 대로 어디든지 가겠다고 말했다. 자신도 잘못한 거라며……

두 아이는 다시 앞으로 나아갔다. 뚜렷한 목표도 없이 그저 되는대로 걸었다. 시간이 흐르자 다시 희망이 생겼다. 희망을 가질 만한 특별한 이유가 있었던 것은 아니었다. 다만 희망이라는 것이 샘물 같이 시간이 흐르면 되살아나는 특징이 있기 때문이었다.

얼마 후, 톰은 초를 껐다. 초를 아껴야만 했기 때문이다. 굳이 설명하지 않아도 베키는 상황을 충분히 이해했다. 촛불이 꺼지자 희망의 빛도 꺼지는 느낌이었다. 베키는 톰의 주머니에 한 번도 사용하지 않은 새 양초 하나와 쓰던 양초 서너 개가 있다는 것을 알았다. 그래도 초를 아껴야 했다.

목록에 있는 사고에는 창문을 넘나드는 것

시간이 흐르자 피로가 몰려왔다. 아이들은 애써 피로감을 감추려고 했다. 일 초가 아까운 상황에 앉아서 시간을 보낸다는 것은 끔찍했다. 아무 방향이나 계속 나아가야만 했다. 그래야 뭔가 좋은 결과가 생길지 모른다는 생각이 들었다. 가만히 있는 것은 아무것도 하지 않고 죽음을 맞이하는 것이나 마찬가지였다.

계단에서 넘어지는 것

그러나 베키의 약한 다리는 더 이상 견디지 못했다. 베키는 그 자리에 주저앉았고 톰도 베키 옆에서 쉬었다. 두 아이는 집에 대해 이야기했다. 친구들, 편안한 침대, 그리고 밝은 햇빛에 대한 이야기를 했다. 베키는 눈물이 났다. 톰은 어떻게 해서라도 베키를 달래려고 했다. 하지만 같은 말만 반복했다. 이제 효과도 없었다. 피로에 지친 베키는 고개를 끄덕이다 잠이 들었다. 톰은 오히려 다행이라고 생각했다. 톰은

혹은 성난 황소가 들이받는 것이 있다.

걱정스러운 얼굴로 베키의 얼굴을 들여다보면서 곁에 있었다. 잠시 후 베키의 얼굴이 부드러워지고 편안해졌다. 마치 좋은 꿈이라도 꾸는 듯한 얼굴이었다. 그런 베키의 모습을 보니 톰도 마음이 편해지고 위로가 되었다. 톰은 지난 시간들과 꿈과도 같은 기억들을 되새겼다. 톰이 그런 생각을 하고 있을 때, 베키가 미소를 지으며 잠에서 깼다. 부드럽게 부는 바람과도 같은 미소였다. 그러나 바로 미소는 사라지고 베키는 고통스런 한숨을 내쉬었다.

"내가 언제 잠이 들었던 거지? 차라리 깨지 않았으면 좋았을 텐데! 톰, 그런 표정 짓지 말아 줘. 그런 말 절대 안 할게."

"베키, 네가 잠이 들어서 다행이라고 생각했어. 이제 조금은 기운을

차릴 수 있을 테니까. 이제 나가는 출구를 찾아보자."

"톰, 꿈에서 정말 아름다운 곳을 찾았어. 우리도 그곳에 갈지 몰라."

"그렇게 될 리가 없어. 출구를 찾아보자."

희망은 전혀 보이지 않았다. 그래도 두 아이는 서로 손을 맞잡고 무조건 걸었다. 아이들은 동굴에 들어온 지 얼마나 시간이 흘렀을까 생각해 보았다. 며칠 혹은 몇 주가 지나간 것만 같았다. 그러나 분명 그럴 수는 없었다. 아직 초가 남아 있었기 때문이었다.

시간이 얼마나 흘렀는 지는 알 길이 없었다. 톰은 물이 떨어지는 소리에 귀를 기울였다. 샘물을 찾는 것이 중요했기 때문이었다. 곧 샘물이 발견되었다. 두 아이는 너무나 피로했고 그 자리에 앉았다. 톰은 진흙으로 초를 세웠다. 한참이 지난 후 베키가 침묵을 깼다.

"톰, 배고파!"

톰은 주머니에서 무언가를 꺼냈다.

"이거 기억나?"

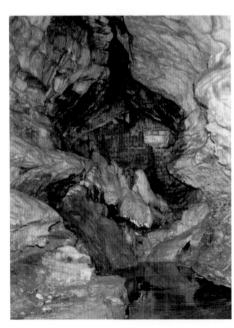

미시시피 강은 해안 평야가 침식되어 강 기슭에 벼랑을 이루거나 도처에 작은 호수를 만들었다. 지질상의 움직임이 여러 층으로 땅에 금이 가게 만들었고, 그 사이로 물이 스며들었으며 석회질 층의 물을 깊은 곳까지 흐르게 했다. 점점 지하에 흐르는 시냇물의 망이 나타났다. 그리고서 물은 더 좁은 강바닥에 모이며 양이 줄어들었고, 동굴의 미로가 남게 되었다.

베키가 희미한 미소를 지었다.

"톰, 이거 우리 결혼 케이크잖아."

"그래, 더 컸으면 좋겠지만 이게 우리가 가진 식량의 전부야."

"소원을 빌기 위해 남겨 두었던 건데. 어른들이 결혼 케이크 앞에서 하는 것처럼. 그런데 이 결혼 케이크는……."

베키는 말을 잇지 못했다. 톰은 케이크를 쪼갰다. 베키는 무척 배가 고팠던 것 같았다. 톰은 자기 몫을 조금만 잘라 먹고는 차가운 물을 많이 마셨다. 잠시 후 베키는 계속 걷자고 했다. 톰은 잠시 아무 말을 안 하다가 말했다.

"베키, 우리는 여기 머물러야 해. 마실 물이 있으니까. 이 작은 초가 우리가 가지고 있는 초의 전부야."

베키는 눈물을 흘리다가 울음을 터뜨렸다. 톰은 베키를 위로하려고 애썼다. 하지만 아무 효과가 없었다. 한참 울던 베키가 말했다.

빵과 패스트리는 여러 가지 형태를 띤다 하지만 여기는 결혼 케이크가 빠져 있다. 남부의 특별 음식인 옥수수 케이크인 콘 브레드(corn bread)는 속이 가볍고, 적당히 달다.

"우리가 없어진 걸 알고 사람들이 우릴 찾으러 올지도 몰라."

"물론 그렇겠지. 우릴 찾으러 올 거야."

"우리가 없어졌다는 걸 사람들이 언제 알게 될 것 같아?"

"아이들이 배를 타고 집에 간 다음일 거야."

"아이들이 집에 돌아갈 때면 날이 어두울 텐데, 그래도 우리가 오지 않았다는 걸 알게 될까?"

"모르겠어. 하지만 아이들이 집으로 간 후에는 네 엄마도 네가 없어진 걸 아실 거야."

베키의 얼굴에 걱정하는 빛이 역력했다. 톰은 자기가 실수한 것을 알았다. 베키는 그날 밤 집에 안 가기로 했었다. 아이들은 아무 말 없이 생각했다. 잠시 후, 베키는 다시 울음을 터뜨렸다. 톰도 베키가 왜 그러는지 알았다. 주일 아침이 한참 지나서야 대처 부인이 베키가 하퍼 부인 댁에서 안 잤다는 사실을 알게 될 것이기 때문이었다.

아이들은 얼마 안 남은 초가 서서히 녹아가는 모습을 쳐다보았다. 초는 1센티미터 정도 남았다가 깜빡였고, 가느다란 연기를 내며 꺼졌다. 주변에는 칠흑 같은 암흑뿐이었다. 베키는 톰의 팔에 안겨 울다가 정신을 차렸다. 얼마나 시간이 흘렀는 지는 알 수 없었다. 한참 동안 두 아이는 죽음처럼 깊은 잠에 빠져들었다가 일어났다. 그리고 자신들이 얼마나 비참한 상황인지 알게 되었다. 톰은 지금이 일요일 아니면

월요일일지도 모른다고 말했다. 톰은 어떻게 해서라도 베키에게 말을 걸어보고 했지만 베키는 조금 남았던 희망도 잃고 슬퍼하고 있었다. 톰은 사람들이 이미 오래 전에 두 아이가 없어진 것을 알았고, 이미 수색을 시작했을 거라고 말했다. 그래서 소리를 지르면 누군가가 자기들을 발견해 낼 것이라고 했다. 톰은 그렇게 해 보았다. 하지만 어둠 속을 가르며 멀리서 들려오는 메아리 소리는 너무나 음산해서 다시 소리를 지를 수가 없었다.

시간은 계속 흘렀다. 아이들은 동굴에 갇혀서 다시 한번 끔찍한 배고픔에 시달렸다. 톰의 몫으로 남아있던 케이크 반쪽이 있었다. 아이들은 케이크를 반으로 쪼개 먹었다. 그러나 먹고 나니 더 배가 고파졌다. 잠시 후 톰이 말했다.

"쉿! 무슨 소리 안 들리니?"

두 아이는 숨을 멈추고 주변의 소리를 들었다. 희미하기는 했지만 멀리서 외치는 소리가 들리는 것 같았다. 톰은 외치며 답했다. 그리고 베키의 손을 잡고 소리가 난 방향으로 조금씩 나아갔다. 톰은 다시 주변의 소리를 들어보았다. 다시 소리가 들렸고, 그 소리는 조금 더 가까운 데서 나고 있었다.

톰이 말했다.

"사람들이야! 여기로 오고 있어. 베키 이제 우린 살았어!"

두 아이는 너무나 기뻤다. 하지만 가는 길 여기저기에 깊은 웅덩이가 많아서 아이들은 천천히 조심하며 걸었다. 그러다 깊은 웅덩이 앞에 이르자 아이들은 멈추었다. 깊이가 1미터 정도는 될 것 같았다. 30미터가 더 될지도 모를 일이었다. 도저히 건널 방법이 없었고 톰은 엎드려서 팔을 뻗어 보았으나, 바닥에 손이 닿지 않았다. 아이들은 할 수 없이 그 자리에서 수색대가 올 때까지 기다릴 수밖에 없었다. 멀리서 들려오던 사람들의 소리가 점점 더 멀어지다가 아예 들리지 않게 되었다. 아이들은 너무나 실망해서 가슴이 무너져 내리는 것만 같았다. 톰은 목이 쉴 정도로 계속 도움을 요청했다. 하지만 아무 효과가 없었다. 그래도 톰은 베키에게 희망을 가지라고 했다. 두 아이는 초조해하며 한참을 기다렸지만 더 이상 아무 소리도 들리지 않았다. 아이들은 더 듬거리며 다시 샘물이 있는 곳으로 갔다. 안 그래도 지루한데 시간은 느리게만 갔다. 아이들은 다시 잠이 들었고, 잠에서 깨자 끔찍한 배고픔과 두려움이 기다리고 있었다. 톰은 이제 화요일 정도 되었을 거라고 생각했다.

그때 가까운 곳에서 샛길이 여러 개 보였던 것이 생각났다. 이렇게 있느니 차라리 그 샛길로 가 보는 게 더 나을 것 같았다. 톰은 주머니에 있던 연줄을 꺼내서 돌부리에 한 쪽 끝을 묶고 베키와 함께 앞으로 나아갔다. 톰은 연줄을 조금씩 풀면서 조심조심 걸었다. 스무 발자국쯤 가자 샛길은 낭떠러지를 이루며 끝이 났다. 톰은 무릎을 꿇고 앉아서 바닥을 만져 보았다. 그리고 최대한 손을 뻗어 보았다. 톰이 오른쪽으로 조금 더 손을 뻗으려는 순간 20미터도 떨어지지 않은 바위 뒤에서 초를 든 사람의 손이 보였다. 톰은 반가운 마음에 외치며 일어섰다. 바로 그때 손 뒤로 사람의 얼굴이 보였는데, 바로 인디언 조였다. 톰은 온몸이 얼어붙는 것 같아서 한 발자국도 움직일 수 없었다. 가짜 스페인 사람은 몸을 돌려 다

> 66 톰은 엎드려서 팔을 뻗어 보았으나, 바닥에 손이 닿지 않았다. 99

253

른 방향으로 급하게 사라졌고, 톰은 놀란 가슴을 쓸어 내렸다.

톰은 인디언 조가 왜 자기 목소리를 알아듣고도 죽이려고 하지 않았는지 의아했다. 아마 메아리 때문에 자신의 목소리를 알아듣지 못한 것이 분명했다. 톰은 너무나 겁이 나서 온 몸의 힘이 다 빠진 것 같았다. 다시 기운을 내서 샘물이 있는 곳에 돌아갈 수만 있다면 어떤 일이 있어도 움직이지 않겠다고 맹세했다. 여기저기 돌아다니다가는 인디언 조와 마주칠 위험이 도사리고 있었다. 톰은 베키가 눈치 채지 못하게 조심했다. 마침내 허기와 절망감에 싸인 아이들은 두려움도 없어졌다. 샘물 가까이에서 지루하게 기다리며 한잠 자고 나자 아이들의 마음이 바뀌었다. 아이들은 너무나 끔찍한 배고픔에 시달렸다. 톰은 수요일, 목요일, 금요일, 아니면 토요일이 되었을지도 모른다는 생각이 들었다. 사람들이 찾는 것을 포기했을지도 모를 일이었다.

톰은 다른 길도 가보자고 했다. 하지만 베키는 걸을 힘이 없었고, 어떻게 되든 상관없다는 듯이 일어서려고 하지 않았다. 베키는 그냥 그 자리에서 기다리다가 죽을 거라는 말을 했다. 그리 오래가지 않을 거라는 말도 덧붙였다. 베키는 톰에게 연줄을 들고 나아가 보라고 했다. 하지만 가끔 돌아와서 어떻게 되었는지 말해 주고, 마지막 순간이 왔을 때, 자기 곁에서 죽을 때까지 손을 잡아달라고 했다. 톰은 감정이 북받쳤지만 베키에게 입을 맞추고 수색대 아니면 출구를 찾겠다고 자신 있게 말했다. 톰은 연줄을 가지고 천천히 옆으로 난 샛길로 나아갔다.

XXXII

극적인 구조

화요일 오후가 지나고 어느덧 날이 어두워지고 있었다. 세인트 피터스버그 사람들은 여전히 슬퍼하고 있었다. 없어진 아이들을 아직 찾지 못했다. 두 아이를 위한 기도회가 열렸다. 많은 사람들이 각자 정성을 다해 기도했지만 동굴에서는

자선 바자 때 청년들은 링 놀이를 한다. 납작한 금속도구로 하늘 원반놀이처럼 링 놀이는 링을 최대한 과녁에 가까이 놓는 것이다. 조준을 잘 해서 상대방의 링을 밀어 내도 좋다.

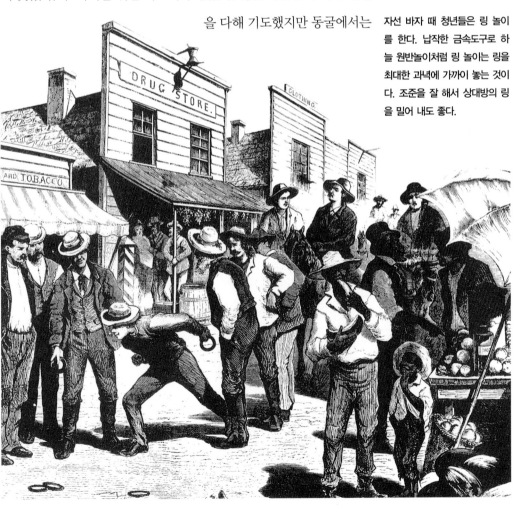

아직 좋은 소식이 들리지 않았다. 수색대원들 대부분은 아이들을 찾을 가망이 없다면서 찾는 것을 포기하고 일상생활로 돌아왔다. 대처 부인은 몸져 누웠다. 부인은 정신이 나간 것처럼 계속 헛소리를 했다. 대처 부인이 딸의 이름을 부르다가 고개를 들고 귀를 기울이고 다시 괴로운 소리를 내며 자리에 눕는 것을 보면서 사람들은 가슴이 찢어지는 것만 같았다. 폴리 이모는 심한 우울증 때문에 흰머리가 늘었다. 화요일 밤, 마을 사람들은 슬퍼하다 잠이 들었다. 한밤중에 마을의 종이 귀청을 찢을 듯이 요란하게 울렸다. 사람들은 옷을 대충 입고 거리로 뛰쳐나왔다. 누군가 소리쳤다.

"나와 봐요, 어서요. 찾았어요! 아이들을 찾았어요!"

> 66 그러다 작은 배를 타고 지나가는 사람이 있어서 도움을 요청해서 구조된 것이다. 톰은 어쩌다 그 곳에 있었고, 며칠을 굶었는지 설명했다. 99

양철 냄비와 나팔 소리까지 더해져 주변은 더욱 시끄러워졌다. 사람들은 강 쪽으로 무리를 지어 몰려 갔다. 아이들이 지붕 없는 마차를 타고 마을로 들어오고 있었다. 사람들은 환호성을 지르며 마차를 에워싸서 함께 집으로 갔다. 사람들은 길거리로 모두 몰려나와 만세를 불렀다. 온 마을에 불빛이 환했다. 아무도 다시 자려고 하지 않았다. 이렇게 엄청난 밤은 마을이 생긴 이래 처음 있는 일이었다. 사람들은 먼저 30분 동안 대처 판사의 집에 가서 돌아온 아이들을 껴안고 입을 맞추었다. 대처 부인은 아무 말도 못하고 눈물만 흘렸다.

폴리 이모는 너무나 기뻤다. 대처 부인은 아직 동굴에 남아 있는 남편에게 사람을 보내 이 소식을 전하고서야 비로소 기뻐했다. 톰은 소파에 누워 사람들에게 놀라운 모험 이야기를 중간 중간 과장을 덧붙여 들려주었다. 베키의 곁을 떠나 혼자서 동굴을 둘러보았고, 연줄이 닿는 곳까지 두 개의 샛길로 들어갔었고, 세 번째 통로로 들어갔다가 연줄이 모자라 막 돌아 나오려는데 멀리서 빛이 새어 들어오는 듯한 점이 보여서 연줄을 놓고 그곳까지 조심스럽게 가서는 작은 구멍으로 머리와 어깨를 디밀어 보니 넓디넓은 미시시피 강이 흐르는 것이 보였다는 이야기 등.

그때가 만약 한밤중이었다면 톰은 빛이 새어 들어오는 작은 구멍을 보지도 못하고 그곳으로 갈 생각도 하지 못했을 것이다. 톰은 간신히 베키가 있는 곳으로 가서 기쁜 소식을 전했다. 베키는 이제 너무나 지쳐서 죽을 것 같다며 그런 이야기로 자신을 괴롭히지 말라고 했다. 톰은 베키를 억지로 일으키면서 설득했고, 베키는 겨우 걸어가 빛이 걸어오는 곳을 확인하고서야 기뻐했다. 톰은 먼저 구멍을 빠져나온 다음 너무나 기뻐서 그 자리에 주저앉아 엉엉 울었다. 그러다 작은 배를 타고 지나가는 사람이 있어서 도움을 요청해서 구조된 것이다. 톰은 어쩌다 그곳에 있었고, 며칠을 굶었는지 설명했지만 사람들은 말도 안

어부는 그의 거처에서(바로 연안
에 위치한 간단한 오두막집이다.
친구가 멀리 오는 증기선을 본다)
선원과 함께 이야기한다. 선원은
엉성한 판자 다리를 따라 돛단배
를 정박시켰다(위에서 왼쪽). 벌목
인부의 오두막집은 잘 정렬된 통
나무에 둘러싸여 있으며, 산기슭
가까이 위치하지만 홍수에 대비
하여 어느 정도 높은 곳에 지었
다. 통행수단으로 사용하는 증기
선은 아래쪽에 정박해야 한다(아
래에서 왼쪽). 다리가 없을 때는
배가 중요한 역할을 한다. 통행자
들은 항해할 수 없는 물이 흐를
경우 두 연안 사이에 매여진 줄을
따라 움직이는 플랫폼으로 왕복
한다. 강은 물살이 세므로 줄을
사용하는 것이 불가능하다. 그리
고 페리선은 흔히 노가 있는 배와
비슷하다. 벌목 인부에게 한잔을
권하는 기수를 기다리는 배와도
같다(위에서 오른쪽). 도크로 사용
되는 떠다니는 플랫폼은 목재를
운반하는 일을 해서 조금이라도
돈을 벌고자 하는 실업자들로 장
사진을 이룬다. 하지만 승객들에
게 담배나 술을 구걸하는 할 일
없는 주변인들도 모인다. 배가 정
박하는 것을 기다리면서 배와 도
크에서 일하는 사람들은 카드놀
이를 하며 시간을 보낸다 (아래에
서 오른쪽).

된다며 믿지 않았다고 한다. 두 아이는 동굴이 있는 곳에서 8킬로미터나 떨어진 곳에서 발견된 것이다. 사람들은 아이들을 배에 태우고 집으로 데리고 가서는 먹을 것을 주고 두세 시간 쉬게 한 다음 집으로 데리고 온 것이다.

해가 뜨기 전에 사람들은 수색대원들의 밧줄을 따라가 동굴 속에 있는 대처 판사와 수색대원들에게 이 기쁜 소식을 전했다. 톰과 베키는 사흘 밤낮을 피로와 배고픔에 시달려서 회복이 더뎠다. 아이들은 수요일과 목요일 내내 침대에만 누워있었다. 톰은 목요일이 되자 조금 거동할 수 있었다. 금요일에는 거리에도 나갔다. 그리고 토요일이 되자 거의 다 나았다. 그러나 베키는 일요일까지도 집에서 나올 수가 없었으며, 아주 심하게 아팠다.

프랑스 전통 복장을 한 미주리 주의 한 커플. 프랑스 식민지였던 루이지애나는 1803년에 미국에 팔렸다. 이 지역에는 17세기까지 거슬러 올라가는 프랑스 이민자들의 문화적 자취를 아직도 찾아볼 수 있다.

톰은 허크가 아프다는 소식을 듣고 금요일에 허크를 만나러 갔다. 하지만 침실까지는 못 들어갔다. 토요일과 일요일에도 마찬가지였다. 그 다음날 톰은 드디어 허크를 볼 수 있게 되었지만 모험담이나 허크의 마음을 불안하게 하는 이야기는 하지 말라는 주의를 들었다. 집에 돌아온 톰은 카디프 언덕에서 있었던 일에 대해 듣게 되었다. 그리고 나루터 근처에서 누더기를 입은 남자의 시체가 발견되었다는 이야기도 들었다. 아마 도망치다가 물에 빠져 죽은 것 같았다.

동굴에서 구출된 지 2주가 지난 후, 톰은 허크를 보러 갔다. 허크도 이제 어느 정도 힘이 나서 톰과 함께 재미있게 이야기를 나눌 정도가 되었다. 톰에게는 허크가 들으면 흥미로워할 이야기가 많이 있었다. 허크에게 가는 길에 톰은 베키를 보기 위해 대처 판사의 집에 갔다. 판사와 손님들이 톰에게 여러 가지를 물어 보았다. 누군가가 놀리듯이 또 동굴에 가고 싶지 않냐고 묻자, 톰은 가보고 싶다고 했다. 그러자 대처 판사가 말했다.

"그래, 너 같은 아이들이 또 있겠지. 톰, 앞으로도 아이들은 분명히 동굴에 가 보고 싶을 거야. 하지만 이제 동굴 속에서 길을 잃지는 않을 게다. 우리가 조치를 취해 놓았거든."

"어떻게요?"

"2주 전에 동굴 입구에 큰 철문을 달고 자물쇠를 삼중으로 채웠다. 열쇠는 내가 가지고 있고."

톰의 얼굴이 하얗게 질렸다.

"왜 그러니, 얘야. 누가 여기 좀 와요. 물 좀 가져다 줄래요?"

누군가 물을 가져와 톰의 얼굴에 뿌렸다.

"이제 정신이 드니? 왜 그러는 거야, 톰?"

"판사님, 동굴 안에 인디언 조가 있어요."

XXXIII

엇갈린 운명

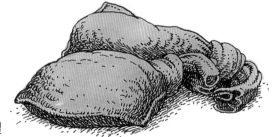

이 소식은 순식간에 온 마을에 퍼졌다. 열 두 대의 작은 배가 사람들을 싣고 맥두걸 동굴로 향했고, 승객들을 가 득 태운 증기선이 그 뒤를 따랐다. 톰은 대처 판사와 함께 보트에 탔다. 동굴 문을 열자 어스름한 빛에 비참한 광경이 드러났다. 인디언 조가 문틈에 얼굴을 가까이 댄 채로 바깥 세상의 햇빛과 자유를 갈망하는 눈으로 땅바닥에 엎드려 죽어 있었던 것이다. 비슷한 경험을 해 본 톰은 이 사람이 얼마나 고통을 받았을지 짐작이 가 불쌍한 생각까지 들었다 하지만 한편으로는 비로소 두 다리를 쭉 뻗고 잠을 잘 수 있을 것 같아 안심되었다. 사실 이 흉악한 자에게 불리한 증언을 한 이후로 두려움 때문에 얼마나 공포에 시달렸는지 모른다.

시체 옆에 인디언 조의 칼이 두 조각이 난 채 놓여 있었다. 동굴 문을 가로지른 빗장을 열심히 깎고 파내느라 애쓴 흔적이 있었다. 하지만 천연 바위가 바깥 쪽 문턱을 이루고 있었기 때문에 아무리 애를 써도 소용없는 짓이었을 것이다. 그렇게 단단한 바위가 가로막고 있으니 칼이 무슨 소용이 있겠는가. 공연히 칼만 망가질 뿐이었으리라. 바위가 앞을 가로막고 있지 않았더라도 마찬가지였을 것이다. 칼로 문 밑을 파낸다 해도 인디언 조가 문 밑으로 빠져나오는 것은 사실상 불가능했다. 어쩌면 인디언 조 자신도 그 사실을 알고 있었는지 모른다. 하지만 괴로운 처지를 잊기 위해서 뭔가를 하지 않으면 안 되었을 것이다. 예전 같으면 동굴 입구에 대여섯 개의 양초 조각이 쉽게 눈에 띄었을 텐데 지금은 웬일인지 하나도 보이지 않았다. 갇혀 있던 인디언 조가 다 먹어치운 것 같았다. 그리고 박쥐도 몇 마리 잡아먹었는지 근처에 발톱이 흩어져 있었다. 이 불행한 악당은 굶어 죽은 것이다.

바로 종유석에서 떨어지는 물로 오랜 세월 동안 서서히 자라고 있는 석순 자리에는 석순 대신 가운데가 움푹 파인 돌멩이가 놓여 있었다. 이십 분 간격으로 한 방울씩 규칙적으로 떨어지는 물방울을 받아 먹으려고 했던 것 같다. 물방울을 하루 종일 받는다 해도 한 수저쯤이나 될까 말까 했다. 이 물방울은 피라미드가 처음 만들어지고, 트로이가 함락되고, 로마가 세워지고, 예수가 십자가에 못 박히고, 정복자 윌리엄 1세가 대영 제국을 건설하고, 콜럼버스가 신대륙을 찾아 항해를 떠나고, 렉싱턴의 대학살이 새로운 뉴스거리로 전해졌을 때에도 떨어졌고 지금도 여전히 떨어지고 있다. 그리고 이 모든 것들이 역사의 뒤안길로, 전통의 황혼 속으로 사라지고 마침내 컴컴한 망각의 밤으로 삼켜질 때까지도 영원히 그렇게 떨어지고 있을 것이다. 오늘날까지도 맥두걸 동굴을 구경하러 오는 많은 관광객들은 이 돌과 천천히 떨어지는 물방울을 하염없이 바라보곤 한다. 인디언 조의 컵은 '알라딘의 궁전' 못지않은 이 동굴의 신비로운 볼거리가 되었다.

인디언 조는 동굴 입구 가까이에 묻혔다. 장례식에는 사방 10킬로미터나 떨어진 마을, 농장, 그리고 외딴 작은 부락에서 사람들이 보트나 차를 타고 모여들었다.

인디언들은 죽은 사람을 묻지 않고, 시신이 썩을 수 있게 평평한 판자 위에 올려놓는다. 오늘날, 인류학자들은 인디언들의 성인식과 장례식에 대한 연구를 하고 있다. 연구를 통해 이질 문화가 수용된 이 민족들의 전통에 대해 탐구한다.

장례식 다음 날, 톰은 중요한 이야기를 하려고 허크를 은밀한 곳으로 불러냈다. 허크는 존스 노인과 더글러스 부인에게서 톰이 겪은 위험한 일에 대해 들어서 다 알고 있었다. 하지만 톰은 사람들이 허크에게 해 주지 못한 이야기가 있다는 것을 알고 있었다. 톰만이 할 수 있는 이야기였다. 톰이 하고 싶은 이야기가 있다고 하자 허크는 시무룩한 표정으로 말했다.

"무슨 이야기인 줄 알아. 2호실에 갔더니 위스키 말고는 아무것도 없었다는 말을 하려는 거지? 그걸 발견한 사람이 너라는 것을 아무도 알려 주지 않았지만 위스키 이야기가 나왔을 때 난 그 사람이 너라는 것을 알았어. 네가 돈을 찾지 못했다는 것도 알아. 만약 돈을 찾았다면 다른 사람이라면 몰라도 틀림없이 나한테만은 이야기했을 테니까. 톰, 아무래도 우린 그런 보물을 차지할 운은 없나 봐."

"무슨 소리야, 허크. 난 여관에 대해서는 아무한테도 말하지 않았어. 넌 내가 소풍을 떠날 때까지 여관에 아무 일도 없었다는 걸 알잖아. 그날 밤 네가 망을 보기로 했던 거 기억 안나?"

"아 그렇구나! 벌써 일 년도 넘은 이야기 같다. 그래, 바로 그날 내가 인디언 조의 뒤를 따라 더글러스 아주머니 집까지 갔지."

"인디언 조를 따라갔어?"

"응. 하지만 아무에게도 말하면 안 돼. 어쩌면 인디언 조의 패거리들이 있을지도 모르니까. 놈들이 나한테 원한을 품고 못된 짓을 할까 봐 겁이 나. 그놈들은 나만 아니었다면 지금쯤 텍사스에 가 있었을 테니까."

그러고서 허크는 그동안 겪은 무시무시한 일을 자세히 들려주었다. 톰은 이제까지 그 일을 존스 노인의 공으로 알고 있었다. 허크는 다시 처음 문제로 돌아갔다.

"누가 여관의 위스키에 대해서 귀띔을 했는지 모르겠지만, 그 사람이 돈을 가져간 것 같아. 어쨌든 다 끝난 일이야."

"허크, 돈은 2호실에 없어."

허크는 톰의 얼굴을 빤히 쳐다보았다.

"톰, 너 그럼 돈이 어디 있는지 안다는 말이니?"

"돈은 동굴 안에 있어."

허크의 눈이 반짝였다.

"톰, 진짜야? 지금 그 말 농담 아니지, 그렇지?"

"정말이야, 허크 틀림없는 사실이야. 우리가 가서 꺼내 오자."

"당연하지. 들어가면서 표시를 하면 길을 잃지 않을 거야."

"우린 아무 문제없이 해낼 수 있어."

"좋아! 그런데 넌 돈이 거기 있다는 걸 어떻게······."

"가 보면 알아. 만약 돈을 찾지 못하면 내 전 재산을 몽땅 너한테 줄게, 정말이야."

"좋아, 알았어. 언제 갈래?"

"너만 좋다면 지금 당장 가자. 그런데 그럴 힘은 있니?"

"동굴까지 멀어? 한 사나흘은 괜찮은데 너무 먼 거리는 걷기 힘들 거야."

"다른 사람들이 가려면 적어도 8킬로미터는 걸어야 하지만 난 아무도 모르는 지름길을 알고 있어. 허크, 거기까지 내가 배로 너를 태워 갈게. 갈 때는 그냥 강물을 따라 떠내려가고, 올 때는 내가 노를 저을 테니까 넌 손 하나 까딱할 필요 없어."

"그럼 당장 출발하자, 톰."

"빵과 고기가 좀 필요할 거야. 자그마한 자루 한두 개하고 연줄 세 타래, 그리고 요즘 새로 나온 성냥도 가져가야 겠다. 동굴에 갇혀 있을 때 성냥이 얼마나 필요했는지 몰라."

정오가 조금 지

66 저기 산사태가 나서 하얗게 드러난 곳 보이지? 저게 입구를 알려 주는 표적 중의 하나야. 이제 배에서 내리자. 99

나 두 소년은 주인이 없는 틈을 타서 작은 배를 몰래 훔쳐 즉시 출발했다. 5, 6킬로미터쯤 강을 따라 내려가자 톰이 말했다.

"동굴 골짜기에서부터 저 아래까지 절벽이란 절벽은 다 똑같아 보이지? 집도 없고 헛간도 없고 덤불들도 다 비슷하게 보여. 하지만 저기 산사태가 나서 하얗게 드러난 곳 보이지? 저게 입구를 알려 주는 표적 중의 하나야. 이제 배에서 내리자."

아이들은 땅으로 올라갔다.

"허크, 지금 우리가 서 있는 자리에서 낚싯대 하나 길이 정도의 거리에 내가 빠져나온 구멍이 있어. 한번 찾아봐."

허크는 사방을 둘러보았지만 찾을 수가 없었다. 톰은 우쭐거리며 빽빽하게 들어선 옻나무 덤불 사이로 들어갔다.

"자, 여기 있어! 아마 이렇게 은밀하게 숨겨진 입구도 없을걸. 아무한테도 말하면 안 된다. 난 늘 의적이 되고 싶었는데, 그러려면 이런 곳을 하나쯤 마련해 놓아야 해 어쨌든 이건 우리들만의 비밀로 하자. 물론 조 하퍼와 벤 로저스는 끌어들여야지. 조직을 만들어야 하니까. '톰 소여와 그 일당', 근사하지 않니, 허크?"

어느 새 모든 준비를 마친 아이들은 구멍으로 들어갔다. 톰이 앞장섰다. 두 소년은 연줄을 풀면서 동굴 속으로 열심히 걸어갔다. 잠시 뒤 샘물이 나타났다. 톰은 갑자기 온몸이 부르르 떨렸다. 톰은 허크에게 벽에 진흙으로 붙여놓았던 양초가 타고 남긴 흔적을 보여 주었다. 그리고 베키와 함께 촛불이 서서히 꺼져 가는 것을 안타깝게 바라보던 때의 상황을 들려주었다.

동굴 안은 컴컴하고 고요했다. 음침한 분위기에 짓눌려 아이들은 목소리를 낮추고 소곤거리며 계속 걸어갔다. 곧 두 소년은 톰이 나가는 길을 찾아 들어섰던 낭떠러지가 있는 곳에 이르렀다. 촛불로 비추어 보니 낭떠러지가 아니라 높이가 6미터에서 9미터 쯤 되는 가파른 진흙 언덕이었다.

"보여 줄 게 있어, 허크."

톰은 초를 높이 쳐들고 말했다.

"저 모퉁이 끝을 봐. 보이니? 머리 위쪽의 큰 바위에 촛불 그을음으로 그려놓은 것 말이야."

"십자가야."

"2호가 어디라고 했지? 바로 십자가 밑이라고 했잖아. 그렇지? 인디언 조가 바로 저기서 촛불을 들고 서 있는 것을 봤어, 허크."

허크는 십자가 표시를 신기한 듯 바라보았다. 그러더니 떨리는 목소리로 말했다.

"톰, 나가자."

"뭐라고! 보물을 여기 그대로 두고 가자고?"

"그래, 그냥 내버려 둬. 인디언 조의 유령이 여기 어딘가를 떠다니고 있을 거야."

"아니야, 그럴 리 없어, 허크. 유령은 자기가 죽은 곳에 있기 마련이야. 인디언 조가 죽은 곳은 저 멀리 동굴 입구란 말이야. 여기서 8킬로미터는 족히 떨어져 있는 곳이라고."

"아니야, 그렇지 않아. 아마 돈 근처를 떠다니고 있을 거야. 난 유령들에 대해 안다니까. 너도 알잖아."

톰은 허크의 말이 맞는 것 같아 겁이 나기 시작했다. 어쩐지 불안해지기 시작했다. 그때 문득 어떤 생각이 떠올랐다.

"허크, 우린 참 바보야. 인디언 조의 유령이 십자가가 그려진 곳에 나타날 리가 없잖아!"

정말 이치에 맞는 말이었다. 그 말은 금방 효과가 있었다.

"톰, 난 그 생각은 미처 못했어. 십자가가 있어서 정말 다행이야. 기어 내려가서 상자를 찾아봐도 될 것 같다."

톰 소여의 모험이 벌어지는 시기, 즉 1840년대에 미국에서는 중요한 사건이 일어났다. 캘리포니아 및 서부 지역에서 금이 발견된 것이다. 금을 찾아 떠나는 모험은 모든 미국인들의 상상력을 부추겼고, 금방 신화와도 같은 이야기가 되었다. 톰 소여 의 보물찾기는 이런 현상과 비슷하다. 이런 모습은 16세기와 17세기의 위대한 모험가, 개척가, 그리고 콘키스타도르의 서사시를 부활시킨다. 1849년부터 남자들 몇 명은 한니발을 건너갔다. 그들의 목적은 같았다. 백만장자가 되기 위해 캘리포니아로 향했다.

마크 트웨인은 1861년 남북전쟁 초에 미주리를 떠났다. 그는 노예 제도에 찬성했던 남부 편을 들지도, 반대했던 북부 편을 들지도 않았다. 마크 트웨인은 서부로, 보다 자세히 말하면 카슨 시티(Carson City)로 모험을 떠났다. 그곳은 신영토인 네바다(Nevada)의 제일 도시였다. 이곳에는 트웨인의 형제인 오리온과 금을 찾아 캘리포니아로 떠나는 사람들도 있었다. 마크 트웨인 또한 부자가 되는 것을 꿈꾸며 에스메랄다(Es-meralda) 캠프로 갔다. 탐광자로서의 경험은 그다지 행복하지 않았다. 위의 그림에서 금을 찾는 사람들은 사금 씻는 통 주변에 모여 있다. 이는 금 조각이 있는 흙을 모으는데 쓰는 통이다.

톰이 먼저 내려갔다. 톰은 거칠고 험한 경사를 따라 한 발짝 한 발짝씩 걸어 내려갔다. 허크가 그 뒤를 따랐다. 거대한 바위가 우뚝 서 있는 자그마한 동굴에서부터 네 갈래로 샛길이 나 있었다. 두 아이는 그 중 세 곳을 둘러보았지만 아무것도 발견하지 못했다. 아이들은 바위 근처에 움푹 파인 곳이 있는 것을 발견했다. 그 안에 담요가 한 장 깔려 있었다. 그리고 낡은 멜빵, 베이컨 껍질, 하얗게 발라먹은 두서너 분량의 닭 뼈가 있었다. 하지만 돈이 들어있는 상자는 없었다. 두 아이는 그곳을 뒤지고 또 뒤져보았지만 아무것도 발견할 수 없었다.

"십자가 밑이라고 했잖아. 그렇다고 이 바위 밑일 리는 없는데, 바위가 땅에 이렇게 단단히 박혀 있으니 말이야."

아이들은 다시 한번 사방을 샅샅이 살펴보았다. 마침내 두 아이는 실망해서 땅바닥에 주저앉았다. 허크는 아무 말도 하지 않았다.

"이것 봐, 허크. 바위 옆에 발자국이 있고 촛농이 떨어져 있어. 하지만 이쪽에는 없어. 우리 이곳을 파 보자."

톰은 재빨리 칼을 꺼냈다. 10센티미터 정도 파 들어갔을 때 칼이 무언가에 부딪히는 소리가 들렸다.

"이봐, 허크! 들었니?"

허크도 손으로 흙을 파헤치기 시작했다. 판자가 곧 모습을 드러냈다. 아이들이 판자를 들어내자 땅속으로 통하는 구멍이 나타났다. 톰은 구멍 속으로 촛불을 들이 밀어 아래쪽을 비추어 보았다. 하지만 잘 보이지 않았다. 톰은 몸을 움츠려 아래로 들어갔다. 좁은 길은 완만한 경사를 이루며 아래쪽으로 뻗어 있었다. 톰은 구불구불한 길을 따라 처음에는 오른쪽으로, 다음에는 왼쪽으로 돌아 내려갔다. 허크가 그 뒤를 따랐다. 작은 모퉁이를 돌자마자 톰이 소리쳤다.

"이런 세상에! 허크, 여기 좀 봐!"

보물 상자였다. 상자와 함께 동굴 속 작은 방에는 빈 화약통, 가죽 상자에 든 총 두세 자루, 낡은 가죽 구두 서너 켤레, 가죽 허리띠 등 여러 가지 자질구레한 물건들이 물에 젖은 채 흩어져 있었다.

허크는 색이 변한 동전들을 손으로 움켜쥐며 말했다.

"우린 이제 부자야!"

"허크, 난 언젠가는 이게 우리 손에 들어올 줄 알았어. 너무 좋아서 믿어지지가 않아. 이러고 있을 게 아니라 밖으로 가지고 나가자. 내가 들어올릴 수 있나 한번 볼게."

무게가 20킬로그램도 훨씬 더 나가는 것 같았다. 간신히 들어올리기는 했지만 밖으로 나가는 것은 무리였다. 톰이 말했다.

"그럴 줄 알았어. 놈들이 그날 유령의 집에서 가지고 나갈 때 보니까 무척 무거워 보이더라. 작은 자루를 가져오길 잘 했지."

아이들은 돈을 자루에 담아 십자가가 그려진 곳까지 날랐다.

"톰, 이제 가서 총이랑 다른 물건들도 가지고 나오자."

"안 돼, 그건 그냥 내버려 둬. 우리가 의적이 된 뒤에 필요한 물건들이니까. 그리고 이제 거기가 우리의 은신처가 될 거야.

아이들은 곧 울창한 옻나무 덤불 사이로 나왔다. 두 소년은 조심스럽게 주위를 살핀 다음 강가에 아무도 없는 것을 확인하고는 배에 올랐다. 해가 수평선 너머로 지기 시작하자, 아이들은 배를 타고 집으로 향했다. 톰은 길게 그림자를 드리운 황혼 속에서 강변을 따라 계속 노를 저으며 기분 좋게 허크와 이야기를 나누었다. 아이들은 어둠이 내리고 나서 육지에 닿았다.

"허크, 돈은 더글러스 아주머니네 헛간 다락에 감추어 두고 가자. 내일 아침에 올라가서 얼마나 되는지 세어 보고 똑같이 나누는 거야. 그런 다음 안전하게 숨길만한 곳이 있나 숲을 한번 둘러보자. 넌 여기서 돈을 지키고 있어. 내가 베니 테일러네 집에 있는 작은 수레를 가지고 올게. 일 분도 안 걸릴 거야."

개척자인 모지즈 베이츠(Moses Bates)가 한니발이 개발되는 지역에서 숲을 개간하고 창고를 세운 것은 1818년이었다. 이 마을은 1842년에 시가 되었다. 도시의 초대 시장은 제임스 브래디(James Brady)이다(아래). 개척자들 중 일부는 국경 지역에 자리잡아서 사업을 번창시키고자 결심한 명사들이다. 새로 생긴 모든 공동체와 마찬가지로 한니발에도 이렇게 상류계층이 형성되었다.

톰은 사라졌다가 곧 수레를 가지고 되돌아왔다. 두 개의 자루를 수
레에 싣고 위에다 낡은 천 조각을 몇 장 덮었다. 그러고는 수레를 끌
며 출발했다. 존스 노인의 집 앞에 다다르자 두 아이는 잠시 쉬기 위
해 걸음을 멈추었다. 다시 떠나려는데 존스 노인이 집에서 나오더니
물었다.

"거기 있는 게 누구냐?"

"허크랑 톰 소여예요."

"마침 잘 됐구나. 날 따라오너라, 애들아. 모두 너희를 기다리고 있

66 보물상자였다.
상자와 함께 동굴 속
작은 방에는 빈 화약통,
가죽 상자에 든 총 두세 자루,
낡은 가죽 구두 서너 켤레,
가죽 허리띠 등 여러 가지
자질구레한 물건들이
물에 젖은 채
흩어져 있었다. **99**

단다. 수레는 내가 끌어 주마. 보기보다 수레가 무겁구나. 돌이니? 아니면 고철?"

"고철이에요."

톰이 대답했다.

"이 마을 아이들은 주물 공장에 가서 팔아봤자 고작 75센트밖에 주지 않는 고철을 주우러 다니느라 고생은 고생대로 하고 시간은 시간대로 버리지. 그 시간에 무슨 일을 해도 그보다 두 배는 벌 수 있을 텐데 말이다. 하긴 세상 모든 일이 다 그렇지. 어쨌든 서둘러라, 빨리!"

아이들은 존스 노인이 왜 그렇게 서두르는지 궁금했다.

"걱정할 것 없다. 더글러스 부인 댁에 가면 다 알게 될 테니."

허크는 무슨 일만 터지면 누명을 쓰곤 했기 때문에 걱정이 되는 듯 말했다.

"존스 할아버지, 우린 아무 짓도 안 했어요."

그 소리에 존스 노인이 웃으며 말했다.

"허허, 난 모르는 일이다, 허크. 요즘엔 너하고 더글러스 부인이 더 가까운 사이 아니냐?"

"언제나 저한테 잘해 주신긴 하지요."

"그럼 됐어. 그런데 뭐가 걱정이니?"

뭐라고 미처 대답할 사이도 없이 톰과 허크는 등을 떠밀리다시피 더글러스 부인의 응접실로 들어갔다. 존스 노인은 수레를 문 가까이에 세워 두고 따라 들어왔다.

응접실에는 환하게 불이 밝혀져 있었다. 마을의 주요 인사들이 모두 모여 있었다. 대처 부부, 하퍼 부부, 로저스 부부, 폴리 이모, 시드, 메리, 목사, 편집장, 그 밖에도 많은 사람들이 있었

상류계층에 대해 시사하는 바가 많은 그림이다. 상류계층 가정에서 일요일에 하는 식사는 성찬식의 성향을 띈다. 감사기도를 드리는 것은 가장이다. 구석 왼쪽에는 흑인 하녀가 보인다.

다. 모두 말끔하게 정장을 차려 입고 있었다. 더글러스 부인은 두 아이를 따뜻하게 반겨 주었다. 아이들은 온몸이 진흙투성이였고 촛농으로 범벅이 되어 있었다. 폴리 이모는 창피한지 얼굴이 홍당무처럼 빨개지며 톰을 보고 이맛살을 찌푸리고는 고개를 저었다. 하지만 정작 당황스러운 쪽은 아이들이었다.

존스 노인이 말했다.

"톰이 집에 없어서 단념하고 돌아오려는데 마침 우리 집 앞에서 아이들을 우연히 만났어요. 그래서 제가 서둘러 데려왔습니다."

더글러스 부인이 말했다.

"잘 하셨어요. 자, 날 따라 오너라, 얘들아."

그러더니 부인은 아이들을 침실로 데리고 들어갔다.

"자, 이제 씻고 옷을 갈아입도록 해. 여기 정장 두 벌을 마련해 놓았단다. 셔츠며 양말까지 모두 준비했어. 저건 허크 거야. 아니, 사양할 것 없어. 한 벌은 존스 할아버지가 마련해 주셨고, 한 벌은 내가 마련한 거야. 너희 둘에게 잘 맞을 거다. 자, 어서 입고 내려오너라."

더글러스 부인은 방에서 나갔다.

XXXIV

벼락 부자가 되다

허크가 말했다.

"밧줄만 구할 수 있으면 창문으로 도망칠 수 있을 텐데."

"허크, 뭣 때문에 도망치고 싶다는 거야?"

"난 사람들이 저렇게 북적거리는 데는 불편해. 참을 수가 없어. 난 아래층으로 내려가지 않을 거야, 톰."

"이런, 세상에! 아무 일도 아니야. 내가 있으니까 괜찮아."

그때 시드가 나타났다.

"이모가 오후 내내 형을 기다렸어. 교회에 갈 때 입는 제일 좋은 옷도 준비해 놓고 말이야. 다들 형 때문에 얼마나 걱정한 줄 알아? 근데 형 옷에 묻은 게 진흙하고 촛농 맞아?"

"시드, 가서 네 할 일이나 잘 해. 그런데 도대체 왜들 이 야단이니?"

"더글러스 아주머니가 여는 파티야. 존스 할아버지랑 그 아들들을 위한 파티라고 하던데. 지난번에 더글러스 아주머니를 구해 준 일에 보답한다고 말이야. 그리고 형이 듣고 싶다면 한 가지 말해 줄 것도 있어."

"그게 뭔데?"

> 66 부인은 허크를 데리고 살면서 학교도 보내 주고, 장사를 하고 싶다면 그렇게 해 주겠다고 했다. 99

"존스 할아버지가 오늘 밤 여기서 사람들에게 털어놓을 이야기가 있다나 봐. 이모한테 말하는 것을 내가 엿들었거든. 지금까지는 비밀이었대. 하지만 이제 뭐 비밀도 아니지. 모두들 알고 있으니까 말이야. 더글러스 아주머니도 일부러 시치미를 떼고 있지만 다 알고 있는 모양이야."

"무슨 비밀인데, 시드?"

"허크가 도둑놈들 뒤를 밟아서 더글러스 아주머니네 집까지 같던 일이지 뭐겠어. 존스 할아버지는 다들 깜짝 놀라게 해 주고 싶은 모양이지만."

시드는 혼자 기분이 좋아서 키득거렸다.

"시드, 네가 동네방네 떠들고 다녔지?"

"누가 말했는지는 별로 중요하지 않아. 그보다 중요한 건 이미 누군가가 말해서 다들 알고 있다는 거지."

"우리 마을에서 그런 고자질을 할 사람은 단 한 사람밖에 없어. 시드 바로 너라고."

천 조각 모자이크로 된 침대 커버인 퀼트 만들기는 이웃 여자들이 모여 바느질을 하면서 담소를 나누는 기회이다. 남자들은 이때를 틈타 여자들의 환심을 사려고 하거나 자신들끼리 이야기를 나눈다.

그러더니 톰은 시드를 발로 몇 대 차서 문 밖으로 쫓아냈다.

"이모한테 이르고 싶으면 얼마든지 일러. 혼쭐을 내 줄 테니!"

몇 분 뒤 더글러스 부인의 집에 온 손님들은 저녁 식탁에 둘러앉았다. 당시 그 고장의 풍습대로 열두 명의 아이들은 작은 식탁에 둘러앉았다. 적당한 때에 맞춰 존스 노인이 일어나 짧게 인사말을 했다.

또한, 존스 노인이 말을 이었다. 노인은 이 사건에 허크가 관련되어 있다는 비밀을 털어놓으면서 허크의 역할을 아주 멋들어지게 설명했다. 사람들은 이따금 짐짓 놀란 척하기도 했는데, 사실 이렇게 훈훈한 이야기를 들을 때 사람들이 아무것도 모르고 있었더라면 좀 더 열렬한 반응이 있었을 것이다. 더글러스 부인만이 깜짝 놀라는 척하며 허크에게 찬사와 고마움을 한없이 쏟아 부었다. 허크는 모든 사람들의 관심과 찬사를 한 몸에 받는 것이 얼마나 거북스러운지 새 옷을 입어서 불편한 것 따위는 까맣게 잊을 정도였다.

부인은 허크를 데리고 살면서 학교도 보내 주고, 장사를 하고 싶다면 그렇게 해 주겠다고 했다. 톰은 기회를 놓치지 않고 말했다.

"돈은 필요 없어요. 허크는 이제 부자예요."

잠시 어색한 침묵이 흘렀다. 톰이 침묵을 깨뜨리며 다시 말했다.

"허크는 돈이 많아요. 믿지 못하시겠지만 정말 돈이 많아요. 그렇게 웃지 마세요. 보여드릴 수 있어요. 잠깐만 기다리세요."

톰은 문으로 달려 나갔다. 사람들은 어리둥절한 표정으로 서로를 쳐다보다가 호기심 어린 눈빛으로 허크를 쳐다보았다. 허크는 입을 꾹 다물고 있었다.

톰은 무거운 자루를 낑낑거리며 들고 들어와 식탁위에 노란색 금화를 쏟아 부었다.

"자, 보세요. 제 말이 맞죠? 반은 허크 거고, 반은 제 거예요."

모여 있던 사람들은 숨도 제대로 쉬지 못했다. 다들 쳐다보면서 아무 말도 못했다. 하지만 모두들 어떻게 된 일인지 알고 싶어하는 표정이었다. 톰은 처음부터 자세히 설명했다. 이야기는 무척 길었지만 흥미진진했다. 너무나 놀라운 이야기에 빠져서 어느 누구 하나 중간에 끼어들지 않았다. 이야기를 끝내자 존스 노인이 말했다.

"난 오늘 아주 놀라운 소식을 준비했다고 생각했는데 내 얘기는 이 일에 비하면 아무 것도 아니었군요. 정말 아무것도 아니었어요."

사람들은 돈을 세어 보았다. 만 이천 달러가 조금 넘었다. 모여 있던 사람들 중 몇몇은 그보다 더 많은 재산을 가진 사람도 있었지만 대부분은 이렇게 많은 액수를 두 눈으로 직접 본 적도 없었다.

XXXV

부의 불편함

톰과 허크에게 찾아온 뜻밖의 행운이 가난하고 작은 세인트피터스버그 마을에 엄청난 파문을 일으켰다는 것은 굳이 말할 필요가 없을 것이다. 이 이야기는 어딜 가나 화젯거리가 되었고 사람들은 마냥 부러워했다. 세인트피터즈버그는 물론이고 근처 모든 마을에 있는 유령의 집이란 집은 모두 파헤쳐졌다. 마룻바닥이 판자 하나 남지 않고 다

뜯겨져 나갈 정도로 시련을 겪었다. 그것도 어린 아이들이 아니라 어른들에 의해서 말이다.

톰과 허크는 가는 곳마다 사람들의 눈길을 끌었고 정중하게 대접받았다. 두 소년이 무슨 말을 하건 사람들은 그 말을 대단히 중요하게 여겼고 따라하기도 했다. 두 아이가 하는 행동도 그러했다. 그래서 아이들은 이제 평범한 말과 행동조차 마음 놓고 할 수 없는 처지가 되었다. 더욱이 아이들의 지나간 모든 일들이 낱낱이 파헤쳐지고 사소한 일까지도 독창적이라고 여겨졌다. 마을 신문에 두 아이의 삶에 대한 기사가 실리기도 했다.

더글러스 부인은 허크의 돈을 이자가 많이 생기는 일에 투자했으며 폴리 이모는 대처 판사에게 톰의 돈을 부탁했다. 이제 두 아이는 수입이 생기게 된 것이다. 그것도 전문가의 수입과 맞먹는 엄청난 수입이었다. 그 시절에는 아이 하나를 키우고 교육시키는데 일주일에 1달러 25센트면 충분했다. 물론 대처 판사도 톰을 아주 좋게 생각하게 되었다. 평범한 아이였다면, 자기 딸을 동굴에서 구해 내지 못했을 거라고 말했다. 게다가 베키가 비밀이라면서 톰이 자기 대신 학교에서 매를 맞아 준 일까지 털어놓자, 판사는 그야말로 감동하고 말았다. 베키는 자기가 받아야 할 벌을 대신 받기 위해 톰이 거짓말까지 한 것을 용서해 달라고 했다. 베키의 아버지는 흐뭇해하면서 큰 소리로 아주 고결하고 너그러운 훌륭한 거짓말이었다고 말했다. 그런 거짓말은 조지 워싱턴이 벚나무를 쓰러뜨린 것을 솔직히 털어놓은 일에 버금가는 것이라고 칭찬했다. 베키는 곧장 톰에게 달려가 이 이야기를 전했다.

대처 판사는 톰에게 훌륭한 변호사가 되거나 군인이 되라고 조언했다. 대처 판사는 톰이 일단 해군사관학교에 입학한 다음 가장 훌륭한 법률 학교에 들어가 교육을 받았으면 좋겠다고 했다. 허크

조지 워싱턴(George Washington, 1732~1799)은 독립전쟁 때 장군으로 이름을 빛낸 후 1789년 미국의 초대 대통령이 되었다. 아이들에게는 이 '영웅'의 정직성을 이야기해 주곤 한다. 왜냐하면 워싱턴은 어렸을 때 아버지에게 정원의 버찌나무를 베어버린 것을 고백했기 때문이다.

는 부자가 된데다 더글러스 부인이 후견인으로 나서 사교계에 진출하게 되었다. 아니, 억지로 끌려 나갔다거나 사교계에 던져졌다고 하는 게 옳을 것이다. 허크에겐 하루하루가 참을 수 없는 고통이었다. 더글러스 부인은 늘 허크를 깨끗이 씻기고 말끔히 머리를 빗기고 단정하게 옷을 입혔다. 허크는 밤마다 먼지나 얼룩 한 점 없는 시트에서 잠을 자야 했는데, 차라리 얼룩이라도 묻어 있으면 친구 삼아 잘 수 있을 것 같았다. 음식을 먹을 때는 칼과 포크를 사용하고 냅킨과 컵, 접시도 사용했다. 책읽기도 배우고 교회에도 다녔다. 어느 쪽으로 돌아서건 문명이라는 창살과 족쇄가 허크의 손과 발을 꼼짝 못하게 붙들고 있었다.

허크는 이렇게 괴로운 생활을 3주 동안 버텨 내다가 어느 날 갑자기 사라졌다. 더글러스 부인은 몹시 걱정하며 이틀 내내 사방으로 허크를 찾아 헤맷다. 사람들도 무척 걱정하며 이곳저곳 샅샅이 찾아보았고, 심지어는 허크의 시체를 찾아 강바닥을 훑기도 했다. 사흘 째 되던 날 아침, 톰 소여는 도살장 뒤꼍에 있는 통 속에서 도망간 허크를 찾아냈다. 허크는 마침 훔쳐 온 음식들로 아침을 때우고는 길게 누워 편안하게 담배를 피우고 있었다. 머리는 헝클어지고 지저분하기 짝이 없는 누더기를 걸치고 있었다. 톰은 허크에게 다들 걱정하고 있으니 집으로 돌아가라고 말했다. 그러자 이내 허크의 얼굴은 편안하고 밝은 표정에서 우울한 표정으로 바뀌었다. 허크가 말했다.

무기를 사용하는 직업은 웨스트 포인트(West Point)에 들어가는 것을 꿈꾸는 청년들을 매혹시킨다. 웨스트 포인트는 1802년에 설립된 사관학교이다. 그림은 보초를 서는 보병과 말을 탄 나팔수.

"이제 그 얘기는 그만두자, 톰. 나도 나름대로 노력했어. 그런데 소용없어, 소용없다고. 나하고는 맞지 않아. 더글러스 아주머니는 마음씨도 좋고 잘 대해 주시지만 더 이상 견딜 수가 없어. 매일 아침 똑같은 시간에 깨우고, 세수를 시키고, 머리를 싹싹 빗겨 준단 말이야. 헛간에서 잠도 못 자게 하고, 게다가 숨도 못 쉴 정도로 거북하기 짝이 없는 옷만 입으라고 해. 얼마나 좋은 옷인지 모르겠지만 입고 있으면 제대로 앉지도 눕지도 구르지도 못한단 말이야. 지하실 창고 문 앞에서 미끄럼을 타 본 건 또 언제인지도 모르겠어. 난 설교라면 딱 질색인데! 만날 교회에 가서 진땀을 뻘뻘 흘려야 해. 교회에서는 파리도 잡으면 안 되고 담배도 피우면 안 된대. 그리고 일요일마다 구두를 신어야 해. 아주머니는 땡 치면 밥을 먹고, 땡 쳐야 잠자고, 땡 하면 일어나. 모든 게 너무나 규칙적이야. 난 도저히 참을 수가 없어!"

"하지만 다들 그렇게 살아."

"그래도 난 나고, 그 사람들은 그 사람들이야. 그렇게 얽매여 사는 게 얼마나 끔찍한지 몰라. 먹을 것도 너무 흔해. 난 그런 식으로 먹는 것도 취미 없어. 낚시하러 가는 것도, 수영을 갈 때도 허락을 받아야 해. 뭐든 할 때마다 물어 봐야 하잖아. 그리고 늘 말을 점잖게 하라는데, 그게 얼마나 불편한 줄 아냐? 난 매일 다락방에 올라가서 실컷 욕을 하고 내려오곤 했어. 그래야 입이 시원하더라. 아니면 답답해서 죽었을 거야. 아주머니는 소리도 지르지 마라. 사람들 앞에서는 하품도 하지 말라. 기지개도 켜지 마라. 가려워도 긁지 마라……"

> 66 그래도
> 난 나고, 그 사람들은
> 그 사람들이야. 99

그러더니 허크는 소름이 끼친다는 듯 몸을 부르르 떨었다.

"그것도 모자라 매일 기도까지 하라는 거야! 난 도망칠 수밖에 없었어. 그리고 곧 학교가 시작되면 나도 학교를 다녀야 하잖아. 난 그것

280

도 못 참을 것 같아. 톰, 부자라는 것이 사람들 말처럼 대단한 것이 아니더라. 그저 걱정 근심만 늘고 진땀만 흘려야 하는 생활이야. 그렇게 사느니 차라리 죽고 말지. 나한테는 이런 옷이 더 잘 어울리고, 이 통이 제일 편해. 만약 나한테 돈이 생기지 않았다면 이런 고생은 안 했을 텐데. 내 몫까지 너한테 줄 테니까, 나중에 가끔씩 10센트씩만 줘. 아주 구하기 어려운 게 있을 때 말고는 돈이 별로 필요한 적도 없으니까. 그리고 가서 나 대신 아주머니한테 얘기 좀 해 줘."

"허크, 너도 잘 알겠지만 그럴 수는 없어. 공평하지 않아. 얼마 동안 참고 견디다 보면 너도 이런 생활을 좋아하게 될 거야."

"좋아하게 된다고! 그건 뜨거운 난로 위에 오래 앉아 있으면 난로를 좋아하게 된다는 말이랑 똑같아. 싫어! 난 부자가 되고 싶지도 않고 망할 놈의 숨 막히는 집에서 살고 싶지도 않아. 난 숲이 좋고, 강이 좋고, 이 통이 좋아. 난 이렇게 살 거야. 총에서 동굴 은신처까지 의적이 될 수 있는 준비는 다 되었는데, 이런 귀찮은 일이 생겨서 다 망쳐 버렸어."

톰은 기회를 놓치지 않고 이때다 싶어 허크에게 말했다.

"허크, 부자가 되었다고 해서 의적이 되지 말라는 법은 없어."

"정말이야? 너 그거 진심이니, 톰?"

"물론이지. 하지만 허크, 네가 사람들에게 존경받을 만한 인물이 되지 못하면 우리 패에 끼워 줄 수 없어. 너도 그쯤은 알고 있겠지?"

기뻐하던 허크가 풀이 죽어 버렸다.

"날 끼워줄 수 없다고 해적 놀이를 할 때는 끼워 줬잖아."

"맞아, 하지만 이번엔 달라. 의적은 해적보다 조금 격이 높거든. 보통 대부분의 나라에서 의적은 공작이나 뭐 그런 사람들처럼 사회적으로 높은 지위를 가지고 있어."

"톰, 넌 지금까지 나하고 아주 친하게 지냈잖아, 그렇지? 날 빼버리

> **"** 만약 나한테 돈이 생기지 않았다면 이런 고생은 안 했을 텐데. **"**

281

“ 난 죽을 때까지
더글러스 아주머니 집에서
살래. 내가 끝내 주는
의적이 되어서 사람들 입에
오르내리면 아주머니는 날
진창에서 꺼내 키워 준 것을
아주 자랑스럽게
여기실 거야. ”

지는 않을 거야. 그렇지, 톰?"

"허크, 나도 정말 그렇게 하고 싶지 않아. 정말이야. 하지만 사람들이 뭐라고 하겠어? '쳇, 톰 소여 일당에는 정말 형편없는 인물들만 있어!' 사람들은 바로 너를 두고 그렇게 말할 거라니까. 그렇게 되면 너도 기분이 좋지 않을 거야. 그건 나도 마찬가지고."

허크는 잠시 아무 말도 하지 않았다. 마음속으로 뭔가 곰곰이 생각하는 모양이었다. 마침내 허크가 말했다.

"알았어. 더글러스 아주머니 집으로 돌아가 한 달 동안 노력해 볼게. 날 꼭 끼워 준다고 약속해야 해."

"좋아, 허크. 함께 가자. 내가 아주머니께 널 좀 자유롭게 풀어 달라고 부탁해 볼게."

"그렇게 해 줄래, 톰? 조금 자유롭게 풀어 준다면 혼자 있을 때 욕도 하고 나가고 싶을 때 휙 밖으로 나가기도 할 텐데 말이야. 그런데 언제 아이들을 모아 의적이 될 거니?"

"곧 해야지. 아이들을 모아서 오늘 밤 입단식을 해야겠다."

"입단식."

"그게 뭔데?"

"몸이 갈기갈기 찢기는 한이 있어도 서로 돕고, 우리 조직의 비밀을 누구에게도 발설하지 않으며, 우리 조직원을 괴롭히는 자는 누구든지 다 죽이겠다고 맹세하는 의식이야."

"야, 그거 신난다. 정말 근사해, 톰. 정말이야."

"물론이지. 이 맹세는 자정에 가장 무시무시한 곳에서 해야 해. 유령의 집이 딱 좋은데 지금은 다 폐허가 되어 버렸으니 어쩌지?"

"어쨌든 자정에는 할 수 있잖아."

"그래, 맞아. 죽은 사람의 관 앞에서 맹세를 하고 피로 서명을 하는 거야."

"야, 정말 그럴 듯하구나! 해적보다 몇 백 배는 더 근사하다. 난 죽을 때까지 더글러스 아주머니 집에서 살래. 내가 끝내 주는 의적이 되어서 사람들 입에 오르내리면 아주머니는 날 진창에서 꺼내 키워 준 것을 아주 자랑스럽게 여기실 거야."

맺음말

사무엘 클레멘스 마크 트웨인의 15세 때 모습. 당시 그는 견습공이었다.

이야기는 이렇게 끝이 난다. 이 책은 한 소년의 이야기이므로 여기서 끝낼 수밖에 없다. 이야기가 계속되면 소년이 아니라 어른의 이야기가 되기 때문이다. 행복한 결혼으로 끝나는 이야기가 아니라면 가장 적당하다고 생각되는 곳에서 끝내야만 한다.

이 책의 등장 인물들은 잘 성장하여 행복하게 살고 있다. 후에 이들이 어떤 사람으로 성장했는지 알아보는 것도 의미있는 일이겠지만 지금은 그들의 삶에 더 이상 끼어들지 않는 것이 가장 현명한 일일 것 같다.